suhrkamp taschenbuch 2875

Die drei Geschwister Lisa, Raph und Sam sehen sich als Erwachsene regelmäßig, reden über ihr Leben, ihre Probleme, ihre Erinnerungen. Sie sind in verschiedenen Pflegefamilien aufgewachsen, da ihre Eltern tödlich verunglückten, als sie klein waren.

Marcel Möring erzählt in seinem kurzweiligen Roman vom Kampf um die Erinnerung an die Kindheit, der Einsicht in den unwiederbringlichen Verlust dieses Paradieses, über die Krise, die daraus folgt und die sich in die Frage fassen läßt: »Was ist passiert, wohin gehen wir?« *Das große Verlangen* dringt so erzählend zu den »letzten Dingen« vor: zu Freundschaft, Mitleid, Liebe, Sex.

Naturgemäß gibt es für solche Fragen keine endgültigen Antworten. Doch eines wird Sam, dem Ich-Erzähler, bewußt: »Nur die Erinnerung ist geblieben, und die Erinnerung reicht nicht aus, die Erinnerung ist ein großes Verlangen« – ein Verlangen nach dem Gegenwärtigen und dem Zukünftigen.

Das große Verlangen ist der erste in deutscher Sprache vorliegende Roman des 1957 geborenen niederländischen Autors. Das Buch wurde mit dem renommierten AKO-Preis ausgezeichnet.

Marcel Möring
Das große Verlangen

Roman

Aus dem Niederländischen von
Helga van Beuningen

Suhrkamp

Titel der 1992 erschienenen Originalausgabe:
Het grote verlangen

Die Übersetzung dieses Buches wurde gefördert vom
Nederlands Literair Produktie- en Vertalingenfonds.

Umschlagfoto:
Ed van der Elsken/Nederlands Fotoarchief

suhrkamp taschenbuch 2875
Erste Auflage 1998

Druck: Nomos Verlagsgesellschaft, Baden-Baden
Printed in Germany
Umschlag nach Entwürfen von
Willy Fleckhaus und Rolf Staudt

1 2 3 4 5 6 – 03 02 01 00 99 98

Das große Verlangen

Alles weiß ich noch

»Es war ein heißer Sommer, der heißeste heiße Sommer in diesem Jahrhundert. Neunzehnhundertsiebenundfünfzig. Mama saß im Keller zwischen den Regalen mit eingemachten Gurken und Weckgläsern voll Schnittbohnen und Sauerkrautfässern und Flaschen Ingwerbier und leeren Kartoffelsäcken und Klumpen in Pergamentpapier verpackter Butter und halben Käselaiben und Kisten mit Tulpenzwiebeln, und sie hatte einen Bauch, so rund wie die Erde. Noch nie war jemand so dick gewesen. Wenn wir strampelten, schien jemand unter ihren Kleidern zu stecken und ein Puppenspiel mit ihrem Kleid aufzuführen. Papa schrieb an seiner Diplomarbeit, der Sputnik wurde ins All geschossen, Opa hatte bereits Krebs, wußte es aber noch nicht, Oma sollte fünf Jahre später sterben, als John Glenn die Erde umkreiste. Neunzehnhundertsiebenundfünfzig. August. Der heißeste August in der Geschichte der Menschheit.«

»Dies ist meine Erinnerung an uns«, sagte Lisa. »Dies sind wir: Du, Raph und ich auf dem Weg nach Hause. Es ist ein heißer Nachmittag, in der Ferne wird das Gras an den Gräben abgebrannt. Wir gehen nach Hause, und ich denke: Das kommt nie mehr wieder. Während wir gehen, denke ich: Das kommt nie mehr wieder, und ich sehe uns als drei fröhlichbunte Flecken im Grün der Allee. Dies ist meine Erinnerung, aber ich denke auch an das, was später passierte, am Anfang dieser Allee, als ich rücklings unter einer Eiche lag, in Schattenflecken badend, den Kopf im hohen Gras und er auf mir. Rücklings im Gras, der große Baum über mir und das Singen der Stille und mein Körper, der gefüllt und gleichzeitig nicht gefüllt wird. Ich wollte, daß er drei wäre, an diesem Nachmittag, dreimal er. Ich wollte ihn überall.

Das Grabengras wird abgebrannt und der Schatten der Baumkronen gleitet über mich und wir gehen die Allee entlang und ich denke: Dies ist meine Erinnerung an uns, an dich und Raph und mich, und ich weiß, daß alles verschwindet, der Rauch, der hereinbrechende Abend, das Gras, in dem wir gelegen haben und das sich wieder aufrichten wird. Ich schaue auf eure Gesichter, ich rieche den Geruch brennenden Heus und ich denke: Dies ist meine Erinnerung an uns.«

Aber hier waren keine brennenden Gräben, Raph war auch nicht da, und obwohl der Abend hereinbrach, sahen wir die Sonne nicht hinter dem Horizont versinken. Hier war der Ort, an dem ich wohnte, ein aus Stein herausgehauener Schuhkarton, anderthalb Etagen Lagerhaus mit kahlen Steinwänden und grauen Bretterfußböden und abgesägten, aus den Wänden ragenden Rohrenden.

Ich hatte einige Stunden zuvor die volle Einkaufstasche nach oben getragen, die kahlen Treppen hinauf, im Licht der algenbewachsenen Dachkuppel, und als ich die Tür öffnete, sah ich sie, zusammengekauert auf dem Bettrand, die Beine übereinandergeschlagen, in der einen Hand eine Untertasse mit Kippen, in der anderen eine Zigarette. Ich stand in der Tür und schaute auf meine Schwester, ganz am anderen Ende des Raums, fast zwanzig Meter von mir entfernt. Ich dachte: wie klein sie ist.

Manchmal haben wir uns eine Zeitlang nicht gesehen, meine Schwester und ich, und wenn wir uns dann wieder begegnen, sieht es immer für einen Moment so aus, als würden wir beide die Hand ausstrecken, etwas linkisch, achselzuckend, um unseren Namen zu nennen und zu sagen: Wie geht es dir, und: Du siehst gut aus, du bist im Gesicht voller geworden. So lief es an diesem Abend auch. Ich ging auf sie zu, und sie stand auf, eilig, Asche abklopfend, Haare zurückwerfend, als ob irgendein Insekt sie störe. Wir standen uns gegenüber und schauten und nickten. Dann kam sie auf mich zu, küßte mich auf die Wange, fragte, wo ich so lange gewesen sei, und während ich noch ihre Fragen beantwortete, warf sie ihren Mantel aufs Sofa und fing an, aufzuräumen. Ich zuckte mit den Achseln und ging in die Küche. Dort schob ich die Fenster hoch, packte die Einkäufe aus und fing an zu kochen.

Lisa ist meine Zwillingsschwester. Sie ist das Gewissen der Familie. Alle zwei Wochen kommen sie und Raph, unser Bruder, zu mir. Wir trinken, wir essen, wir reden von früher, als unsere Eltern noch lebten, und Raph und ich hören uns die Geschichten an, die Lisa erzählt. Wenn es um unsere Vergangenheit geht, ist sie die Autorität. Früher dachte ich manchmal, sie phantasiert, so detailliert sind ihre Erinnerungen, aber weil Raph ihre Geschichten mitunter bestätigen kann (er ist zwei Jahre älter), bin ich allmählich zu der Überzeugung gelangt, daß sie sich nichts ausdenkt. »Hab ich das wirklich getan?« frage ich, wenn sie wieder mit einer Erinnerung kommt, die ich nicht kenne, und dann nickt sie, meine Schwester, das hätte ich wirklich getan, und wir lachen. Wir lachen über die Geschichte, als Raph und ich in den Bücherschrank kletterten und Schimpansen spielten und mitsamt dem Schrank umkippten, über die Geschichte, als sie mir die Nase blutig schlug, weil ich sie nicht rechtzeitig ins Bad ließ. Wir hören zu, wie sie Der Mann Der Alles Vergaß erzählt, eine Geschichte, die unsere Mutter so oft erzählte, daß wir sie zum Schluß auswendig kannten, so gut, daß wir sie sogar verbesserten. Wir sagten: Nein, nein, so ging die Geschichte nicht, zunächst kam er zum Markthändler und erst danach zu dem reichen Mann. Wir hören zu, bis es Mitternacht ist. Dann schweigen wir. Dann sind wir in unserem zwölften beziehungsweise vierzehnten Lebensjahr angelangt, als unsere Eltern auf dem Heimweg gegen einen Baum fuhren. Kein Besuch von Lisa geht vorbei, ohne daß wir uns gegenübersitzen, drei tanzende Schatten an der von Kerzenlicht beleuchteten Wand. »Herrgott, Lisa, sie fehlen mir«, sage ich, und Raph nickt, dramatisch. »Mir auch«, sagt sie, »mir auch«, und sie beugt sich über den Tisch, um unsere Hände zu packen und festzuhalten, lange festzuhalten, senkt dabei den Kopf genauso wie Raph und ich. Drei trauernde Spiritisten nach einer mißlungenen Séance. Um ein Uhr geht sie immer, zu Simon, ihrem Mann, und Raph und ich stehen dann in der Tür, im wuchernden Grün, in einer Nacht voller Mücken und gedämpfter Stadtgeräusche, und wir winken und winken. Wir winken jedesmal, als wäre dies unser letzter Abschied, als würde auch sie ihrem Baum begegnen. Wenn Raph gegangen ist, eine Stunde später, nach dem letzten Glas, nach der letzten Zigarette, setze ich mich mit einer Flasche Bier an den Schreibtisch in meinem Zimmer und denke über die Dinge nach, die Lisa gesagt hat, die Dinge, die ich nicht vergessen darf.

Aber so war es diesmal nicht. Wir saßen einander gegenüber an dem Tisch vor einem der großen Fenster an der hinteren Wand meiner Wohnung, wir aßen das Omelett, das ich gemacht hatte, und danach tranken wir Bier und Lisa rauchte die Haschzigaretten, die sie sich gedreht hatte, während ich am Herd stand. Sie fing zwar mit einer ihrer Geschichten an, als fühle sie sich zu dem Versuch verpflichtet, eine unserer Séancen nachzuahmen, doch das dauerte nicht lang, und die Geschichte war unzusammenhängend und wenig glaubhaft.

Woher konnte sie wissen, daß es in jenem Sommer so heiß war und daß unsere Mutter im Keller ihrer Mutter gesessen hatte, mit einem Bauch, der wohl der dickste der Geschichte sein mußte? Der Start des Sputniks, das stimmte, das wußte ich, aber das war auch schon alles, was ich nachvollziehen konnte. Ansonsten saßen wir da ohne Raph, ohne Erinnerungen, die sich wie gute, alte Geschichten aus der guten, alten Vergangenheit anhörten. Die Teller standen noch auf dem Tisch, und ab und an war das Zischen heißer Asche vernehmbar, wenn sie eine von diesen braun verfärbten Zigaretten auf ihrem Teller ausdrückte. Zwischen den gelbgrünen Omelettstücken lagen schließlich so viele ausgedrückte Kippen, daß ihr Teller dem maßstabsgetreuen Modell eines heimgesuchten Planeten ähnelte. Und die ganze Zeit sah ich, wie sie wegdriftete, und verstand immer weniger, wovon sie sprach.

Sie trank von ihrem Bier. In ihrer Hand hing eine schlecht gedrehte Zigarette. Sie führte sie an den Mund, inhalierte, und während sie den Rauch in den Lungen behielt, sah sie mich durchdringend an. Ihre großen braunen Augen waren blutunterlaufen, das rotbraune Haar lag in wilden Locken auf ihrer Stirn.

»Lisa?«

Eine Rauchwolke entwich. Sie legte den Zeigefinger auf den Mund.

»Beim ersten Mal war es Sommer«, sagte sie. »Hochsommer. Ich trug einen blauen Leinenrock und eine weiße Bluse mit Spitzen und eine gelbe langärmlige Jacke. Ich war Serviererin. Ich küßte ihn aufs Ohr, und er sagte, das Ohr sei ein Abbild des Menschen als Embryo, und dann spürte ich seine Zunge in meinem Ohr, und mein Bauch füllte sich, und das einzige, was ich in diesem Moment dachte, war: Laß alles laufen, alles, nicht mehr denken, nichts mehr, alles. Und da war er, seine Hand auf meiner Brust, seine Lippen an meinem Hals. Ich fühlte die Ausbuchtung an seinem Rücken, wo der Rücken in den Hintern übergeht, da, und ich spürte die Wärme seines Körpers und ich sagte: ja, und er wuchs in meiner Hand, er lag in meiner Hand und wuchs, und ich öffnete die Beine und da war er und mir schwindelte, von der Zunge in meinem Ohr und seinen Lippen an meinem Hals und auf meiner Brust, ja, sagte ich, ja, ich spürte ihn und wieder nicht und dann doch wieder, er war ein Tier und sein Mund wanderte zwischen meinen Brüsten hindurch, über meinen Bauch, meine Schenkel, es war, als schwämme ich im Meer. Es war, als zerflösse ich. Ich sah alle möglichen Dinge: ein Haus, Zimmer, einen Wald, Wiesen, ein totes Pferd. Da war er und ich spürte ihn in mir und ich sagte: Ich will es jetzt, ich will dich. Und danach radelten wir in die Stadt, ich saß hintendrauf und wir fuhren durch die Allee und ich summte und dachte: Warum heißt es, daß das erste Mal nicht schön ist, es war am allerschönsten. Es roch nach Geißblatt.«

Ihre Augen waren noch immer auf mich gerichtet. So, als sehe sie etwas, ich wußte nicht was, ich wußte auch nicht, ob ich wissen wollte was, aber sie sah etwas.

»Ich habe geträumt, wir waren in einem Haus«, sagte sie. »Du und Raph und Papa und Mama und ich. Die Türen standen auf. Der Wind wehte und die Fenster bewegten sich. Es war Nacht und ich träumte, daß Leute durch die Zimmer gingen. Eines Morgens waren du und ich im Keller und du gingst neben mir, wir gingen durch den Rauch von schwelendem Holz, und ich sah zur Seite und sah dein Gesicht im Rauch und außerhalb des Rauchs, wir glitten wie Segelboote durch den Rauch, durch den Gang. Du sahst auf und zur Seite und dein Kopf drehte sich, er sank zurück, mit zugekniffenen Augen, und du schautest, als wolltest du etwas sagen, als wolltest du mich rufen und könntest mich nicht sehen, nicht hören. Dein Mund öffnete sich ganz langsam, als bildete sich ein Loch in deinem Gesicht und das Loch wurde immer größer und dein Gesicht verschwand im Loch deines Mundes. Es gibt ein Foto von dir, bei Opa und Oma, zwischen Omas Beinen. Du machst einen Schritt vorwärts, du konntest noch nicht richtig laufen, du hältst dich mit deiner kleinen Hand am Gartenzaun fest, und Oma hat dich zwischen ihren Beinen, ihre Hände liegen auf deinen Schultern. Man kann sehen, daß sie dich sehr liebte. Opa sieht man nicht. Ein Foto habe ich noch, auf dem er zu sehen ist, ich auf seinen Schultern, und er lächelt. Ich muß an zweierlei denken, wenn ich diese Fotos anschaue. Erstens: Alle sind sie verschwunden. So richtig verstehe ich das nicht. Für mein Gefühl können sie nicht weg sein. Wie kann sich alles auflösen? Die Leben, diese Fotobilder, alles, was sie gefühlt und gedacht haben. Das ist nicht möglich. Zweitens, was Mama über Opas Tod erzählte. Er lag auf dem Sterbebett, und sie stand neben ihm, und er sagte: Weißt du, was das Schlimme ist, diese ganzen Insekten, und sie sagte: Insekten? und er sagte: Der ganze Fußboden, voll von Insekten, und dann sagte er: Ich weiß schon, daß sie nicht da sind, das weiß ich, aber ich denke es trotzdem. Muß ein Mensch so sterben, Sam? Im Fieberwahn, in einem Bett auf einem Fußboden voller Insekten? Ich sehe diese Fotos und ich muß ans Sterben denken. Obwohl ein kleiner Junge drauf ist, der zwischen den Beinen seiner Großmutter laufen lernt, und ein Mädchen, das auf den Schultern ihres Großvaters sitzt.«

Ihre Augen wanderten über mein Gesicht. Ich dachte: Wenn ich mich nicht bewege, kann sie mich besser sehen. Ich saß wie eine Schaufensterpuppe am Tisch.

»Es ist jetzt, wie wenn ich abends male und Musik höre und das Radio schwankt zwischen zwei Sendern. Du gehst und kommst und ich suche nach dir. Ich weiß nicht, wo du bist. Manchmal kann ich dich empfangen, ich höre dich ganz entfernt, flüsternd im Rauschen. Lisa, rufst du, Lisa. Ich sage: Sie fehlen mir so. Mir fehlen sie auch, sagst du, und in meinen Gedanken umarmen wir uns, im Rauschen zwischen zwei entfernten Stationen umarmen wir uns. Und dann bist du wieder weg. Ich stehe mit leeren Armen im Zimmer. Ich umarme die Dämmerung.

Aber hier will ich sein, dies ist mein Platz, in der Dämmerung des Zimmers, im Rauschen zwischen zwei Stationen, mit ausgestreckten Armen, flüsternd: Mir fehlen sie auch mir fehlen sie so mir fehlen sie.

Ich wollte ihn ganz in mir haben. Ich wollte ihn in mir und ich war zufrieden mit einem Teil von ihm, weil ich ihn nicht ganz haben konnte, denn das war es, was ich wollte, ich wollte ihn in mir, einen Menschen in einem Menschen. Ich wollte zwei Menschen sein, sein Körper in meinem Körper, er und ich.

Dies ist meine Erinnerung an uns: Unterwegs nach Hause, ich schaue auf eure Gesichter. In der Ferne wird das Gras der Gräben abgebrannt. Rauch zieht über den Weg zwischen den Bäumen, und für einen Moment gehen wir in diesem Rauch, und ich schaue zur Seite, und dein Gesicht verschwindet und kehrt wieder, und du öffnest den Mund.

Drei Leben kreuzen einander in meinen Gedanken«, sagte sie. »Wo wir gingen, ging ich mit ihm. Aber ich ging weg. Und als ich zurückkam, Tage später, und er sagte: Wo warst du, da erzählte ich eine lange Geschichte, eine Reise ans Ende der Welt, die Vertreibung aus dem Paradies. Er sagte: Okay, aber wo warst du, und da sagte ich, daß ich allein sein mußte. Wie, sagte er, wie kannst du einfach weggehen, konntest du nicht an mich denken, ich will nicht, daß du gehst. Aber ich sagte: Ich mußte, ich mußte, und da senkte er den Kopf und schlug mit dem Kopf auf den Tisch, boing boing boing boing, das Blut spritzte nur so und ich stürzte zu ihm und schlang die Arme um ihn und sagte: O Gott ich liebe dich o Gott nicht so traurig sei nicht traurig, und boing boing boing, sein Kopf auf dem Tisch, er schrie wie eine kranke Katze, und ich sagte...

Alles weiß ich noch«, sagte sie. »Nachts saß ich auf ihm, als ob er nicht da wäre, ich saß rittlings auf ihm, seine Hände auf meinen Brüsten und den Kopf im Nacken, und ich ritt auf ihm, als spielte es keine Rolle, wer er war, und irgendwo im Dunkel begann es zu wirbeln und mein Kopf drehte sich hin und her und zwischen meinen Augen brannte Licht und ich sah Pferde, eine Wiese, Wald, einen Strudel, in dem alles verschwand. Wumm. Und später stellte ich mir die Frage, ob es wirklich nichts ausmache, wer unter mir lag, und ich wußte es nicht.

Als ich nach Hause kam, mußte ich an Papa und Mama denken. Ich wußte nicht, wo sie waren, sie stiegen in den Wagen und fuhren die Straße hinunter, und sie kamen nicht mehr zurück, und ich konnte nichts tun, ich konnte sie nicht zurückholen. Du hattest später Träume, du sahst das Auto in einem Graben liegen neben dem Weg, da sahst du das Auto, die Schnauze in einen Baum gerammt. Du sagtest, du wüßtest nicht, wo sie geblieben sind. Sie sind tot, sagte ich. Aber das wußtest du schon, so alt waren wir schon, daß wir das verstehen konnten. Wo aber waren sie geblieben? Du konntest dir nicht vorstellen, daß sie nie mehr zurückkommen würden. Vielleicht ist es einfacher, wenn es langsam geht, wenn der Körper abbaut und die Haut schrumpelt und die Augen gelb werden und die Stimme schwach.

Und da dachte ich an diese Fotos, und ich sah sie als einen Moment, in dem ein Leben begann, und das Leben entfaltete sich, es rollte sich selbst ab wie eine Papierrolle, die auf die Straße geworfen wird. Bis zu diesem Moment, hier: Wir gehen zwischen den Bäumen, es riecht nach brennendem Gras, wir gehen nach Hause.«

Aber wir gingen nicht nach Hause. Wir saßen am Tisch vor dem Fenster, und sie rauchte und trank, und ich hörte zu und fragte mich, was es mit alldem auf sich habe, was sie mir erzählen wollte.

»Eines Tages empfand ich ihn nicht mehr als meinen Liebhaber«, sagte sie. »Ohne Geheimnis besteht die Liebe nur aus Bewegungen. Ich spürte seine Zunge, aber da war keine Magie mehr, ich trieb nicht mehr weg, es gab keine große geheimnisvolle Nacht, in der ich umherschwamm, und von oben kam etwas auf mich herab. Ich spürte seine Hand auf meinem Bauch, und da war ein Pflaster an seinem Finger. Wo bist du geblieben, dachte ich, wo ist alles hingegangen? Nachts band ich mir ein Tuch vor die Augen, und ich lag auf dem Rücken, und seine Zunge wanderte über meinen Körper, aber es kam nicht mehr wieder. Ich sah mich daliegen. Ich fragte ihn, ob er meine Hände und Füße an die Gitterstäbe des Bettes binden wolle, und als er mich vögelte, schwamm ich im Nichts und dachte: Hier liege ich auf einem Bett mit dem Mann, den ich unbedingt wollte, und es ist nichts mehr da. Alles war weg. Ich konnte es nicht wiederfinden.

Du weißt doch«, sagte sie. Sie sah mich nicht mehr an. Sie hatte den Kopf gesenkt, eine halb ausgedrückte Zigarette qualmte auf dem Teller. Der aromatische Duft des Haschisch umspielte uns. »Du weißt, was verschwand.«

Sie richtete sich auf und machte die Augen weit auf.

»Papa und Mama«, sagte sie, »und Gott und das Geheimnis der Liebe.«

Ihre Augen füllten sich.

»Nur die Erinnerung ist geblieben«, sagte sie, »und die Erinnerung reicht nicht aus, die Erinnerung ist ein großes Verlangen.«

Papa, Mama, Gott, das Geheimnis der Liebe. Das, sagte meine Schwester, sei alles verschwunden. Woraufhin sie, den Kopf neben dem Teller mit den Omelettresten, einschlief und ich sie zum anderen Ende des Zimmers trug, wo ich sie auszog und unter das Federbett legte. Sie rollte sich zusammen wie eine junge Katze. Ich beugte mich über sie und betrachtete den aufgefächerten Kometenschweif ihrer Locken auf dem Kissen, ihr blasses Gesicht, das in diesem Wust von rotbraunem Haar lag wie ... wie etwas, das nirgendwo hingehörte, eine blaßrosa Perle in einem Kästchen mit farbiger Watte. Ich strich ein paar Locken aus ihrer Stirn. Lisa überlief ein Schauer und sie schlug die Augen auf.

»Ich sah dich weglaufen«, sagte sie.

»Was?«

»Damals, auf diesem Weg, als sie das Grabengras abbrannten.«

»Ja?«

»Du liefst weg und sahst über die Schulter zurück.«

»Willst du etwas trinken?« sagte ich. »Willst du einen Tee?«

»Und ich dachte: Du bist ganz allein.«

Ich beugte mich vor und streichelte ihre Wange.

»Lisa will schlafen«, sagte sie. Sie schloß die Augen und glitt weg.

Ich blickte noch einen Augenblick auf sie, auf das sich hebende und senkende Federbett, das Gesicht, das auf einmal leer war, ohne Leben. Ich fragte mich, was sie mir hatte sagen wollen.

Ich zog meinen Schlafsack unter dem Bett hervor, ging zum Schreibtisch und machte die Lampe aus. Im Zimmer hing die schwere Hitze des späten Sommerabends, hinter dem Fenster schimmerte ein verschwommener Sternenhimmel über den Häusern. Ich kam mir plötzlich als der einsamste Mann der Welt vor.

Manchmal bin ich überzeugt, mein Geist, meine Seele sei etwas, das nur zufällig in diesem Moment in meinem Körper mitreist, als könnte ich mich durch eine einzige kleine Bewegung, die richtige Bewegung, aufschwingen, als bräuchte ich den Atem nur für einen Augenblick anzuhalten, zwei, drei Sekunden, und dann, pffff, entschlüpfe ich aus mir selbst. Wie beim Öffnen einer Brauseflasche. Einen Moment lang quillt die Kohlensäure aus dem Hals, um sich danach in der Luft aufzulösen. Losgelöst, losgelöst von der Welt, von den Menschen, von der Geschichte. So fühlte ich mich an jenem Abend.

Von unten drang Geschlurfe sowie das Gemurmel von Stimmen und Fernsehern herauf. Im Treppenhaus hallte das mutlose Türengeschlage von Leuten, die nach Hause kamen oder weggingen, hinter mir hörte ich Lisa atmen. Ich setzte mich und rieb mir die Augen. Ich weiß, daß du da bist, sagte ich zu der Leere in meinem Kopf, wach auf, laß mich nicht allein. Ich sah auf das dunkle Viereck des Fensters.

An die Wand neben dem Fenster habe ich die Dinge gepinnt, die man so aufbewahrt: halb zerrissene Blätter mit Notizen, Fotos (eine verschwommene Voyager-Aufnahme vom Neptun, zwei Streifen mit Fotos von Raph und Lisa, in einem Automaten gemacht, als wir eines Nachts durch den Bahnhof gingen), eine fotokopierte Seite aus einem Buch über Unfälle bei Ölbohrungen, einen Zeitungsausschnitt über die Sterberate in Großstädten, eine Seite aus einem vergilbten Buch, Ansichtskarten, die ich vor langer Zeit bekam und aus lange vergessenen Gründen aufgehängt habe. Inmitten all dieser sich wellenden und verblassenden Blätter baumelt ein Stück Papier, auf dem ich mal den Text eines italienischen Mönchs aus dem fünfzehnten Jahrhundert abgeschrieben habe. Da saß ich nun mit meinem Schlafsack auf dem Schoß und las diesen Text, zum dreißigsten, vierzigsten Mal, mechanisch, als könnte ich so meinen flüchtigen Geist bezwingen.

Müssen wir darin nicht zugleich die höchste Freigebigkeit Gottvaters und das höchste Glück des Menschen bewundern? Des Menschen, dem es gegeben ist, das zu haben, was er wünscht, und das zu sein, was er will. Denn die Tiere, sobald sie geboren werden, tragen vom Mutterleibe an das mit sich, was sie später besitzen werden, wie Lucilius sagt. Die höchsten Geister aber sind von Anfang an oder bald darauf das gewesen, was sie in alle Ewigkeiten sein werden. In den Menschen aber hat der Vater gleich bei seiner Geburt die Samen aller Möglichkeiten und die Lebenskeime jeder Art hineingelegt. Welche er selbst davon pflegen wird, diejenigen werden heranwachsen und werden in ihm ihre Früchte bringen. Wenn er nur die des Wachsens pflegt, wird er nicht mehr denn eine Pflanze sein. Pflegt er nur die sinnlichen Keime, wird er gleich dem Tiere stumpf werden. Bei der Pflege der rationalen wird er als ein himmlisches Wesen hervorgehen. Bei der Pflege der intellektualen wird er ein Engel und Gottes Sohn sein. Und wenn er mit dem Lose keines Geschöpfes zufrieden sich in den Mittelpunkt seiner Ganzheit zurückziehen wird, dann wird er zu einem *Geist mit Gott gebildet werden, in der einsamen Dunkelheit des Vaters, der über alles erhaben ist, wird er auch vor allen den Vorrang haben.*

Ich bin nicht religiös, Gott bewahre, und die Philosophie ist immer größtenteils an mir vorbeigegangen. Was ist der Mensch und zu welchem Ende, solche Fragen machen mich eher ungeduldig als neugierig. Menschen werden geboren, Menschen sterben, genauso wie Ameisen geboren werden und sterben. Dahinter steckt kein großer Plan. Warum muß es immer eine Ursache und eine Wirkung geben, warum können wir uns nicht an die Idee gewöhnen, daß es manchmal, oder meistens, kein Ziel gibt, daß wir uns einfach vom Anfang zum Ende bewegen, ohne daß dies eine Bedeutung hat?

Diesen Text von Pico della Mirandola, so hieß jener Mönch, hatte ich aufgehängt, weil eine Erinnerung dazugehörte. Als ich ihn zum erstenmal las, mußte ich an eine Geschichte denken, die Lisa erzählt hat.

Eines Abends saßen wir zu viert in dem Zimmer, das Raph und ich uns teilten. Ein Modellflugzeug stand flügellahm auf dem großen Tisch. Überall lagen kleine Plastikstücke und leimverschmierte Papierfetzen herum. Im Hintergrund drang verschwommen Musik aus dem Radio. Wir tranken Tee und sprachen über einen Zettel, der im Briefkasten lag und den Lisa herausgenommen hatte. Darin stand, daß der Messias in Kürze komme. Die Guten würden von den Schlechten geschieden und das Tausendjährige Reich würde anbrechen. Wie wir so beisammen saßen, Lisa und unsere Mutter auf meinem Bett, Raph und ich am Tisch, wollten wir wissen, was das bedeutete.

»Von wo kommt er, der Messias?« Das war eine Frage von Lisa.

»Er kommt nirgendwoher«, sagte Mama.

»Wieso? Jeder ist irgendwo«, sagte Raph.

»Er ist auch irgendwo. Er ist nie weggewesen.«

»Wo ist er dann?« fragte ich.

Lisa zufolge erzählte unsere Mutter diese Geschichte: Ein junger Mann stellt seinem Lehrmeister dieselben Fragen, und der gibt zur Antwort, der Messias sei nie weggewesen, stärker noch: Er sei immer da. Aber wo denn? fragt der junge Mann. Er ist unter den Bettlern vor dem Römischen Tor. Aber wie kann man ihn erkennen? Alle Bettler, sagt der Lehrmeister, säubern sich am Ende des Tages und sie tun es folgendermaßen: Sie ziehen die Kleider aus, gehen zum Fluß, waschen ihre Kleider, trocknen sie und ziehen sie dann wieder an. Nicht so der Messias. Der zieht stets *ein* Kleidungsstück aus, wäscht es, trocknet es, zieht es wieder an und nimmt dann das nächste. Warum? fragt der junge Mann. Weil er jeden Moment bereit sein will, zu erscheinen, sagt der Lehrmeister.

»Und wann ist das?« fragte Lisa.

»Wenn genügend Menschen es wollen«, hatte unsere Mutter geantwortet.

Ich blickte auf die dunklen Gärten und dachte: Der Messias in Lumpen und Picos Mensch Mit Mehreren Möglichkeiten, was haben sie miteinander zu tun?

Das Eigenartige an Picos Text ist, daß er einer Ordnung

folgt, die jeder kennt, vom Gras über das Tier zum Menschen, vom Fehlen jeglichen Gefühls über das Fehlen der Vernunft zum Wissen. Wo wir jedoch meinen, das Höchste – Wissen – sei erreicht, geht Pico einen Schritt weiter. Höher noch ist die rastlose, obdachlose Seele, sie wird eins mit dem Heiligen Geist.

Unten glitt ein Lichtfächer über das Gras in einem der Gärten. Eine Tür ging auf, jemand trat ins Freie. In dem Lichtschein hinter der geöffneten Tür bewegte sich eine verschwommene Silhouette. Es war gegen zehn, ein großer bleicher Mond schwebte über der Stadt. Ich richtete mich auf und starrte ins Dunkel. Im verschleierten Licht sah ich das Mädchen mit den Polkatupfen. Sie war nicht mehr als eine schwarze Gestalt, ein ganzes Ende von mir entfernt, aber ich erkannte sie sofort.

Vor einem Jahr hatte ich sie zum erstenmal gesehen, vor fast einem Jahr, als ich eines Nachmittags an meinem Schreibtisch saß und hinaussah und eine junge Frau auf einem weißen Stuhl bemerkte. Sie hatte die Beine von sich gestreckt, die Arme auf den Lehnen, den Kopf im Nacken. Obwohl ich ihr Gesicht nicht richtig sehen konnte, dafür war sie zu weit weg, zog es meinen ganzen Körper zu ihr hin. Eine, vielleicht sogar zwei Stunden starrte ich so auf sie, die Hand mit dem Bleistift halb erhoben, die Augen zugekniffen. Als sie aufstand und ihren Stuhl hinter sich her ins Haus schleppte, war mir, als platzte eine Blase in meinem Kopf.

Von da an sah ich sie jeden Tag gegen zwei aus dem Haus kommen. Meist saß sie bis ungefähr fünf auf einem Stuhl im Gras, lesend, schlafend, immer allein. Da ihr Garten von Bäumen und Sträuchern fast ganz umschlossen war, mußte ich mein Fernglas nehmen, um sie sehen zu können.

Zwei schwarze Kreise fließen ineinander, ein grüner Schleier löst sich im scharfen Glanz stark vergrößerten Birkenlaubs auf. Zweige, Blätter, Rhododendren. Gras schießt vorbei. Eine unordentlich weggelegte Zeitung (LUSTE BEI WAH), ein Glasaschenbecher, drei ausgedrückte Filterzigaretten mit roten Lippenstiftabdrücken, ein Knie, die sanfte

Wölbung eines Schenkels, ein Stück weißer Stoff mit schwarzen Polkatupfen, große schwarze Knöpfe (einer, zwei, drei), ein glänzendes kleines Hautdreieck, zwei straff gespannte Halssehnen, ein Kinn. Gesicht.

Was passiert mit einem Mann, der an einem Sommernachmittag vom Schreibtisch aufsteht, sein Fernglas aus dem Schrank holt, es an die Augen setzt und auf eine unbekannte Frau richtet, die fünfzig Meter weiter, zehn Meter tiefer, ein Sonnenbad nimmt? Ein solcher Mann denkt, daß er in der Ausschnittsvergrößerung seines Fernglases die ganze Welt sieht, so wie ein Atomphysiker zustimmend nickt, wenn ein Astronom ihm das Foto eines Sternennebels zeigt. Das kenne ich, denkt er, die gleichen Gesetze, die gleiche Struktur.

Hinter mir murmelte Lisa etwas Unverständliches. Ich nahm den Schlafsack und ging nach oben, in die Etage, die ich immer leerstehen ließ, weil ich am liebsten in einem Raum lebe und wohne und arbeite. Ich legte den Schlafsack auf Raphs altes Bett, zog mich aus und schlüpfte in die muffige Hülle. Während ich zum Dachfenster schaute und mir überlegte, welches Sternbild ich da in der verzinkten Umrahmung sah, kamen die Fragen angeschwappt, mit denen Lisa mich allein gelassen hatte. Was ist das für ein Weg, von dem sie sprach, warum ist alles weg: Gott, Papa und Mama, das Geheimnis der Liebe?

Ich schlief, bevor ich mir noch mehr Fragen stellen konnte, auf die ich keine Antwort wußte.

Als ich am nächsten Morgen hinunterkam, war Lisa schon weg. Auf meinem Schreibtisch stand ein Becher mit einem roten Lippenstiftabdruck und ein Teller mit Krümeln. Ich ging in die Küche, machte mir Kaffee, schmierte Brote und frühstückte. Danach setzte ich mich an den Schreibtisch und las den Stapel Karteikarten, die ich in den letzten Monaten vollgeschrieben hatte.

Ich arbeitete bis zum späten Nachmittag und machte nur eine Pause, um zu essen: zwei Brote mit Thunfisch aus einer Dose ohne Etikett, runtergespült mit einem Becher starkem

Tee. Gegen fünf rannte ich hinaus, wo die Junihitze an den Gehwegplatten klebte und der Staub in Wolken aufwehte, und kaufte ein. Ein paar Stunden später verschwand ich in der Küche, um Spaghetti mit Tomatensoße zu kochen und meine übliche Schüssel Salat fertigzumachen (ein Junggeselle muß auf seine Vitaminversorgung achten, sagt Lisa). Ich stellte den Teller auf die Karteikarten und die Salatschüssel auf den Schreibblock und aß, während ich aus dem Fenster schaute, auf die Dämmerung, die sich zögernd zwischen den Häuserblocks herabsenkte.

Es gibt keinen bequemen Stuhl in diesem Haus. Ich lese auf dem Bett, ich arbeite und esse am Tisch beim Fenster. Einfach dasitzen und faulenzen, das war nie möglich. Meine Aussicht ist immer dieselbe: die Gärten hinter meinem Haus, die Gärten, auf die man vom Fenster über dem Tisch sieht. Dort ist eigentlich immer jemand, und wenn es spät ist und dunkel und alle drinnen sind, dann gibt es dort Vögel, die sich in den Sträuchern zanken, Katzen, die Blättern nachjagen, und Fenster, hinter denen Menschen hin und her gehen und reden und essen. Es ist die ganze Welt, auf einem Raum von fünfzig mal hundert Metern, umschlossen von den kahlen Steinmauern verwahrloster Gebäude und Häuser, überdeckt vom verschleierten Nachthimmel der Stadt. Es ist das Revier der Bestie.

Ich habe eine deutliche Vorstellung von der Erinnerung, ein Bild meiner Erinnerung. Es ist ein Tier, das in den Gärten lebt und sich abends, wenn alles dunkel ist und ruhig scheint, wenn ich am offenen Fenster sitze und den Geräuschen der Stadt lausche (dem leisen Heulen von Sirenen, dem Sirren von Eisen auf Eisen der Straßenbahnen, einem Güterzug, der durch den Hauptbahnhof fährt und sein nasales Horn klagen läßt) ... ein Tier, das sich an solchen Abenden streckt und aus der Dunkelheit auftaucht und vor dem Fenster sein Maul aufreißt und lautlos brüllt. Andere Menschen sehen ein goldenes Licht, wie an einem Herbstnachmittag, eine tiefstehende alte Sonne, einen Himmel, der von verlebten Farben perlt. Oder einen sanften Regen, der herabfällt und einen wohltuend naß macht. Etwas Schönes jedenfalls, etwas, worin die Dinge, die man vor langer Zeit verlor, für einen Moment zurückzukehren scheinen, womöglich gar das Glück selbst.

Ich habe ein schlechtes Gedächtnis. Meine Vergeßlichkeit ruft bei Raph und Lisa ständig Verärgerung und Belustigung hervor. Ich weiß nichts von unserer Jugend, nur sehr wenig von der Zeit, die ich in meinen Pflegefamilien verbrachte, und nur wenige Höhepunkte aus dem Jahr, in dem Raph und ich auf Wanderschaft waren. Gleichzeitig kann ich blind durch das Archiv der Ölgesellschaft gehen und nach der Mappe greifen, in der das Schema von Bohrloch L-4 liegt.

Was ich von unserer Jugend weiß, stammt von Lisa. So stark ist ihr Einfluß auf mein Gedächtnis, daß ich manchmal mich an etwas zu erinnern glaube und später dahinterkomme, daß ich nur eine ihrer Geschichten wiederkäue.

Ich ging in die Küche und holte mir ein Bier. Als ich zurückkam, brannten die ersten Lichter in den aufragenden Backsteinkliffen, die die Gärten umgeben.

Welcher Weg war das, den wir entlanggingen, wo es nach brennendem Gras roch und wo die Bäume Schattenflecke auf unsere Kleider warfen?

Los, sagte ich zu der Bestie, zeig dich.

Über den Lagerhäusern auf der anderen Seite der Gärten ging ein unwirklich großer Mond auf. Mare Serenitatis, Mare Imbrium, Oceanus Procellarum, Mare Nubium, Mare Nectaris, Mare Tranquillitatis, sie waren alle deutlich zu erkennen.

Genaugenommen endet oder beginnt mein Gedächtnis, als ich zwölf war. Davor ist alles grau und leer, und ich starre in ein Haus, in dem die Bilder von der Wand genommen sind, die Möbel weggebracht und die Teppiche zusammengerollt und mitgenommen. Ein paar Staubflocken schweben über dem blanken Fußboden, an der Tapete schimmern helle Flekken. Manchmal schaue ich hinein, und da ist ein vages Gefühl des Wiedererkennens. Dort, in der Ecke, wo die Wand beschädigt ist, stand da nicht... Aber dann verschwimmt alles.

Ich greife nach etwas, und wenn meine Hand sich schließt, bin ich ein Wanderer, der sich in der Wüste verirrt hat und zu einer Oase rennt, und erst, als er sich ins Wasser fallen läßt, merkt, daß er das Opfer einer Luftspiegelung ist.

Zwölf waren wir, Lisa und ich, als unsere Eltern starben. Raph war zwei Jahre älter. Nach dem Unglück wurden wir bei verschiedenen Adressen untergebracht. Wir hatten keine Verwandten, und niemand wollte zwei eigensinnige Jungen und dazu noch ein vorlautes Mädchen aufnehmen. Neun Jahre lang sahen wir uns nicht. Ein einziges Mal während dieser ganzen Zeit hatten Raph und ich Kontakt. Das war, als er anrief und sich meiner damaligen Pflegemutter gegenüber als Schulfreund ausgab.

Es war an einem Abend. Ich wurde ans Telefon gerufen, und als ich im Flur stand und den schwarzen Bakelithörer ans Ohr nahm, hörte ich eine Stimme, die ich sofort erkannte. Wenn Gott selber angerufen hätte, ich wäre nicht überraschter gewesen.

»Sam? Ich bin's, Raph. Ich hab gesagt, daß ich bei dir in der Klasse bin. Es ist geheim. Sie dürfen nicht wissen, daß ich es bin. Ich hab gesagt, daß ich Johnny heiße.«

»Johnny?«

»Wie geht's?«

»Okay«, sagte ich. »Gut.«

Ich hörte mich selbst atmen. Ich dachte: Warum muß er tun, als ob er jemand anders ist, wie kommt er in Gottes Namen auf Johnny?

»Hören sie mit?«

»Ja«, sagte ich. Ich drehte mich zu meiner Pflegemutter um, die hinter mir stand, mit verschränkten Armen und gerunzelter Stirn.

»Tu so, als ob ich nach den Hausaufgaben frage.«

»Ja.«

»Heute ist es drei Jahre her, weißt du das?«

»Chemie?« frage ich.

»Papa und Mama«, sagte er. »Hast du an sie gedacht?«

»Ja«, sagte ich.

»Du darfst nicht daran denken. Du mußt vergessen.«

»Was?«

Er seufzte. Es war eine Weile still.

»Du mußt alles vergessen«, sagte Raph. »Alles.«

»Ja«, sagte ich. »Kapitel eins.«

»Es ist besser, wenn man vergißt. Es muß weitergehen.«

»Okay.«

»Denk dran«, sagte er. »Ich muß jetzt aufhören.«

Ich hatte keine Zeit, etwas zu entgegnen. Ein trockenes Klick ertönte, und dann stand ich mit dem schweren Hörer am Ohr und hörte das monotone Summen des Besetztzeichens.

In den darauffolgenden sechs Jahren ließ er nichts mehr von sich hören. Ich hätte ihn gern angerufen, aber ich wußte nicht, wo er war.

Mit seiner Frage, ob ich an unsere Eltern dachte, hatte er ins Schwarze getroffen. Ich dachte an nichts anderes. Bis zu diesem Telefongespräch. Danach begann ich zu vergessen, genauso wie Raph gesagt hatte.

Ich habe vage Erinnerungen an diese Zeit. Ich sehe mich aus der Schule kommen, in ein Haus, das nicht mein Haus ist, zu Leuten, denen ich mißtraue. Ich sehe drei Treppen, zu drei Schlafzimmern (ich habe drei Pflegefamilien gehabt), ich sehe die Schultasche, die unter drei verschiedene Betten fliegt. Danach verschwimmt alles in dem Tagtraum, der Besitz von mir ergreift. Was ich in all diesen Zimmern auf dem Rand all dieser Betten träumte, weiß ich nicht mehr. Ich nehme an, daß ich in die Zeit zurückkehrte, als Raph und Lisa und ich noch zusammen waren, als unsere Eltern noch lebten und die Welt übersichtlich und geordnet war.

Nach neun Jahren und drei verschiedenen Pflegefamilien kam der Brief, in dem stand, daß ich ab meinem nächsten Geburtstag keiner Vormundschaft mehr unterläge. Ich könne mich in einem Anwaltsbüro melden, um Angelegenheiten wie Nachlaß und Waisenrente zu besprechen. An diesem Tag, es war Oktober, in der Stadt hing eine laue herbstliche Wärme, stopfte ich die zwei Jeans und die paar verwaschenen Hemden, die ich besaß, in meinen Rucksack und ging zu der im Brief angegebenen Adresse. Ich lief durch die Innenstadt, den Segeltuchsack geschultert, und sah auf meine Schuhe, die jedesmal, wenn sie das Pflaster berührten, kleine Staubwolken aufwirbelten, bei jedem Schritt ein Wölkchen feinen gelben Sand. Ich ging an einem großen Teich entlang, über abgesackte Bürgersteige, vorbei an eingerüsteten Gebäuden, und kam mir wie ein falsch eingestelltes Radio vor, so ungefähr, wie Lisa es beschrieben hatte: irgendwo an einem Punkt zwischen zwei Stationen, nichts als das fast unhörbare Rauschen der Lautlosigkeit rings um einen. Ich schwebte, das dachte ich an jenem Tag, ich schwebte zwischen zwei Welten und wußte nicht, wohin ich mich bewegte.

In dem Anwaltsbüro, an einer breiten Gracht mit abblätternden Platanen, wartete ich auf einem an die Wand geschraubten Stuhl, bis ich aufgerufen wurde und eine Sekretärin mich mit dem Fahrstuhl in die oberste Etage brachte, wo eine geschnitzte Tür aufging und ich in einen großen Raum eingelassen wurde. Am anderen Ende des Raums, mit dem Rücken zu einem halbrunden Fenster, das vom Fußboden bis zur Decke reichte, saß ein schwerer Mann an einem Teakholzschreibtisch. Er erhob sich mühsam. Er streckte die Hand aus und lächelte, als ich über den Teich von Teppich ging, um diese Hand zu drücken.

»Setz dich«, sagte er.

Ich griff nach dem Stahlstuhl vor seinem Schreibtisch und nahm Platz. Der Mann ließ sich in seinen Ledersessel fallen und wischte sich die Stirn mit einem weißen Taschentuch. Ich betrachtete ihn, während er ein paar Papiere zusammenfegte, und überlegte mir, wie es wohl wäre, einen so gewaltigen Körper zu haben, Finger wie Würste, einen Kopf wie ein Käse, Augen, die im Fett versinken.

»Als erstes die Formalitäten«, sagte der Mann. »Hast du einen Paß, Führerschein oder so etwas Ähnliches?«

Ich schüttelte den Kopf.

»Gar nichts, womit du dich ausweisen kannst?«

Ich nahm mein Portemonnaie aus dem Rucksack und zog

meinen Bibliotheksausweis heraus. Er verglich mich mit dem Foto auf dem Ausweis und lächelte.

»Gut, Sam van Dijk«, sagte er. »Du hast heute Geburtstag. Herzlichen Glückwunsch.«

Ich nickte.

»Dein Bruder war vor zwei Jahren hier. Er hat mich damals gebeten, dir diese Adresse zu geben.«

Er nahm die abgerissene Ecke eines Bogens Schreibmaschinenpapier und gab sie mir. Ich betrachtete sie und las eine hastig hingeschriebene Adresse in Bleistiftschrift, die mir nicht bekannt vorkam.

»Ich werde dir dasselbe erzählen, was ich ihm erzählt habe. Eure Eltern hatten ein Testament. Dieses Testament sah für den Fall, daß etwas passieren sollte, den Verkauf des elterlichen Hauses vor und die Aufteilung des Erlöses der Lebensversicherung, die dein Vater besaß. Dieses Geld ist aufgebraucht. Es wurde dazu verwendet, eure Erziehung und Ausbildung zu bezahlen.« Er hob die Hand, als erwarte er, daß ich etwas sagen würde. »An diesem Punkt wurde dein Bruder sehr böse. Ich muß gleich dazusagen, daß es nicht sehr viel Geld war. Das Haus erbrachte etwas mehr als zweihunderttausend, die Lebensversicherung hundertfünfzigtausend Gulden. Zweihunderttausend war wenig für so ein Haus, das habe ich deinem Bruder auch schon erklärt, aber es war ein Notverkauf, dann kann man nicht viel erwarten.« Er griff nach dem weißen Taschentuch und wischte sich wieder über die Stirn. »Dreihundertfünfzigtausend also, wovon so um die fünfzigtausend an Gebühren weggingen, unter anderem für uns, und fast die Hälfte für Steuern. Wir haben nicht nur die finanziellen Dinge erledigt, wir haben uns in den vergangenen Jahren auch laufend über eure Erziehung und Ausbildung informiert und wir haben einige persönliche Stücke für euch aufbewahrt. Das Inventar des Hauses wurde gemäß den testamentarischen Verfügungen verkauft.« Er schwieg und sah mich an. Dann beugte er sich wieder über die Papiere, die vor ihm lagen. »Es ist also kein Erbe vorhanden. Das einzige, womit ihr rechnen könnt, sind die üblichen Leistungen in solchen Fällen, Stipendien, Beihilfen, diese Dinge.« Er richtete sich auf und preßte die Lippen zusammen. »Es tut mir leid«, sagte er. »Ich habe seinerzeit noch zu eurem Vater gesagt, er solle es lieber anders regeln, aber das wollte er nicht. Er sagte, und das habe ich auch deinem Bruder erzählt, daß jeder seinen eigenen Lebensunterhalt verdienen soll. Ich glaube, er wollte nicht, daß ihr über Geld verfügt, ohne etwas dafür geleistet zu haben.«

Ich nickte.

»Kaffee?« sagte er.

Ich schüttelte den Kopf.

»Ich habe deinen Bruder für den Karton mit persönlichen Gegenständen unterschreiben lassen, den wir für euch aufbewahren. Hier ist die Liste mit dem Inhalt. Wenn du dieses Formular bitte unterschreiben würdest, dann ist alles erledigt.«

Er legte mir ein Formular und einen schwarzen Kugelschreiber hin. Ich nahm den Schreiber und betrachtete das Papier. Unten sah ich einen klaren Krakel, in dem ich »Raph« erkannte. Ich schrieb meinen Namen daneben und legte den Kugelschreiber auf das Blatt.

»Das war's«, sagte der Mann. »Scheu dich nicht vorbeizukommen, wenn noch etwas ist. Ich werde diesen Karton deiner Schwester mitgeben, wenn sie ihn kontrolliert hat.«

Eine Stunde später war ich an der von Raph angegebenen Adresse, einem großen verfallenen Haus in der Innenstadt. An der ramponierten grünen Tür hing ein Zettel: »Sam, die rote Klingel ist meine, oberster Stock.« Ich drückte auf den roten Knopf, die Tür sprang auf und ich polterte hinauf, wobei ich gegen die angestoßenen Wände des schmalen Treppenaufgangs prallte. Im obersten Stockwerk, im Dämmerlicht, wie ein Echo auf die Träume, die ich in der Zeit bei all diesen Pflegefamilien manchmal von ihm hatte, ragte Raph über mir auf. Ich schaute zu ihm hoch und kniff die Augen zu, um die Erinnerung an diese Träume zu vertreiben, und als ich sie wieder öffnete, standen wir uns gegenüber und er streckte die Hand aus und ich auch. Er räusperte sich und fragte, ob ich etwas trinken wolle, und ich sagte, daß ich gern Tee hätte, und wir gingen hinein, in das Zimmer, das er gemietet hatte, nachdem er »freigekommen war«, wie er es später nennen sollte.

Ein grüngestrichenes Fenster mit schmuddeligen Scheiben stand auf. Das Geräusch von Autos und der Geruch von warmem Asphalt und Gummi und Diesel wehten herein. Während Raph an einer Zinkspüle einen Kessel füllte und das Gas anzündete, stellte ich meinen Rucksack ab und ging zum Fenster. Ich beugte mich hinaus und blickte auf das Ameisennest von Stadt, die Menschen, die Autos, das Gewirr der Straßenbahnschienen und Oberleitungen und Laternen, die vertrockneten Blätter und Zeitungen in den Rinnsteinen und den Sand, der in kleinen Lachen rings um die Gullys lag, in weißgelben Zungen in den Rinnsteinen, wie eine dünne Haut über den Gehwegplatten. Sand und verwehte alte Zeitungen und plattgetretene Milchshakepappbecher und Hamburgerstyroporschachteln und zusammengedrückte Bierdosen und dazwischen, wie ich wußte: Straßenbahnfahrscheine und zerdrückte Zigarettenfilter und Kronkorken und Kassenzettel. Ich drehte mich um und sah mir das Zimmer an, einen Raum, der noch am ehesten einer aus Stein herausgehauenen Höhle glich. Farbe blätterte von den Wänden, auf dem nackten Fußboden stand ein Eisenbett mit einer gestreiften Matratze, in der Mitte ein Küchentisch und ein Holzstuhl ohne Farbe. Neben der Tür war das Spülbecken und daneben ein Resopaltischchen mit einer Kochplatte. An diesem Tischchen stand Raph und starrte auf den Kessel. Ich drehte mich wieder um und beugte mich aus dem Fenster und erzählte halb schreiend, was alles passiert war in den vergangenen neun Jahren, und daß ich einen Raum haben müsse, ein Zimmer, und dann pfiff der Kessel. Ich sah über die Schulter. Raph, der mir noch immer den Rücken zuwandte, nahm den Kessel vom Feuer und goß das kochende Wasser in einen Becher. Er hängte einen Teebeutel ins Wasser und bewegte ihn auf und ab, auf und ab, und als er damit fertig war und den Beutel ins Spülbecken hatte fallen lassen, nahm er den Becher und stellte ihn auf den Küchentisch. Er sah mich an.

»Was hast du vor?« sagte er.

Ich zuckte mit den Achseln. »Ich weiß nicht. Und du?«

»Ich will frei sein, wirklich frei, ohne Wohnung und ohne Verpflichtungen. Ich will rumziehen, ein Jahr lang, ohne Druck, ohne Schule und Pflegeeltern und all das.«

Ich nickte. »Und Lisa«, sagte ich. »Wo ist Lisa?«

»Lisa bleibt, wo sie ist, bis sie mit der Schule fertig ist.«

»Mit welcher Schule?«

»Kunstakademie, sie will malen.«

Ich zog die Augenbrauen hoch. Ich erinnerte mich kaum noch an sie. Es heißt zwar, daß zwischen Zwillingen etwas Besonderes ist, Telepathie, Empathie meinetwegen, aber in den vergangenen neun Jahren hatte ich kaum an sie oder an Raph gedacht. Ich meine: Ich dachte manchmal an sie, aber auf eine abstrakte Weise, ohne Gesichter dabei zu sehen, ohne mich heftig nach ihnen zu sehnen. Irgendwie war ich immer zu sehr mit Anpassen, mit Ducken und Ausweichen beschäftigt, in der Hoffnung, zumindest für eine Weile in Ruhe gelassen zu werden, wenigstens ein oder zwei Jahre irgendwo bleiben und mich an die Regeln und Gebote und Verbote gewöhnen zu können, die sich von Familie zu Familie unterschieden. Vielleicht gab es ja so etwas wie Telepathie zwischen Lisa und mir, aber dann hatten meine Alltagssorgen dieses unsichtbare Band so geschwächt, daß es nicht mehr zu spüren war.

»Woher weißt du, daß sie an der Kunstakademie ist?« fragte ich.

»Von diesem Anwalt, Notar, was ist er ...«

Die Geräusche der Stadt strömten durch das offene Fenster herein. Im Zimmer roch es nach Staub und trockenem Holz. Ich sah meinen Bruder an, der sich aufs Bett gesetzt hatte und dort mit krummem Rücken auf den Fußboden starrte. Ich ging zum Küchenstuhl und setzte mich. Ich trat gegen den Rucksack, der zwischen uns stand, und sagte: »Wohin? Wo willst du hin?«

Ich hatte nie den Eindruck, daß *wir* loszogen. Raph ging los, ich lief hinter ihm her. Für Raph war unsere Tour ein einziger Seufzer der Erleichterung. Ich war ein Mitläufer. Ich hatte zwar ein Ziel (ich wollte meine Familie wiederhaben, ich wollte wissen, wie es ist, einen Bruder und eine Schwester zu haben), aber dafür mußte ich nicht durch die Lande ziehen. Ich brauchte jemanden aus der Familie, und da nur Raph zur Verfügung stand, folgte mein Erkundungszug in die Vergangenheit den Spuren, die er auf seinem Streifzug in die Zukunft hinterließ.

Während dieses Jahres, das wir unterwegs waren, lernte ich, was es heißt, einen Bruder zu haben. Es war eine Erkenntnis, die mich verwirrte. Ich hatte nicht damit gerechnet, daß man so gleich sein konnte (dieselben Eltern, zwölf Jahre lang dieselbe Erziehung) und gleichzeitig so anders. Raph war gesprächig, selbstsicher, wild, gierig, ich das Gegenteil. Die Pflegefamilien, in denen ich nach dem Tode unserer Eltern untergebracht war, hatten mich unsicher gemacht. Mußte ich hier die Freizeit in meinem Zimmer verbringen (»man muß sich selbst beschäftigen können«), so wurde mir dort Häuslichkeit beigebracht und ich mußte den Abend im Familienkreis zubringen. Ich wurde losgeschickt, um mir meine Kleidung selbst zu kaufen, es war verboten, auch nur daran zu denken, was ich tragen wollte. Ich mußte abends duschen, ich mußte morgens duschen. Ich durfte mein Essen stehenlassen, ich mußte meinen Teller leer essen. Jede neue Regel war ein Schlag gegen das Fundament meiner Existenz, und je schwächer dieses Fundament wurde, desto weiter zog ich mich in mein Schneckenhaus zurück, desto mehr begann ich die Dinge aus der Distanz zu betrachten. Mein ganzes Leben, das entdeckte ich unterwegs, war ein Abwarten geworden, abwarten, was sie wollten, und dann erst handeln – oder ausweichen.

Lisa, die ihr Lehrerdiplom hat, erzählte einmal, daß sie zusammen mit einer anderen Studentin im Rahmen eines Praktikums eine Aufgabe durchführte, die ziemlich chaotisch endete. Sie sollten zwei Gruppen von Zehnjährigen nach einer Geschichte ein Bild malen lassen. Lisa hatte eines von Grimms Märchen vorgelesen. Ihre Kollegin erzählte der anderen Gruppe eine selbsterdachte, reichlich gruselige Geschichte. Mittendrin waren zwei Kinder in ihrer Bank umgekippt und ein anderes fing unbeherrscht zu heulen an. Daraufhin brach die ganze Klasse zusammen. Der Praktikumsbetreuer hatte später gesagt, sie hätten nicht richtig aufgepaßt. Man könne sehen, ob man zu weit gehe, sagte er, in einem bestimmten Moment verändere sich etwas in den Augen des Kindes: der Blick werde leer, das Gesicht ausdruckslos. Das Kind sei dann ein Opfer, machtlos, so fühle es sich, es warte ab, was mit ihm geschehe.

Genauso, wie ein Kind, das sich etwas unterziehen muß, was seinen Verstand übersteigt, fühlte ich mich in meiner Zeit als Pflegekind.

Ich hielt mich in allen diesen Familien durch den Gedanken an meinen Rucksack aufrecht. Unten in meinem Schrank lag immer der graue Segeltuchsack, den ich mit zehn von meinen Eltern bekommen hatte. Ich brauchte ihn nur mit einer Hose, einem Hemd, einem Paar Ersatzschuhe, einem stibitzten Schokoladenriegel und etwas Brot zu füllen, und schon konnte ich fliehen, aus dem Haus, auf die Straße, fort aus diesem Leben. Ich tat es nicht und wahrscheinlich hätte ich es auch nie getan, aber mir genügte schon die Vorstellung, daß dieser Rucksack da war und daß ich wegkonnte.

Vielleicht litten Raph und Lisa unter derselben Orientierungs- und Hilflosigkeit, doch wo sie am Ende ihrer Pflegefamilienzeit mit der Kraft eines Schwimmers auftauchten, der einfach ins Wasser gesprungen ist und jetzt, wieder aufgetaucht, sich an die Arbeit macht, blieb ich distanziert, fast unsichtbar.

Wenn Raph und ich von einem Dorf zum anderen zogen, schien das Gefühl der Entbehrung das einzige zu sein, was wir gemeinsam hatten. Wir sprachen über unsere Eltern, über Lisa, über die Dinge, an die er sich noch erinnerte, ich mich aber nicht, und die ganze Zeit wußte ich, daß wir dieselben Wörter benutzten, aber etwas anderes meinten. In mir wuchs die Erkenntnis, daß Raphs Gefühl der Entbehrung vom Verlust herrührte und meines von der Sehnsucht.

Wenn wir abends in unseren durchgelegenen Betten waren, in irgendeiner Provinzpension, müde vom Schleppen, müde von den Gelegenheitsarbeiten, wenn Raphs Atem den ruhigen Rhythmus des Schlafs annahm und ich langsam in den Grenzbereich zwischen Wachen und Schlafen glitt, dann erschien im Dunkel eines solchen mit Papier beklebten Lochs im Haus Amsel oder in der Pension Bel-air das Bild einer langen, sich entlangschlängelnden Straße, zu beiden Seiten von alten Eichen gesäumt, und dann sah ich irgendwo in einer sanften Kurve ein großes schwarzes Auto, das sich mit der Schnauze in einen der Bäume gebohrt hatte, die Windschutzscheibe verzuckert, im dunklen Innenraum der verschwommene grüne Schein des Autoradios. Eine sanfte Frauenstimme erhob sich in der Stille der Nacht und sang:

You must remember this,
a kiss is just a kiss,
a sigh is just a sigh,
the fundamental things apply,
as time goes by.

Jedesmal beugte ich mich vor, um in das Auto zu schauen, aber immer, wenn mein Gesicht so dicht am Platz des Fahrers war, daß ich etwas hätte sehen können, entschwand das Bild ins Dunkel, und ich starrte auf die kreideblauen Streifen der Tapete, die plattgeschlagenen Mücken und die braunen Stockflecken, die wir in der letzten Pension und der vorletzten und weiß der Himmel in wievielen anderen auch schon gesehen hatten.

»Das geht jedem so«, sagte Raph, als ich ihm erzählte, was ich sah. »Das ist bloß deine Phantasie. Du mußt nicht daran denken. Du machst dich selbst unglücklich mit diesen Tagträumen, und du mußt glücklich sein und zufrieden. Bist du glücklich?«

»Ja«, sagte ich, »natürlich bin ich glücklich.« Aber dieses

ganze Jahr lief ich hinter ihm her und schaute auf seinen Rücken, die grenzenlose Zufriedenheit, die dieser Rücken ausstrahlte, das Glück, das er so offensichtlich bei unserem Herumvagabundieren empfand, und ich dachte: Warum habe ich nur das Gefühl, etwas zu entbehren?

Nach einem Jahr kehrten wir zurück und machten uns auf die Suche nach Lisa. Es kostete uns fast einen Monat, sie zu finden. Raph hatte ihre Adresse von dem Anwalt bekommen, aber der Zettel, auf den er sie gekritzelt hatte, war verschwunden. Er sagte, er habe ihn in eine Fotoschachtel getan, die er zusammen mit seinen Kameras, Abzügen und Negativen bei seinen Pflegeeltern untergestellt hatte, aber als wir dort nachsahen, war er nicht da. Wir standen zwischen den Eichenmöbeln der beiden grauen Leutchen, die uns etwas scheu Kaffee und Kekse angeboten hatten, und sahen uns mit hochgezogenen Augenbrauen an. Raphs Pflegeeltern stöberten unterdessen im Haus herum auf der Suche nach einem Koffer, in dem wir die Kameras und die übrigen Sachen mitnehmen könnten. »Wann hast du das Zeug hier abgestellt?« fragte ich. »Schon lange her«, sagte er. »Ein paar Wochen bevor du zu mir kamst.« Ich dachte noch, wie konnte er sich so sicher gewesen sein, daß ich sofort zu ihm kommen und mir nichts, dir nichts mitgehen würde.

Daß er den Zettel mit der Adresse verloren hatte, wunderte mich nicht. In dem Jahr, in dem wir herumzogen, hatte ich entdeckt, daß Raph nicht gerade der ordentlichste Mensch war, dem ich je begegnet war. Wo ich abends meine Hose über einen Stuhl legte und mein Hemd vor das Fenster hängte, da verlor er seine Kleider auf dem Weg ins Bett, um sie morgens in umgekehrter Reihenfolge wieder anzuziehen. Wir hatten uns deswegen auch gestritten, kaum eine Woche nach unserem Aufbruch. Ich hatte gesagt, mich machten seine Klamotten, die sich durch unser Zimmer zögen, verrückt, und er hatte mit den Achseln gezuckt und war schlafen gegangen. Am nächsten Morgen fing ich wieder damit an. »Okay«, sagte er, »dann macht es dich eben verrückt. Muß ich mich deshalb ändern?« Ich sagte: »Himmelherrgott, Raph, es ist einfach normal, seine Umgebung halbwegs in Ordnung zu halten.« Er hatte genickt und dann sagte er, das könne schon sein, aber er wolle nicht normal sein und außerdem, wer sage denn, daß ihn meine zusammengelegten Hosen nicht verrückt machten, wer sage, daß ich mich nicht ihm anpassen müsse? »Weil es verdammt noch mal die Norm ist, seine Kleider wegzuräumen«, hatte ich geschrien. Er hatte die Augenbrauen hochgezogen und mich angeschaut, und dann sagte er: »Kannst du den Satz noch mal wiederholen und dir dabei genau zuhören?« Ich stand vor ihm, halb angezogen, das Hemd über einer Schulter, und ich ließ mir den Satz, den ich gerade von mir gegeben hatte, durch den Kopf gehen und dachte: Ich weiß ganz genau, daß ich recht habe, aber es klingt nicht gut, es klingt, wie wenn ein Elternteil unbilligerweise sagt, es gehöre sich so, weil es sich eben so gehöre.

Weil Raph den Zettel nicht mehr finden konnte, erst später, viel später, als wir Lisa schon getroffen hatten und sich außerdem herausstellte, daß sie an einer anderen Adresse wohnte, ging ich zu dem Anwaltsbüro, wo meine Unabhängigkeit vor einem Jahr bestätigt worden war.

Der dicke Mann saß genau wie beim vorigen Mal am Schreibtisch, das riesige Fenster im Rücken, und lächelte breit, als ich hereinkam. Er hob die Hand, begrüßte mich und zeigte auf den Stuhl vor dem Schreibtisch, aber ich blieb stehen und sagte, daß Raph und ich Lisas Adresse suchten, daß wir sie verloren hätten.

»Ihr habt noch keinen Kontakt zu ihr aufgenommen?« Er runzelte die Stirn.

Ich sagte, daß wir eine Zeitlang weggewesen seien.

»Sie hat geheiratet«, sagte er. »Weißt du das schon?«

»Nein.«

Er starrte an mir vorbei. Eine ganze Weile war es still. Dann sah er mich an. »Schau in dem schwarzen Schrank da, unter D.«

Ich drehte mich um und ging zu der Reihe Aktenschränke neben der Tür. Ich zog die Schublade heraus, auf der »C/D«

stand, und las die Etiketten auf den Mappen, bis ich unseren Namen fand. Ich griff mir die Mappe und ging zum Schreibtisch. Der dicke Mann nahm die Mappe und schlug sie auf. Während er sie durchsah, murmelte er leise vor sich hin.

»Hier«, sagte er nach einer Weile. »Schreib auf.«

Er schob mir einen Behälter mit Bleistiften hin und deutete auf einen Zettelkasten. Ich nahm einen Bleistift und einen Zettel und schrieb die Adresse auf, die er vorlas. Als ich fertig war, klappte er die Mappe zu und musterte mich eine Weile.

»Wie geht es euch?«

Ich zuckte mit den Achseln. »Es ist noch zu früh, etwas darüber zu sagen.«

Er lachte.

»Eure Schwester«, sagte er, »hat vor ungefähr einem halben Jahr gefragt, wo sie dich und deinen Bruder erreichen könne, und dann hat sie diese Adresse hinterlassen. Ich weiß nicht, wo das ist. Von dieser Straße habe ich noch nie was gehört.« Er sah mich kurz an. »Ich hoffe, ihr kümmert euch ein bißchen umeinander. Ich habe nichts damit zu tun und kann euch mit nichts helfen, aber trotzdem ...«

Ich nickte und streckte die Hand aus. Er beugte sich schwerfällig über den Schreibtisch und legte vier mollige Finger in meine Handfläche.

An dem Abend beugten wir uns über den Stadtplan, Raph und ich, und suchten die Straße, in der Lisa wohnte. Es war irgendwo im Industriegebiet.

»Was will sie bloß zwischen diesen Fabriken?« sagte Raph.

»Du hast mir doch erzählt, daß sie malen wollte«, sagte ich, »daß sie auf die Kunstakademie gegangen ist? Vielleicht hat sie dort ein Atelier. In der Stadt wird sie keinen hohen Raum finden können.«

Er zog die Augenbrauen hoch und sah ins Leere.

»Was jetzt?« sagte ich. »Gehen wir zu ihr?«

Raph nickte. Er stand auf und nahm seinen Mantel vom Bett, und ich nahm meinen vom Haken an der Tür und wir gingen die Treppen hinunter, auf die Straße, auf der Suche nach unserer Schwester.

Das Industriegebiet war ein Schock. Wir waren in puncto Verfall so einiges gewöhnt, aber da ging es eher um kleine Provinzstädte, aus denen die Fabriken abgewandert waren und alle möglichen alten Hallen und Schuppen leer zurückließen. Eine derart massive Demontage wie hier hatten wir dagegen noch nie gesehen. Es war fast gar nichts mehr da. Die Straßen waren verwahrlost, Laternenpfähle hingen schief und unnütz herum oder waren abgesägt worden. Birkenschößlinge wuchsen aus dem Asphalt, Gras wucherte zwischen den Pflastersteinen, und hinter schwarzversengten, eingeworfenen Fenstern waren leere Hallen zu sehen, in denen es vor langer Zeit gebrannt hatte und wo immer noch ein schwacher Geruch von verkohltem Holz hing. Zweimal begegneten wir Leuten. Erst einem alten Mann auf einem mit Abbruchmaterial beladenen Fahrrad, später, auf einem kahlen Stück Land, einer Gruppe etwa achtzehnjähriger Jungen, die in so etwas Ähnlichem wie einem Auto ohne Hülle, nur Motor und Sitze und darum herum ein Rohrgestell, über das Feld rasten. Hier und da brannte das Gras, und die Jungen fuhren mit diesem prähistorischen Ding durch die Flammen, und jedesmal, wenn einer in einem Funkengestöber aus dem Feuer gedonnert kam, ertönten wilde Schreie. Yippie! Yeah!

Wir hatten die Karte mitgenommen, so daß wir ab und zu nachsehen konnten, wo ungefähr wir uns befanden, aber es war nicht so einfach, sich in diesem postindustriellen Inferno zu orientieren. Es gab kaum Schilder, manche Straßen waren mit Barrikaden aus Schutt und leeren Ölfässern und Autowracks versperrt, und so viele Fabriken waren abgerissen, daß wir die leeren Flächen manchmal für Straßen hielten. Nach einstündigem Umherirren fanden wir ein einigermaßen intaktes Straßenstück, wo ein paar Wellblechschuppen neben einem riesigen leeren Gebäude standen. Da irgendwo mußte Lisa wohnen. Wir gingen an der hohen schwarzen Fassade entlang, vorbei an zugenagelten Fenstern, verbrannten Fensterbänken und provisorisch herausgebrochenen Löchern in den Fassaden, aus denen Schornsteinrohre ragten. In der Mitte fanden wir eine gelbgestrichene Tür, vollgeklebt mit

Zetteln, auf denen Namen standen. Es gab auch eine große Kupferplatte mit einem Knopf. Raph drückte auf den Kopf. Eine Weile hörten wir nichts. Dann ertönten Schritte, Riegel wurden zurückgeschoben, eine Kette fiel, ein Schloß knirschte. Die Tür öffnete sich einen Spaltbreit. Ein Typ mit punkigem schwarzem Haar sah durch den Spalt.

»Wir wollen zu Lisa«, sagte ich.

»Kenne ich nicht.«

»Sie muß hier wohnen, mit ihrem Mann. Sie malt.«

»Alle malen«, sagte der Typ.

»Exakt«, sagte Raph. »Wenn du jetzt mal kurz auf die Seite gehst, dann können wir unsere Schwester besuchen.«

»Woher weiß ich, daß ihr keine Geheimen seid?«

»Willst du, daß ich dir meinen Schwanz zeige?« sagte Raph.

Der Typ sah mich an.

Ich sagte: »Was muß man tun, um hier reinzukommen?«

»Ich kenne keine Lisa«, sagte der Typ wieder.

»Das hatten wir schon«, sagte Raph.

Ich sagte: »Müssen wir uns womöglich ausweisen oder so? Wir kommen verdammt noch mal, um unsere Schwester zu sehen. Was ist das hier, ein Gefängnis?«

In dem Moment trat Raph mit voller Kraft gegen die Tür, in Höhe der Klinke. Ich schoß vor und rammte die Schulter gegen das Holz. Ich fiel nach vorne auf den Typen, den ich im Fallen mitriß. Wir landeten mit einem Knall auf dem Boden. Ich kam wieder hoch und zog den Typen an seinem T-Shirt hoch. Raph packte seine Arme und hielt sie hinter dem Rükken fest.

»Wieder mal geschafft, Agent einundvierzig«, sagte Raph.

»Right-o«, sagte ich.

Der Typ versuchte sich dem Griff zu entwinden, aber Raph schob seine Arme in Richtung Schulterblätter und drückte ihn mit dem Gesicht an die Wand, während ich ihn losließ.

»Vorsicht ist eine gute Eigenschaft«, sagte Raph, »aber man muß wissen, bei wem. Wo müssen wir hin?«

»Da rauf«, sagte der Typ. »Himmelherrgott, laß mich los. Ich hab euch für Bullen gehalten.«

»Wo rauf?«

»Drei Treppen rauf und dann links, irgendwo ganz hinten.«

Raph ruckte noch mal an seinen Armen und ließ ihn dann los. Wir drehten uns um und gingen durch den dämmrigen Raum zu der Treppe, die ein Stück weiter begann.

Die Treppe war einmal die Visitenkarte des Unternehmens gewesen. Es war ein breites Gebilde aus beigem Naturstein, der hier und da geborsten war. An manchen Stellen war das Holzgeländer verschwunden. Die Wand neben der Treppe war von den neuen Bewohnern bemalt und beschrieben worden. Im zweiten Stock stießen wir auf ein Spraydosen-Fresko vom Paradies, Version ausgehendes zwanzigstes Jahrhundert. Adam und Eva sahen aus wie die Airbrush-Barbaren, die man auf Flipperautomaten findet, die Vorfahren von Conan der Barbar. Adam trug ein Band um seinen muskulösen rechten Arm und hatte eine Erektion, mit der man einen Nagel in die Wand schlagen konnte. Eva war eine austrainierte Bodybuilderin mit Granitbrüsten. Ein schneeweißes Einhorn lief herum, es gab einen Baum, in dem ein Art Boa constrictor sich zwischen glänzenden Äpfeln wand, und in einer Ecke, halb verdeckt durch einen exotischen Farn, war Tim zugange, Bianca Castafiora von hinten zu nehmen. Raph schnalzte mit der Zunge, als wir daran vorbeigingen.

»Ob Lisa das gemalt hat?« sagte ich.

»Ich weiß es nicht«, sagte Raph, »aber falls ja, dann sollten wir besser nicht mit weißen Söckchen rechnen.«

Ganz hinten in dem Gebäude, im dritten Stock, klopften wir an eine schwarzgestrichene Tür, auf der »Lisa/Simon« stand. Es dauerte eine ganze Weile, bis wir Schritte hörten. Dann ging die Tür auf und wir blickten in das Gesicht unserer Schwester.

Wenn man sich lange nicht gesehen hat, dann gibt es zwei Möglichkeiten, wie ein Wiedersehen ablaufen kann: Entweder steht man sich steif gegenüber, seelenlos lächelnd, Hand ausgestreckt, Unverständliches murmelnd, oder man fällt sich um den Hals, umarmt sich leidenschaftlich und läßt den Tränen freien Lauf. Bei uns war es eine Mischung aus beidem.

Wir sind in allem anders. Lisa stand in der Tür, wir vor ihr, und eine halbe Minute lang starrten wir uns in völliger Stille an. Dann tat sie einen Schritt vor, unsere Schwester, und warf sich auf uns. Mit dem rechten Arm umschlang sie Raph, mit dem linken mich. Sie machte sich krumm und schob ihren Kopf zwischen uns, so daß Raph und ich etwas unbequem mit dem schluchzenden Mädchen unter den Achseln dastanden. Raph sah zur Seite und machte ein unglückliches Gesicht. Ich preßte die Lippen zusammen und schüttelte den Kopf. Wir beugten uns vor und klopften ihr auf den Rücken. Eine ganze Weile standen wir so und warteten, bis der Sturm der Gefühle sich gelegt hatte.

Als wir endlich hineingingen und an einem tintenverschmierten Holztisch saßen, wurmartige Gebilde aus getrockneter Farbe zogen sich über ihn, als hätte jemand die Fläche als Palette benutzt, da erzählte Lisa, wie lange sie uns gesucht habe, daß sie Anzeigen in die Zeitung gesetzt und nur perverse Briefe erhalten habe. Raph und ich hörten zu und tranken die Biere, die sie aufmachte. Als sie fertig war mit Erzählen, beschrieb Raph, wie wir hierhergekommen waren. Von Zeit zu Zeit bewegte sie den Kopf: neinnein, jaja. Ich schaute sie an, ihre ungekämmten rotbraunen Locken, das blasse Gesicht mit den dunklen, maskaraverschmierten Augen, die komische Kleidung, die sie trug: eine riesige weite Hose mit bestimmt drei Regenbogen an Farben dran, ein fahlschwarzes T-Shirt und darüber ein lose hängendes, verwaschenes rotes Oberhemd. Sie sah auf und lächelte, ich lächelte zurück. Wie wir uns so gegenübersaßen und angrinsten, erstarrte sie. Sie legte einen Zeigefinger auf die Lippen und sah über uns hinweg, zu einer Wand mit einer vergilbten Reproduktion von Breughels *Turmbau zu Babel.* »Moment mal«, sagte sie. »Mir fällt gerade was ein.« Sie stand auf und ging aus dem Zimmer, durch eine Art Loch in der Wand. Der Rahmen war noch da, nicht aber die Tür. Raph schaute mich an und zog die Augenbrauen hoch. Ich trank das kalte Bier und sah mich um.

Es war ein hoher quadratischer Raum, in dem wir saßen, sechs mal sechs Meter, so ungefähr. An der Stuckdecke blätterten große Farbplacken, aus einem Kreis von Gipsweinranken ragte ein dickes Rohr mit einem Haken, den jemand mit einem weißgestrichenen Stromkabel umwickelt hatte. Die Wände waren weiß getüncht, aber durch die Tünche schimmerten große dunkle Flächen. Neben der Tür hing ein schwarzes Telefon, an dem die Bakelithülle fehlte, so daß man das Innenleben des Apparats sah. Daneben war die Wand mit Adressen, Nummern und Notizen vollgekritzelt. An der hinteren Wand des Zimmers lehnte ein wackliges Gebilde schlampig zusammengezimmerter Kisten und Kästen, auf dem eine Stahlplatte mit einem Spülbecken lag. Ein bemalter Kühlschrank, rot mit schwarzen Schlängelstreifen, trug den Gaskocher.

»Toller Raum«, sagte Raph, »ideale Höhe.«

Von weitem hörten wir Lisas Stimme. Wir standen auf und gingen zu dem Loch in der Wand.

Wir kamen in ein großes Zimmer mit einer Matratze auf dem Boden. An der Decke hing zwischen zwei geflochtenen Drähten ein Aluminiumrohr, an dem Bügel mit Kleidern baumelten.

»Das ist was für dich«, sagte Raph. »Hier kannst du deine Kleider nicht nur aufhängen, sondern auch noch hochziehen.«

Wir gingen durch das Zimmer, schoben einen Vorhang beiseite und kamen in einen langen Raum, der fast vollständig in tiefes Dämmerlicht getaucht war. Eine Wand war mit Folie abgedeckt. Das schwache Licht, das dafür sorgte, daß es nicht völlig dunkel war, kam aus der bräunlichen Glaszahnung auf dem Dach. Lisa stand an einem Tisch am anderen Ende des Raums. Sie reckte sich und zog an einer Schnur. Ein paar Neonröhren in einem hoch aufgehängten Kasten flakkerten knatternd an.

Auf dem Tisch stand eine Schachtel aus dickem, grauem Karton, mit Klebeband zugeklebt und an drei Stellen mit Papierstreifen versiegelt.

»Der Anwalt hat mir diesen Karton mitgegeben, aber er erklärte, ich dürfe ihn erst öffnen, wenn ihr dabei seid«, sagte Lisa.

»Dann mach ihn mal auf«, sagte Raph.

Lisa blickte von ihm zu mir. Die Neonröhren brummten. Von weitem erklang das gedämpfte Gejaule einer elektrischen Gitarre. Ich nickte.

Sie nahm ein Palettmesser, stach es in das Klebeband an der Stelle, wo die Klappen des Kartons zusammenstießen, und drückte es hinunter. Sie fuhr mit dem Messer hin und her und durchschnitt das Siegel. Sie schlug die Klappen auf und sah in den Karton.

Dies ist das Geheimnis unseres Lebens, dachte ich. Dies ist der große Trick, die höchste Magie.

Lisa steckte eine Hand in den Karton und holte einen kleinen Stapel Papiere heraus. Sie legte ihn auf den Tisch und starrte auf die Schreibmaschinenbuchstaben, die auf dem weißen Blatt tanzten.

»Das Inventarverzeichnis«, sagte sie, während sie das oberste Blatt beiseite schob. »Das wollen wir nicht sehen.« Sie nahm den Stapel in die Hand und blätterte ihn durch. »Urkunden, Testament, alles amtliche Dokumente.« Sie legte das Papier zur Inventarliste und sah wieder in den Karton. Sie wühlte im Schlund der Schachtel und zog etwas Gräuliches heraus.

»Himmel«, sagte Raph. »Die Mercury.«

Lisa hielt ein halbes Diabolo aus Kunststoff hoch. Über die Haut der Kapsel liefen schwache Linien, die Luken und Platten markierten. Ich streckte die Hand aus und nahm das Ding entgegen.

»Du faßt es an!« sagte Raph. »Er hält es in der Hand! Sing! Tanz!«

Ich sah Raph an.

»Du wirst mir doch nicht erzählen, daß du die Mercury nicht wiedererkennst?« sagte er.

»Doch, aber ...«

Lisa sagte: »Ihr bekamt doch den Bausatz einer Dakota, weil ihr nie mit der Mercury spielen durftet?«

Raph schüttelte den Kopf. »Er weiß nichts. Er hat ein Gedächtnis wie ein Sieb.«

Lisa sah mich lange an. Dann richtete sie ihren Blick auf Raph. Für einen Moment schienen sie sich etwas sagen zu wollen.

Ich hielt das Mercury-Modell in der Hand und versuchte mich zu erinnern, was das Ding bedeutete.

Ich wußte, was die Mercury war, daß Glenn und Carpenter ihre ersten Flüge damit gemacht hatten. Ich wußte sogar noch, daß sie verlangt hatten, daß ein kleines Fenster hineinkam, nachdem die Konstrukteure ein völlig geschlossenes Modell vorgeführt hatten, und daß sie eine Handsteuerung wollten, weil sie sich wie Piloten fühlten und nicht wie willenlose Fleischklumpen, die zu experimentellen Zwecken in den Weltraum geschossen wurden. Ich wußte das alles, aber ich brachte das, was ich hier in der Hand hielt, nicht mit meinem Vater in Verbindung.

»Kassetten«, sagte Lisa. »Ein ganzer Stapel Musikkassetten.« Sie holte zwei, drei Hände voll Kunststoffgehäuse heraus.

Raph seufzte. »Mein Gott«, sagte er, »was für ein Erbe. Modellbau und schlecht aufgenommene Musik. Wer in Gottes Namen hat die Bänder da reingetan? Die gehörten uns. Das ist doch kein Erbe?«

»Vielleicht ist eine Nachricht drauf«, sagte ich.

Raph preßte die Lippen zusammen und starrte auf die aufgetürmten Kunststoffdinger. »Da sind nur Bruchstücke von klassischer Musik drauf. Mendelssohns Violinkonzert, die ersten paar Minuten. Eine Scheißaufnahme von der Matthäuspassion, *O Haupt voll Blut und Wunden.* So ein Scheißdreck. Rita Reys singt *As Time Goes By*. So ein Gelump hat er immer für uns aufgenommen.«

»Wer?«

»Unser Vater!« sagte Raph. »Mann, denk doch mal nach. So wenig kann man doch gar nicht wissen.«

Lisa ließ ihren Blick von mir zu Raph wandern. »Dann erzählen wir ihm doch, was passiert ist?« sagte sie.

»Schau erst mal in den Karton«, sagte Raph.

Lisa nahm die Klappen in die Hände und leerte den Karton

aus. Ein dunkelgrünes kunstledernes Fotoalbum fiel heraus, das sich sofort öffnete, die Seiten kokett uns zugewandt. Das erste, was ich sah, war das Foto eines hochgewachsenen alten Mannes mit einem Wust weißgrauer Haare. Er trug ein Kind auf den Schultern. Lisa nahm das Album in die Hand und starrte auf das Foto.

»Wer ist das?« sagte Raph.

»Das ist Sam, mit unserem Großvater.«

»Mein Gott«, sagte Raph, »ich kann mich überhaupt nicht an den Mann erinnern.«

»Ich auch nicht«, sagte Lisa. »Mama hat mir von ihm erzählt. Er hieß auch Sam.«

Ich beugte mich über Raphs Schulter. Der Mann auf dem Foto war ein Riese. Er strahlte eine Kraft und Lebenslust aus, die sogar auf dem Papier zu spüren war. Der kleine Junge auf seinen Schultern hatte die Hände auf den Kopf des alten Mannes gelegt und starrte kurzsichtig auf den Fotografen.

Hinter uns ertönte ein Geräusch. Jemand polterte durchs Zimmer und rief etwas Unverständliches. Lisa warf die Sachen in den Karton und winkte uns.

Im Zimmer beugte sich ein Mann unseres Alters über den Tisch. Er stützte sich auf die Platte und besah sich die Titelseite einer Zeitung.

»Simon? Meine Brüder sind da.«

Der Mann schrak auf. Er ließ den Blick von Lisa zu Raph und dann zu mir wandern. Raph trat auf ihn zu und streckte ihm die Hand hin. Während sie ihre Namen nannten und sich anlächelten, spürte ich Lisas Blick. Ihr Mann drehte sich um und drückte mir die Hand.

»Ihr seht euch ähnlich«, sagte er, meiner Schwester zunikkend.

Ich sah mich um, wie um das noch schnell zu kontrollieren, und richtete den Blick dann wieder auf ihn.

»Wie habt ihr uns gefunden?« sagte er.

Raph begann die Geschichte unserer Suche zu erzählen. Lisa griff mich am Arm und zog mich zum Loch in der Wand.

»Laß uns den Kram schnell aufräumen«, sagte sie. Sie

sprach laut, als ob sie deutlich machen wolle, daß wir aus dem Zimmer gingen.

In dem großen Raum mit den zugeklebten Fenstern nahm ich die Bierflasche, die ich dort hatte stehenlassen, und trank die letzten zwei, drei Schluck. Dann sah ich zu meiner Schwester. Sie stand da, den Unterleib an den Tisch gedrückt, die Hände fest um die Platte geklammert. Sie hatte die Augenbrauen hochgezogen und sah mir prüfend ins Gesicht.

»Was ist?« sagte ich.

»Sehen wir uns wirklich ähnlich?«

»Ich weiß nicht. Findest du das schlimm?«

Sie schüttelte den Kopf.

»Was habt ihr gemacht, seit ihr allein wohnt?«

Ich drehte mich mit dem Rücken zum Tisch und drückte mich hoch, bis ich saß. Ich ließ die Augen über die Backsteinwände wandern, über die Decke, die bestimmt vier, fünf Meter über mir war. Ich schwang die Beine auf den Tisch, drehte mich zu Lisa um und nahm den Schneidersitz ein. »Ich wohne nicht allein«, sagte ich. »Als ich frei war, bin ich zu Raph gegangen, und da habe ich eine Nacht geschlafen, und dann sind wir losgezogen. Und du?«

Sie zuckte mit den Achseln. Sie steckte die Hände in die Hosentaschen und sah auf ihre Schuhe.

»Ich bin einfach bei meinen Eltern, meinen Pflegeeltern geblieben und habe die Schule beendet.«

Sie starrte immer noch nach unten.

Und dann, was dann? dachte ich.

»Willst du noch was trinken?« sagte sie.

Ich nickte.

Sie griff nach der Schnur, die an dem Gehäuse mit der Neonröhre hing, aber bevor sie daran ziehen konnte, sagte ich: »Wann hast du geheiratet?«

»Kurz vor dem Examen. Ich jobbte als Kellnerin, um mir was dazuzuverdienen, und in die Kneipe kamen Simon und seine Freunde oft. Er studierte Anthropologie.«

»Studierte?«

»Er hat aufgehört.«

Ich wartete darauf, daß sie erzählen würde, was er jetzt machte, aber es kam nichts. Sie streckte die Hand aus und zog an der Schnur. Das Licht sagte »spet«. Die Wände zogen sich ins Dunkel zurück. Ich rutschte vom Tisch und trottete hinter ihr her zum Ausgang.

Sie sagte: »Ich bin hier der Verdiener. Ich arbeite in einem Verlag, der Kalender macht. Schweinische Kalender, männliche Pin-ups.«

»Wie kommst du an deine Modelle?«

»Ich habe eine reiche Phantasie.«

Im Zimmer saßen Raph und Simon am Tisch und tranken Bier. Als wir reinkamen, drehte Raph sich um. Er schaute Lisa und mich an und grinste.

»Die Zwillinge haben sich gefunden«, sagte er. »Jetzt wird alles gut.«

Die Gärten hinter meinem Haus waren dunkel. Der Mond stand am höchsten Punkt seiner Bahn und warf bläuliche Parallelogramme auf den Fußboden. Welcher Weg war das, den wir entlanggingen? Ich schloß die Augen und versuchte mich an etwas zu erinnern.

Der Asphalt, über den Raph und ich gingen, während die Autos in Wolken aufsprühenden Regens an uns vorbeifuhren. Schlängelwege aus festgestampftem Sand, gesäumt von Wiesen mit Butterblumen und frischgrünem Gras. Lange, endlose Klinkerwege zwischen zwei Dörfern, nichts als rational angepflanzter Nadelwald rechts und endlos parzellierte Äcker links. Eine Enzyklopädie von Wegen sah ich. Lisas kleiner Weg war nicht dabei.

Ich trank den letzten Rest Bier, räumte das Zimmer auf und ging ins Bett. Als ich auf dem Rücken lag und zur hohen Decke hinaufstarrte, tauchte zum erstenmal seit meiner Tour mit Raph die leichte Kurve mit dem in den Baum gebohrten Wrack auf.

Wenn man sich an etwas zu erinnern versucht, kommt immer das, worauf man nicht gewartet hat.

Wie hat alles begonnen?

Am nächsten Morgen ging ich durch die Stadt zum Archiv der Ölgesellschaft. Ich grüßte den Portier, holte Kaffee und öffnete die Tür zum Bohrlocharchiv. Dort machte ich das Neonlicht an, nahm den Kasten mit den Karteikarten und zog meinen Stuhl zu dem Schrank, in dem die Mappe hing, mit der ich gerade beschäftigt war.

Im allgemeinen arbeite ich zwei, drei Monate im Archiv, bis meine Notizen zu einem Bandwurm von Sätzen und Strichen und Pfeilen angewachsen sind. Dann nehme ich die Karteikarten mit nach Hause und schreibe den x-ten Bericht über Dinge, die mich nicht interessieren: *Einbringen der Futterrohre und Verrohrung in den Bohrlöchern im Großen Feld; K-14, eine Fallstudie.*

Ich hätte auch für ein Gemeindearchiv arbeiten können oder bei einer Versicherungsgesellschaft. Gegenstände lassen mich kalt. Es geht um die Spurensuche, das langsame Vordringen in eine unbekannte Welt, in der ich mit der Zeit die Pfade, die Schleichwege und die geheimen Räume kennenlerne.

Ich verdanke meinen Beruf dem Leiter des Archivs, Huizinga. Einige Monate nach unserer Rückkehr, als Raph und ich eine Etage gemietet hatten, einen großen rechteckigen Raum in einem ehemaligen Lagerhaus am Rande der Innenstadt, dem Haus, in dem ich blieb, als Raph in eine Halle im verlassenen Industriegebiet zog, lief ich ihm in einem Zeitarbeitsbüro zufällig über den Weg. Er suche einen Dokumentaristen. Sei das nicht etwas für mich? Ich hatte mich gesträubt, gesagt, ich sei kein Archivar, hätte nichts Besonderes studiert (gar nichts, um genau zu sein). Huizinga antwortete, das wisse er (er war ein alter Bekannter meines Vaters), aber ich sei ohne Frage gescheit genug, um Dinge herauszusuchen, und er bezahle anständig. Es handele sich nicht um eine feste Anstellung, sagte er, es sei eine zeitlich befristete Arbeit, der, wenn ich mich geschickt anstellte, weitere folgen könnten. Ich sagte »ich weiß nicht« und »wie lange« und »wieso«, Dinge, die man sagt, um eine Entscheidung hinauszuschieben, und dann sagte Huizinga, er tue es verdammt noch mal nicht für mich, sondern er müsse sich Übersicht in diesem Archiv verschaffen, das noch nicht einmal alphabetisch geordnet sei. Ich hatte gesagt, ich würde vorbeikommen, wir könnten auf jeden Fall mal darüber reden. So fing es an. Von diesem Moment an hatte ich einen Beruf, bekam regelmäßig Aufträge von der Ölgesellschaft und übernahm, da Huizinga mit meiner ersten Arbeit recht zufrieden war und mich bei Geschäftsfreunden weiterempfohlen hatte, die gleichen Aufträge für andere Unternehmen. Es war nicht das, was ich mir vom Leben erwartet hatte (Raph ist Fotograf geworden, Lisa malt, mein Vater war Astrophysiker und meine Mutter sprang als Direktionssekretärin bei Firmen ein, in denen großes Chaos herrschte; alle in meiner Familie hatten es zu etwas gebracht), aber ich lebte.

Als ich da so zwischen den hohen Drehschränken auf dem Boden saß, umgeben von Papier, kam Huizinga herein. Er lehnte sich an einen Schrank und sah auf das Durcheinander.

»Geht's?«

Ich nickte.

»Wann bist du fertig?«

»Wenn's sein muß, in etwa zwei Wochen.«

Er hatte mich noch nie gefragt, wann ich eine Untersuchung abschließen würde.

»Nimm dir einen Monat dafür, anderthalb Monate.«

Ich legte den Karteikartenstapel hin und sah ihn an.

»Wir stellen das Beschreibungsprojekt ein«, sagte er. »Das Geld ist alle. Wir beschränken uns in Zukunft auf das, was wir haben. Ich habe ihnen gesagt, daß Kopakker eine außerordentlich komplizierte Untersuchung ist, die noch einige Zeit in Anspruch nehmen kann.«

Ich sah, daß er sich schuldig fühlte.

»Was machst du, wenn du hier fertig bist?« fragte er.

Ich zuckte mit den Achseln. Ich stapelte eine paar Mappen

aufeinander und stand auf. »Keine Ahnung«, sagte ich. »Es findet sich immer etwas Neues.«

Huizinga nickte. Wir standen etwas unbehaglich da und dachten die Dinge, die man sich in so einem Moment sagen möchte: Es tut mir leid, du kannst nichts dafür, ich wollte ...

»Wann schreibst du den Bericht?«

»Was?«

»Kopakker. Wann fängst du an zu schreiben?«

»Ich hab schon was daran getan. Nächste Woche mache ich weiter. Ich muß erst Kopien machen.«

Wir sprachen noch über das Archiv, ich zeigte ihm einen Schrank, in dem sich die richtige Mappenreihe nicht mehr vordrehen ließ, wir sahen uns die Projekte an, die ich in der letzten Zeit abgeschlossen hatte, und dann, nach etlichen weiteren halben Entschuldigungen, ging er. In dem kleinen Archiv brummte die Klimaanlage. Ich hörte das Hin- und Hergelaufe auf dem Flur, den Kaffeewagen, der aus dem Fahrstuhl kam und rumpelnd und klirrend seine Runde begann. Ich ging zu den Mappen zurück und blieb einen Moment am Fenster stehen, dem Fenster zum Parkplatz. Ich dachte an Kopakker, jene Bohrstelle, wo ein Bohrturm samt Nebengebäuden, Wagen, Gerätschaften im Erdboden versunken war.

Ich glaube, in diesem Moment wurde mir klar, daß ich in einer anderen Welt lebte, als ich immer geglaubt hatte.

Ich kam aus einer Jugend voller Unsicherheit, hatte mich in dem Sog, den mein Bruder verursachte, ins Erwachsensein mitschleppen lassen und wartete, dort angelangt, darauf, daß das Leben anfinge, in der Annahme, jeder kenne den Moment, in dem Chaos und Unsicherheit verschwinden und der Staub sich legt.

Ich stand vor dem Fenster und blickte auf das Hin und Her der Autos. Das Leben hat nicht angefangen, dachte ich, es wird nie ruhig und klar. Dies ist Platons Höhle. Ich schaue auf die Schatten, die sich über die Felswand bewegen.

Für jemanden, der gelernt hat, sich auf sein Gedächtnis

nicht zu verlassen, der seine eigene Vergangenheit nicht kennt und somit auf die Geschichten angewiesen ist, die seine Schwester und sein Bruder erzählen, ist dies eine bestürzende Entdeckung. Eine Entdeckung, mit der ich hätte leben können, ich glaube, ich hätte mich an eine Welt gewöhnen können, die nicht war, was sie schien, wenn ich mich in diesem Moment nicht daran erinnert hätte, was mit Echo passiert war, vor einer Woche, vor anderthalb Wochen.

Ich kann nicht sagen, daß ich Echo kannte, aber irgendwie gehört er aufgrund des Geschehenen zu meiner festen Gruppe von Schemen: er, das Mädchen mit den Polkatupfen, die gesichtslosen Gestalten meiner Eltern und Großeltern und ein paar Freundinnen, die ich bis auf irgendein nichtssagendes Detail vergessen habe.

Ich sah ihn zum erstenmal, zumindest war ich dieser Meinung, als Raph und ich in der Quarantänestation des Krankenhauses auf jemanden warteten, in einer langen Halle mit graugetünchten Wänden und bettbreiten cremefarbenen Metalltüren und einer bläulichen Glaswand. Wir redeten darüber, für wen das wohl war, das ganze Glas, in einer Abteilung, in der alle hinter blinden Türen ohne Nummern liegen, ohne Türklinken, in Betten unter Zelten aus milchweißem Plastik, in denen man die Umrisse verchromter Rohre und regloser Körper sieht, als hätte man Puppen hineingelegt. Raph spielte an seiner Kamera herum. Er drehte am Objektiv und richtete es auf dieses und jenes, und dann stieß er mich an. Ich folgte seiner Nickbewegung nach draußen, und dort, auf der Böschung, die gleich hinter dem Glas begann und sich steil hinaufzog, sah ich zwei Paar Beine die Art von Schritten machen, wie man sie in Krankenhäusern öfter sieht, ein Zwischending zwischen langsamem Gehen und Schlurfen. Wir konnten nicht erkennen, wer sie waren, die Menschen, die zu den Beinen gehörten, denn die Quarantänestation lag halb im Souterrain, wir mußten uns also bücken und nach oben schauen, um ihre Gesichter zu sehen, und als wir das taten und sie endlich sahen, sagte Raph, daß er sie kenne. »Das ist Echo, der Gitarrist«, sagte er. »Echo mit seiner Schwester. Sie ist hier eingeliefert worden. Sie hat sich umzubringen versucht, zum zehnten oder zwanzigsten Mal.« Ich schaute nach oben auf das vorbeischlurfende Paar, und während mir das Merkwürdige dieser Situation aufging, die beiden dort oben und wir gebückt hier unten, die Köpfe schräg nach oben gedreht, um sie sehen zu können, schlug Echos Schwester plötzlich die Hände vors Gesicht und begann zu schluchzen, herzzerreißend zu schluchzen, mit zuckenden Schultern und Kopfbewegungen in einer Art »Nein«, und Echo sah sich um, als habe er Angst, jemand könnte ihn sehen. Er rieb sich die Stirn und preßte die Lippen zusammen, und dann legte er ihr die Hand auf die Schulter und drückte sie auf eine Bank und setzte sich neben sie, und er streichelte ihren Kopf und sah in die andere Richtung, etwas abwesend, als wüßte auch er, daß sich daran nichts ändern ließ. In diesem Moment kam der Mann, auf den wir warteten, und Raph nahm seine Tasche und seine Kameras und folgte ihm durch diesen merkwürdigen Flur zu einer Treppe mit drei Stufen, die nach oben, ins Erdgeschoß, führte. Ich bückte mich, um meine Sachen aufzuheben, ziemlich langsam, denn ich konnte mich nicht von dem Bild des Musikers und seiner Schwester losreißen, die auf der Bank im Garten des Krankenhauses saßen, so allein, zu zweit und doch so allein, und während ich immer noch halb gebückt dastand, hörte ich Raph fragen, wo ich bliebe. Ich nahm das Stativ und die verbeulten Lampen, rief, ich käme schon, und ging den Flur entlang, aber als ich zur Treppe kam, bückte ich mich, um noch einmal zu den beiden auf der Bank hochzuschauen, und im selben Moment wußte ich plötzlich, daß ich ihn schon mal gesehen hatte, und ich wußte auch, wann und wo.

Vor langer Zeit, als Raph Musiker fotografierte und ich in seinem Schlepptau in alle möglichen zu großen, zu hohen Säle kam, solche Schuhkartons mit Wänden, die bis in Schulterhöhe mit einer Kunstholztäfelung verkleidet sind, und schmutzigen Decken, an denen zerbrochene schalenförmige Lampen hängen, und Fußböden aus rissigem Linoleum, da hatte ich ihn wirklich zum erstenmal gesehen, in einer Garderobe. Er saß auf einem verbeulten Zinkmülleimer und spielte einen trägen Flamenco auf seiner E-Gitarre. »Echo war in Willies Band«, hatte Raph gesagt, während er ein 50-mm-Objektiv auf seine Kamera schraubte und den Apparat ans Auge drückte und scharfstellte. Der Mann mit der Gitarre sah auf und brach den Akkord ab, den er gerade angeschlagen hatte, Raph drückte auf den Auslöser. »Willies Band...«, sagte Echo bitter und erzählte, daß Willie, wer immer das sein mochte, bei *ihm* gespielt habe, dann aber seine Band verlassen habe und in Amerika auf Tournee gegangen sei und daß jeder es daher etwas anders sehe. Ich hörte ihm zu, während er die Story von seinem Aufstieg und Untergang erzählte, denn das war es, der reinste Aufstieg und Untergang, und ich dachte schon damals: Warum schafft er es nicht, obwohl er alles kann? Später, auf dem Heimweg, hatte Raph gesagt, Echo, das sei nicht sein richtiger Name, die Musiker in der Stadt würden ihn so nennen, weil er den Hall immer auf zehn einstelle und dann mit zurückgelegtem Kopf und geschlossenen Augen Frage und Antwort mit seinen eigenen Noten spiele. »Er spricht mit seiner Gitarre«, sagte Raph. »Du siehst, wie seine Lippen sich bewegen, wenn er spielt, und seine Gitarre gibt Antwort.« Und dann erzählte er noch, daß Echo aus einer alten armenischen Familie stamme, die über Nordafrika und Spanien hier gelandet sei, und ich fragte mich, was er damit meine, was das erkläre.

Inzwischen war ich oben, in einem niedrigen dunklen Gang, wo Raph und der Mann vom Krankenhaus standen. Raph hielt seinen Belichtungsmesser hoch und sah auf die Zahlen, und ab und an nickte er dem Mann zu. Ich fing an, die Lampen aufzubauen. Ich klappte das Stativ auseinander und folgte den Anweisungen, die Raph vor sich hin murmelte, verschob eine Lampe, stellte eine andere höher oder tiefer.

Ich sah Echo vielleicht ein Jahr nicht mehr. Ich vergaß, was ich beobachtet hatte, im Krankenhaus und damals im Bellevue, bis ich eines Morgens in den Molenaarssteeg bog, und da stand er, am Ende der Schlucht aus Backstein und Beton, bestehend aus der Rückseite eines großen Bürohauses und den fensterlosen Mauern einer Kneipe und einiger Geschäfte. Seine Haare waren fettig und schwarz und strähnig und baumelten in Zotteln um den Kopf. Er trug eine alte blaue Jacke halb über der einen Schulter und eine ausgebeulte, einem Putzlumpen ähnelnde Jeans. Auf dem Boden stand eine halbleere Weinflasche, um die er mit seinen offenen Schuhen herumschlurfte, die Schnürsenkel schleiften hinter ihm her. Er drehte sich wie eine Spieluhrballerina, die linke Hand schwebte in Schulterhöhe, die rechte machte Zupfbewegungen auf dem Bauch, und ich hörte Miau-Laute in seiner zerschlissenen Stimme. Ich stand am Anfang des Molenaarssteeg und sah ihn ganz deutlich, als stünde er auf einem Fleck von großer Klarheit, einem Platz, wo die Luft aus Glas oder Wasser war. Sein Gesicht leuchtete im Schein der tiefstehenden Morgensonne, und ich konnte erkennen, daß er schielte und daß sein Mund sich verzog, aber nicht grausam oder traurig, sondern eher so, als lächele er und könne das nicht mehr richtig, und ziehe jetzt ein Gesicht, das dem möglichst nahekam. In dem Moment erinnerte ich mich, was Raph gesagt hatte, damals im Krankenhaus, als wir ihn mit seiner Schwester gesehen hatten: »Versager, eine ganze Familie von Versagern, alle mit irgendeinem vagen Talent, aber nicht einer, der weiß, was er mit diesem Talent anfangen soll«, und ich dachte an das Schicksal jener ersten, echten Echo, der Nymphe, die zu einem Stein schrumpfte und ihren Geliebten Narziß untergehen sah, während sie nichts tun konnte, als seine verzweifelten letzten Worte zu wiederholen.

Das letzte Mal war an einem Abend, als ich Raph begleitete, der Fotos bei einer Zeitung abgeben wollte, ungefähr zwei Wochen, bevor Huizinga mir sagte, daß das Beschreibungsprojekt eingestellt werde. Raph unterhielt sich mit einem Redakteur, und ich sah aus dem Fenster des Labors. Ich starrte auf den leeren Parkplatz, die beschmierten Mauern, die großen Pappkartons mit Abfall, als im Licht der Natriumlampen eine schwankende Gestalt auftauchte. Der Mann hatte die rechte Hand etwas erhoben, als suche er Halt, aber da war nichts, das Halt bot. Er ging zu einer kleinen Mauer, lehnte sich mit dem Rücken daran. Er ließ sich heruntersacken und senkte den Kopf. Als er mit ausgestreckten Beinen so auf dem Boden saß, ein Haufen liegengebliebener Lumpen, tanzte das Licht eines Scheinwerfers über das Pflaster. Erst kam ein Motorrad, dann das nächste und dann noch eines durch die Lücke zwischen den Bürohäusern. Die drei Maschinen bogen langsam auf den Parkplatz und begannen ein Ballett zittriger Lichtbündel, die sich kreuzten, träge senkten und dann plötzlich in *einer* fließenden Bewegung über die Mauern neben dem Parkplatz schossen. Eines der Motorräder beschrieb einen langsamen Halbkreis und stoppte vor dem in sich zusammengesackten Kleiderhaufen, der an der Mauer hing. Die anderen drehten träge Runden auf dem Parkplatz. Ich konnte nichts hören, die Fenster waren gut isoliert, aber ich fragte mich, warum der Mann da unten nicht aufsah. Die drei Maschinen mußten einen Höllenlärm machen. Das Motorrad vor dem Penner näherte sich dem Mann an der Mauer so dicht, daß ich mich fragte, ob es ihn berührte oder nicht. »Mein Gott«, sagte ich. Raph und der Redakteur stellten sich neben mich. Im Schein des Natriumlichts bewegte sich die schwarze Lederhand des Motorradfahrers rhythmisch hin und her. »Was wollen die?« sagte ich. »Nichts«, sagte der Mann von der Zeitung, »drangsalieren, einfach drangsalieren.« Ich hörte seiner Stimme an, daß er sich nicht sicher war. Das rechte Bein des Motorradfahrers schwang zurück. Für einen Moment hing es neben dem verchromten Auspuff. Dann fegte es mit enormem Schwung vor, und der Stiefel knallte dem Penner in die Seite, genau unterhalb der Rippen. Der Mann auf dem Boden, der in diesem Augenblick schräg hochschaute, schlug mit dem Kopf an die Mauer. Sein Körper schien sich vom Boden zu lösen und sackte dann vornüber. Das Motorrad ruckte, das Vorderrad neigte sich zur Seite und fuhr über das ausgestreckte Bein des Penners. »O Gott«, sagte Raph. »Ich ruf die Polizei«, sagte der Mann von der Zeitung. »Nicht weggehen.« Er drehte sich um und rannte aus dem Labor. Das Motorrad schlug einen eleganten Bogen, bis es zwischen den beiden anderen stand. Die behandschuhten Pranken lagen auf dem Gas und bewegten sich im Gleichtakt hin und her. Gas auf, Gas zu, Gas auf, Gas zu. Der Penner drückte sich an der Mauer hoch, eine Hand an der Brust, die andere hinter sich. Er beugte sich vor und spuckte etwas auf den Boden. Das erste Motorrad fuhr wieder an. Die kleine Gestalt dort unten, in diesem Abgrund aus getöntem Licht und Stein, hob den Kopf und schüttelte ihn in einer Art langsamem »Nein«. Er schlurfte an der Mauer entlang. Die beiden anderen Motorräder setzten sich in Bewegung. Der Penner rannte stolpernd los, erst an der Mauer entlang (»Nicht nach links«, rief ich, »nicht nach links«) und dann in einer Art Zickzackkurs über den Parkplatz auf einen offenen Schuppen zu, in dem ein paar große Zinkcontainer zu erkennen waren. Er hatte noch keine fünf Meter zurückgelegt, als das erste Motorrad an ihm vorbeifuhr und ein Stiefel ihn voll in den Rücken traf. Er taumelte halb um die eigene Achse. Er stolperte und fiel auf die Knie. Ich sah ihn kurz nach Luft schnappen. Unmittelbar darauf kroch er los. Kaum hatte er sich bewegt, als das nächste Motorrad sich näherte, und während die Maschine ihn nur knapp verfehlte, hakte ein schwarzer Stiefel sich hinter seinem Bein fest. Der Penner machte die schlaffe, träge Bewegung einer Stoffpuppe, die hochgeworfen wird. Er drehte sich und schlug auf den Rücken. Im selben Moment fuhr das dritte Motorrad über seinen Arm. Der Arm drehte sich unter dem Rad, und der Mund des Penners öffnete sich, weiter und weiter. Sein Körper krümmte sich wie ein Stück Papier in den Flammen. Einen Moment lag er auf dem Pflaster, dann rappelte er sich auf, bis er halb gebückt dastand, die Hände auf den Knien. Er hob den Kopf, erst zu den drei ihn umkreisenden Maschinen, dann weiter hinauf. Seine Augen glitten über die Fassade, zu unserem Fenster. »Echo«, sagte Raph. »Mein Gott, Echo.« Ich schlug mit der Hand ans Fenster und schrie. Echo ließ den Kopf fallen und schleppte sich in Richtung der Container. Die Motorräder rückten langsam vor. Sie fuhren in abgezirkelten Bögen über das von Öl und Gummi verfärbte Pflaster. Der erste verfehlte ihn, der zweite trat ihn in die Seite, und als das dritte Motorrad kam und Echo auf dem Boden lag, die Wange auf dem Pflaster und die Arme weit ausgebreitet, fuhren die Räder längelang über ihn, und er rührte sich nicht mehr.

»Sam?«

Eine der Abteilungssekretärinnen stand in der Tür.

»Mußt du noch in den Keller?«

Ich nickte.

»Bringst du mir ein Paket Computerpapier mit, ja?«

»Okay.«

Sie warf mir eine Kußhand zu und verschwand. Ich ging zu meinem Stuhl, schob die Karteikarten zusammen, verschloß die Schränke und verließ das Archiv. Über das blanke Linoleum auf dem Flur ging ich zum Fahrstuhl. Hinter den offenen Türen tippten Sekretärinnen, und Männer in weißen Hemden starrten auf den Bildschirm ihres Computers. Huizinga saß in seinem Büro am Schreibtisch und fummelte mit einer Büroklammer und einem Gummiring herum. Er hob die Hand, als ich vorbeiging.

Ich drückte den Fahrstuhlknopf und schaute auf die aufleuchtenden Zahlen über den Türen. Alles geschieht gleichzeitig, dachte ich. Lisa spricht von etwas, was ich nicht verstehe, und ich fange auf einmal an, über mein leeres Gedächtnis nachzugrübeln, Huizinga erzählt, daß das Projekt aufhört, und ich denke an Echo. Was ist das? Der Geist, der sagt, jetzt reicht es? Wach auf, Sam? Sieh dich um! Ich sehe es, sagte ich zu meinen Gedanken. Ich glaube, daß die Welt anders ist, als ich dachte. Ich glaube! Hallelujah!

Ich betrat den Fahrstuhl und drückte auf K wie Keller. Der Fahrstuhl sank (oder das Gebäude stieg, in einer platonischen Welt ist das eine so wahr wie das andere), und ich tastete in meiner Jackettasche, ob ich Zigaretten bei mir hatte. Ich fand ein altes Päckchen von Lisa, in das ein durchsichtiges Plastikfeuerzeug gezwängt war. Die Türen öffneten sich, das Neonlicht im dunklen Keller sprang an. Der Beton schimmerte sanft, mir kroch der Geruch von Holz und Papier in die Nase. Hinten im Keller, wo die Behälter mit dem zerschnippelten Papier standen und eine Sackkarre brav auf Arbeit wartete, zog ich einen Karton mit Computerpapier aus einem Regal. Ich setzte mich darauf und zündete eine Zigarette an.

Wir nahmen den Zug nach Osten, Raph und ich, zum östlichsten Ort, den wir per Schiene erreichen konnten, ein Fleck, wo die Gleise unter einem Prellbock endeten. Dort stiegen wir aus und stiefelten los. Wir folgten einem rechtwinklig zu den Gleisen verlaufenden Weg, und während wir schwiegen und an die Dinge dachten, die wir tun würden, jedenfalls ich, und herauszufinden versuchten, wo wir eigentlich waren und ob wir jemals aus dieser gottverdammten Wüste aus Stein und Asphalt und niedrigen Häusern herauskommen würden, während wir da also gingen, nahmen wir automatisch die Reihenfolge ein, die wir seitdem nicht mehr losgeworden sind: Raph vorneweg, leicht gebeugt, schlendernd; ich dahinter, Daumen unter den Rucksackriemen, auf einen Fleck zwischen seinen Schultern starrend.

Wir zogen durch dünnbesiedelte Gegenden, von einem Job zum nächsten (und wenn es keine Arbeit gab, versuchten wir eine freigebige Seele zu finden), ein Jahr lang. Bis das Ende kam in Gestalt eines roten Chevrolets.

Das war im Oktober. Wir arbeiteten bereits seit ungefähr zwei Monaten in einer Kartoffelmehlfabrik. Raph stand an einer Sortiermaschine unter einem verstaubten Fenster, und wenn er hinausschaute, sah er ihn immer als erster, den roten Punkt auf dem grauen Straßenband im flachen Kartoffelland, ein Zündholzkopf, der sich langsam über eine riesige Zündfläche schob. Dann war es halb zwölf. Nach dem Eintreffen blieb der müde Chevrolet auf einem holprigen Nebenweg stehen, zwischen zwei unübersehbar großen Feldern, die triste Nebel ausdünsteten und grau waren und leer.

Um Viertel vor zwölf war der Direktor als erster zur Stelle bei diesem verschwommenen Fleck. Wir sahen ihn, in die Hände hauchend, das Jackett um den wettergegerbten Körper schlagend, vor der Beifahrertür stehen, ungelenk gebückt, bis die Tür aufging und er hineindurfte und, hops, verschwand. Manchmal begann der Wagen danach leicht zu schaukeln, als ob drinnen getanzt würde, was jedoch nicht der Fall war. Jeder, die ganze Fabrik, wußte, was dort vor sich ging. In dem Chevy saß Rika. Sie machte es zum Großabnehmertarif.

Der Direktor brauchte eine Viertelstunde, fiel dann aus der Tür, jedesmal wieder, und eilte zurück in die Fabrik auf eine Weise, die suggerierte, daß er plötzlich an etwas ganz Wichtiges dachte. Wenn er drinnen war, ging die Sirene.

Im Laufe der Jahre hatte sich eine bestimmte Reihenfolge in der Schlange entwickelt, die in der Pause vor dem Wagen wartete. Wie lange man in der Fabrik arbeitete, wie stark man war, wie gewitzt, wie interessant man darüber erzählen konnte, alles konnte für den Platz bestimmend sein. Zu unserer Zeit bestand die Schlange aus fünfzehn Mann, und wer als letzter drankam, mußte einen starken Magen haben. Rika sah dann zwar noch immer aus wie der Traum eines Knaben, der zuviel daran denkt und es zu selten getan hat, aber nach dreizehn Männern roch es im Auto drückend nach Champignons, und Rikas Kleider klebten von oben bis unten. Die letzten mußten sich buchstäblich durch das Sperma der anderen arbeiten. Raph und ich standen ganz hinten.

Hinterher fragt man sich, wie man um Himmelswillen dazu kommt, am Ende der Woche zusammen mit der ganzen Fabrik eine Zwanzigguldennutte zu besteigen, aber nach einem Jahr des Herumziehens und Schlafens in schimmligen Zimmern und Schuppen mit Ratten und tagelang dieselben Kleider tragen und manchmal nichts als Grabenwasser, um sich Hände und Gesicht zu waschen, schien es nicht nur völlig normal, mit dreizehn anderen zu dem Chevy zu gehen, sondern es war auch noch etwas, was wir inbrünstig und leidenschaftlich wollten.

Rika war vierzig, schon etwas über die Vierzig, und sie hatte dicke schwarze Haare, die unserer Meinung nach aufgesteckt waren, wenn der Direktor kam, und im Laufe der dreizehn nächsten Kunden immer weiter nachgaben, bis wir dran waren und sie breitbeinig auf der breiten ledernen Vorderbank lag, mit abwesendem, müdem Blick, nassen Strähnen ums Gesicht, und seufzend sagte: »Beeilt euch ein bißchen, Jungs. Rika ist müde.« Raph konnte beim erstenmal nicht. Sie war so abwesend, so gar »kein lebendiges Wesen«, daß er nicht auf die Idee kam, von ihm werde etwas erwartet. Irgendwie konnte er sich nicht vorstellen, daß er mit »der« Liebe machen sollte.

Wo das Ritual herkam, wußten wir nicht. Das wußte keiner. Jeder, vom Vorarbeiter bis zum Ablader, erinnerte sich, daß er am Ende der Schlange angefangen hatte und im Laufe der Jahre auf begehrenswertere Plätze vorgerückt war. Raph meinte, der Direktor habe damit angefangen, denn der war unverheiratet und etwas seltsam, aber meiner Meinung nach war Rika schon da, als die Fabrik gebaut wurde, und hatte noch mehr solcher Adressen. Ich meinte, auch an anderen Orten in der Umgebung komme vormittags, zu einer festen Zeit, der rote Chevy angerauscht und schöben erst der Direktor und danach die Arbeiter die allwöchentliche Nummer.

Eines Tages sprachen Raph und ich beim Nachhausegehen über unser übliches »Freitagsthema«: wie ungerecht es sei, daß wir am Ende der Schlange bleiben würden, bis jemand starb oder irgendwo anders arbeitete, sofern wir bis dahin nicht selbst weitergezogen waren.

»Die haben alle Frauen«, rief Raph, womit er sagen wollte, sie »könnten, wann sie wollten«.

Wir waren einundzwanzig und dreiundzwanzig, und unsere sexuellen Erfahrungen waren an den Fingern einer Hand abzuzählen. Wir zogen herum, lebten von den Jobs, die wir hier und da bekamen, waren unrasiert und meistens ungewaschen und Frauen kannten wir keine.

»Wir müssen schauen, wie wir weiter nach vorn kommen«, sagte ich, als ich, wie jeden Freitag, über Rika, über die Fabrik, über die Millionen Kartoffeln, die an einem einzigen Tag unter einem vorbeischossen, und darüber, wo sie hingelangten und wer sie essen würde, kurz und gut: über das Leben nachdachte.

Wir gingen auf der Asphaltstraße zu einem Dorf, etwa vier Kilometer weiter. Dort gab es eine Bushaltestelle und eine Kneipe, wo wir immer schon mal anfingen, den Staub der Astartes, Ostaras und all der anderen Kartoffeln mit den Namen längst ausgestorbener Fruchtbarkeitsgöttinnen runterzuspülen. Der Staub saß in den Kleidern, im Haar, in den Augen, in den Handrillen, letztlich in der Haut. Man wurde ihn nicht los. Hatte man Pech und mußte aufs Band, weil der Kartoffelstrom stockte, kroch man auf Händen und Füßen durch zerquetschte Kartoffeln, mit deren Saft man sich beschmierte und der sich so schwarz färbte, daß man abends schwarze Hände, schwarze Streifen im Gesicht, schwarze Füße, ja sogar schwarze Knie hatte. Je länger die Saison dauerte, desto schmutziger wurde man und desto schwieriger war es, sich zu säubern. Einige Männer wuschen sich mit Biotex, das war das einzige, was half, aber der Nachteil lag darin, daß man davon austrocknete, die Haut an den Händen nach ein paar Tagen wie Papier war und riß und der Kartoffelsaft noch tiefer in den Körper eindrang. Eine Scheißarbeit.

In der Kneipe tranken wir immer Kaffee und Genever. Wir waren nach diesen vier Kilometern so durchgefroren und müde, daß wir nur durch die beiden Getränke wieder einigermaßen zu uns kamen. Raph saß mir gegenüber, er kippelte auf seinem Stuhl, den er mit zwei Beinen gegen die dunkle Täfelung gelehnt hatte. Er war an diesem Tag äußerst schlechter Laune.

»Und das Schlimmste ist«, sagte er, als seien wir mitten in einer Unterhaltung und er beendete einen angefangenen Satz, »das Schlimmste ist, daß die Saison nächste Woche vorbei ist und wir dann ganz auf dem trockenen sitzen.«

So schrecklich kam mir das nicht vor. Rika war zwar auf eine gewisse Weise begehrenswert (es war eine Art Selbstbefriedigung, sie lag dermaßen uninteressiert da, daß man nicht das Gefühl hatte, es mit jemand anders zu treiben, mich beruhigte das damals sehr), aber den Gedanken, sie mit dreizehn anderen teilen zu müssen, sie nach ihnen besteigen zu müssen, fand ich gleichzeitig ekelhaft. Allein diese Warterei in der Schlange, in der Kälte stampfend, eine dampfende Reihe Männer, die sich in die Hände hauchten, die Jacke am Hals zuhielten, schweigend, allein das schon war für mich so schlimm, daß ich bei der Vorstellung, von dort wegzugehen, fast froh war. Ich wußte, daß Raph derselben Meinung war, daß bei ihm jedoch eine dicke Schicht Begierde und Neid den Abscheu überdeckte. Ich hatte ihn im Laufe dieses Jahres kennengelernt, er war der Typ, der Dinge tut, weil er sie sich nun mal in den Kopf gesetzt hat, warum, weiß er selbst oft nicht mehr, aber es steckt in ihm und treibt ihn an, ein von Sturheit, Begierde und Neid genährter Motor.

Wenn wir freitags so dasaßen und ich ihn anschaute, wie er an der Wand lehnte, abwechselnd einen Schluck Kaffee und Genever trank, dann wurde mir immer wieder bewußt, warum man uns überall sofort für Brüder hielt. Wir hatten alles, was Brüder haben müssen: Wir sahen uns ähnlich, aber nicht zu sehr, wir unterschieden uns, aber auch nicht sehr. Raph war nicht allzu groß, einsachtzig, einsfünfundachtzig, sein Gesicht hatte sanfte Züge, ohne jedoch weich zu sein. Seine große, leicht gekrümmte Nase wirkte wie ein freundlicher Schnabel in einem etwas eulenhaften Gesicht. Ich war etwa fünf Zentimeter kleiner, besaß aber ungefähr das gleiche Gesicht, nur mit dem Unterschied, daß ich einen Stoppelbart und eine altmodische Brille trug und seinen Olivteint nicht hatte, leider nicht hatte, denn allzuoft wurde ich wegen meines blassen Aussehens gefragt, ob ich krank sei. Wenn wir an der Straße entlangliefen, von einem Schlagloch zum anderen, von der Kartoffelmehlfabrik zur Zuckerraffinerie, dann nahm uns meist schnell ein Auto mit, denn wir hatten dank unserer weichen Gesichter und der arglosen stumpfen, krummen Nasen und der Tatsache, daß wir wie zwei verirrte Pfadfinder aussahen, dank all dieser Dinge also hatten wir die Ausstrahlung eines ziemlich freundlichen, leicht trotteligen Gespanns.

»Wir müssen uns etwas einfallen lassen«, sagte Raph. Er hob die Hand für zwei weitere Kaffee und Genever und machte einen noch krummeren Buckel auf seinem an die Wand gekippten Stuhl.

»Ein Einfall«, sagte ich.

»*Den* Trick«, sagte er, »die letzte große Verarscherei.« Er beugte sich vor, und der Stuhl landete wieder auf allen vier Beinen. »Hör zu«, sagte er. »Hör zu ...«

In diesem Teil des Landes schlägt das Wetter am Ende der Kartoffelsaison um, bevor der Herbst richtig beginnt und die Stürme und der Regen einsetzen. In den ersten Wochen fegt der Nordwind unbarmherzig über das flache Land, doch nach einem Monat oder so wacht man morgens mit trockenem Mund und hämmerndem Schädel auf, und wenn man dann hinausschaut, sieht man den Staub in großen Wolken, wie eine gelbbraune Walze, am Horizont entlangrollen. Ohne Vorzeichen, ohne daß man es auch nur im entferntesten ahnen könnte, steigt die Temperatur in einer einzigen Nacht um zehn, fünfzehn Grad. Dann ist die Zeit gekommen, in der das Grün der paar niedrigen krummen Bäume, die einen Acker vom anderen trennen, matt und lustlos an den Zweigen fächelt, und die Menschen werden genauso matt und lustlos, bis die Temperatur so gestiegen ist, daß sie es übern Kopp kriegen, wie sie es da nennen. Das dauert zwei, drei Wochen, und in dieser Zeit stehen die Chancen eins zu zwei, daß man abends in einer Kneipe eine Rauferei mitbekommt, wie man sie sonst nirgends erlebt. Ohne ersichtlichen Grund springt einer auf, der den ganzen Abend lang krumm an einem Tisch vor sich hin gebrütet hat, schwingt einen Stuhl über den Kopf und geht auf einen anderen los. Der Wirt vom »Der Weg zum Amen«, der Kneipe, in der wir immer auf den Bus warteten, erzählte uns einmal, man könne ziemlich sicher sein, daß dann etwas ausgetragen wird, was wahrscheinlich noch von Anno dunnemals stammt. Männer, die in der kalten Jahreszeit die besten Freunde sind, erinnern sich, wenn der warme Wind kommt, plötzlich daran, daß ihrem Ururgroßvater irgendwann das Wegerecht durch den Großonkel von Gott weiß wem verweigert wurde und daß diese Beleidigung nie richtig gerächt wurde.

An einem anderen Freitag, unserem letzten Tag in der Kartoffelsaison und wahrscheinlich auch unserem letzten

Tag in dieser Gegend, war es bereits seit drei Tagen warm gewesen. Am Dienstagmorgen hatte ich in unserer Pension den Fetzen vor dem kleinen Fenster neben meinem Bett zur Seite geschoben und in der Ferne den Südostwind sich über die Ebene wälzen sehen. An dem Tag und an den darauffolgenden war es wärmer, staubiger und stickiger gewesen als je zuvor. Manchmal legte sich der Wind und es war ein paar Stunden hintereinander still, und wenn ich dann aufblickte, sah ich Staub- und Sandsäulen, hoch wie Cumuluswolken. Selbst wenn es sofort zu blasen aufhörte, würde es doch noch einen ganzen Tag und eine ganze Nacht dauern, bis die Luft wieder sauber war, und dann war mit großer Wahrscheinlichkeit zu erwarten, daß sich ein neuer Wind erhob, der den Staub zum zweitenmal hochjagte, so daß man sich mindestens einen Monat, vielleicht sogar zwei Monate lang in einer Atmosphäre bewegte, die noch am ehesten einer seit Menschengedenken nicht gelüfteten Decke glich.

Um halb acht setzte sich der breite Treibriemen der Sortiermaschine wimmernd und ächzend in Bewegung. Auf dem Band, das durch eine mit Gummilamellen abgedeckte Luke in der Wand von außen nach innen lief, kam die erste Ladung Kartoffeln angekrochen. Waren sie zu Beginn der Saison lehmig und naß, so waren es jetzt trockene, sandige Klumpen, die, sobald sie hereinkamen, ihren Sand verloren und die Halle in eine Wolke feinen, gelbbraunen Pulvers hüllten. Um acht Uhr sahen wir allesamt aus wie frisch in Paniermehl gewälzte Kroketten. Langsam begannen die Räder und Treibriemen zu knirschen und zu jaulen. Wenn man nahe dranstand, konnte man hören, wie der Sand zwischen den Zahnrädern des großen Dieselmotors gemahlen wurde. Raph und ich hätten es nicht besser treffen können.

Während der Kaffeepause, in der die eine Hälfte der Arbeiter am Band blieb, das mit halber Geschwindigkeit weiterlief, und die andere Hälfte draußen die Thermosflaschen aufschraubte und die Brotdosen aufklappte, fingen der Vorarbeiter und Gillis eine Schlägerei an. Der Vorarbeiter – Raph und ich hatten noch nie gehört, daß jemand ihn beim Namen nannte – hatte nur ein Auge und redete nie. Wenn man etwas falsch machte, stand er plötzlich da und packte einen von hinten an der Schulter mit einer Pranke, die nicht nur hart und schwielig war, sondern auch stark wie Eisen. Jonatan, der Maschinist, hatte gesagt, der Vorarbeiter sei ein Vetter von Gillis. Jonatan hatte uns alles erzählt, was man über die Fabrik wissen mußte, und war dann wieder zu den Maschinen gegangen und hatte nie wieder mit uns gesprochen. Gillis, mit seinen fünfundzwanzig Jahren halb so alt wie sein Vetter, war ein bißchen beschränkt. Er schielte wie eine Siamkatze, und seine Augenbrauen waren zu einem dicken schwarzen Strich zusammengewachsen. Obwohl Charaktertypen à la Lombroso in der Realität nicht anzutreffen sind, in dieser Gegend sah man eine Menge, die ihnen recht nahe kamen.

Ich saß neben dem Vorarbeiter und trank aus meinem Becher, als Gillis aufsprang und seinem Vetter Kaffee ins Gesicht schüttete. Zumindest war das seine Absicht, aber Gillis war nicht nur beschränkt, sondern konnte auch schlecht zielen. Ich bekam den ganzen Schwall ab. Die Geste wurde trotzdem richtig verstanden. Der Vorarbeiter sprang auf, holte aus und schlug Gillis mit seiner schwieligen Faust voll auf die Nase. Raph, der zu der Schicht gehörte, die drinnen weitermachte, schwor später, er habe den Knochen krachen hören. Gillis kippte wie ein am Fuß gesprengter Wasserturm um: Erst wurde er etwas in die Höhe gehoben, kam wieder herunter und sackte dann langsam, aber schwer und schlaff wie ein totes Gewicht, in den Berg Holzkisten an der Mauer. Gillis war ein großer, massiger Kerl mit einer Hühnerbrust, die bei seinem Körperbau eher Elefantenbrust heißen müßte. Mitten in dem Berg aus zersplitterndem Holz blieb er stecken. Bevor wir ihn daraus befreien konnten, war er schon wieder auf den Füßen, ein Klumpen wildgewordenes Fleisch, an dem Kleiderfetzen und gesplitterte Latten hingen. Er senkte den Kopf und rammte ihn dem Vorarbeiter in den Magen.

Sie rollten über den Boden, während der Rest sein Brot aß und seinen Kaffee trank, und dann heulte die Sirene, und sie standen auf und gingen mit den anderen hinein. Der Vorarbeiter hatte eine Lippe wie ein Fahrradreifen, Gillis' Nase sah aus wie eine matschige Pflaume.

Hatten Raph und ich den Wind und den Staub und die Hitze für unseren großen Trick schon auf unserer Seite, so machte diese Schlägerei den Acker vollends reif zum Säen. Um Viertel nach elf verschwand Raph Richtung Toiletten und kippte hinter den Maschinen eine Handvoll feinen Sand in den Dieselöltank.

Um halb zwölf schaute Raph hinaus. Ganz in der Ferne erschien ein roter Punkt am Horizont. Rika war heute spät dran. Sie war nicht die einzige. Wir waren offenbar auch zu spät dran gewesen, denn die Maschinen liefen noch wie vorher, zwar knirschend, wimmernd, jaulend vom Staub, aber das war an solchen Tagen normal. Raph sah vom Band zum Fenster, vom Fenster zum Band. Ich fühlte, wie mir der Magen hochkam. Dann, der rote Chevy war jetzt eindeutig von der Straße zu unterscheiden, wenn man richtig hinschaute, konnte man sogar Rikas schwarzes Haar erkennen, lief sich das Band fest. Erst stotterte die Maschine, dann ertönte ein ohrenbetäubendes Knirschen, und schließlich bekam das Band Schluckauf und der Treibriemen blieb stehen. Kartoffeln flogen durch die Gegend. Aus dem grüngrauen Gehäuse, in dem der Motor untergebracht war, stieg träger Rauch. Jonatan schrie etwas, riß an dem Hebel, der den Riemen freigeben sollte, und wurde dann vom Vorarbeiter beiseite gestoßen, der auf den schwarzen Knopf mit den weißen Buchstaben STOP drückte. Wir hörten, wie im Maschinengehäuse die Getriebestangen gegen die Kolben schlugen. Der Vorarbeiter sah zu Jonatan und rammte seine Faust gegen den Ölzufuhrhahn. Mit einem gewaltigen Knall schlug ein Eisenstück durch das Stahlgehäuse des Motors. Der Vorarbeiter riß die Augen auf.

Ich hatte mich neben Raph gestellt und sah den Direktor, der sein Büro verlassen hatte und gerade auf dem Weg zum Auto war. Er blieb stehen, drehte sich um und horchte.

Der Motor stand nicht still. Der Vorarbeiter sah zu Jonatan, zu uns, zur Maschine. Raph starrte auf Jonatan. Ich öffnete den Mund, aber bevor ich etwas sagen konnte, kam ein zweites Eisenstück durchs Motorgehäuse. Mir dämmerte, daß unsere Handvoll Sand die gesamte Fabrik in Schutt legte.

Raph stieß mich an. Ich drehte mich um und sah den Direktor zurückgehen, langsam, argwöhnisch, immer schneller, bis er rannte. Raph lief zur Tür, riß sie auf und schrie dem Direktor etwas zu, das ich nicht verstand.

Drinnen zerlegte die Maschine sich weiter. Fette Rauchwolken quollen aus dem Motor. Man konnte fast fühlen, daß der Krempel sich überhitzte.

Als der Direktor hereingewankt kam, war kaum noch irgend etwas zu erkennen. Der Motor, der jetzt eindeutig in den letzten Zuckungen lag, spuckte an allen Ecken und Kanten Metallteile aus.

Ich ging zu Raph, der noch immer an der Tür stand.

»Hast du alles?«

Raph nickte.

Wir stellten uns in die offene Tür und sahen dem Untergang der kleinen Fabrik zu. Alles war ganz anders verlaufen und hatte viel größere Ausmaße, als wir gedacht hatten. Daß die Maschine sich festlief, entsprach unserer Absicht, das schon, aber sie sollte sich so festlaufen wie immer, wenn Sand in den Motor geriet. Jonatan hätte dann die Abdeckung abnehmen und alles reinigen müssen. Wir hatten gehofft, daß sich auch noch eine kleine Rauferei entwickelte, was in solchen Fällen häufiger passierte. Daß es jetzt anders lief, kam uns sehr gelegen, aber ich verstand es nicht.

Langsam entspann sich die Schlägerei, der Schwachpunkt in unserem, wenn ich es mir nachträglich überlege, ziemlich wackligen Plan. Der Vorarbeiter brüllte Jonatan an, der an dem Kupplungshebel gezogen hatte, anstatt den Zufuhrhahn zuzudrehen, und Jonatan hörte sich das schweigend, aber mit rotem Kopf an. Selbst in der verräucherten Halle war noch zu erkennen, daß die Adern in seinem Nacken dick und voll waren.

Ich sah Raphs Blick abschweifen, zu Gillis, der noch immer

an seinem Platz neben dem Band stand, dicht beim Schlund der Maschine. Der Direktor sah vom einen zum anderen und rief die ganze Zeit: »Halt das Ding an, halt an.« Aber keiner hörte auf ihn in dem Hexenkessel der Halle.

Als Jonatan ausholte und den Vorarbeiter unter dem Kinn traf und der mit dem Rücken an den schwarzen Knopf mit den weißen Buchstaben STOP knallte, blieb die Maschine stehen. Mit einemmal war es still. In dieser plötzlichen Stille sah ich Gillis mit einem Riesensatz übers Band springen, so kraftvoll und bedrohlich, daß ich unwillkürlich zurücktrat und im Sonnenlicht stand. Raph tat das gleiche. Ich sah in der dunklen, verräucherten Halle jemanden einen Schritt machen, auf Gillis zu. Der Vorarbeiter stand wieder und schüttelte den Kopf. Jonatan holte zu einem neuen Schlag aus. Der Direktor brüllte etwas Unverständliches. Dann gingen alle mehr oder weniger im selben Moment aufeinander los, der Direktor mittendrin, in dem verzweifelten Versuch, die Schlägerei zu beenden, bevor sie begann. Raph und ich drehten uns um und rannten los, in Richtung auf Rikas roten Chevrolet.

Wir achteten darauf, daß wir möglichst lange in der Dekkung einer der Außenmauern liefen, aber als wir beim Auto ankamen, hörte ich hinter uns einen Schrei, und als ich mich umblickte, sah ich den Direktor und ein paar andere Männer in der Tür stehen. Jemand zeigte in unsere Richtung. In diesem Moment wendete Rika den Wagen.

»Lauf, Raph, lauf«, rief ich. Bilder einer gräßlichen Abrechnung schossen mir durch den Kopf. Irgendwo in mir meldete sich die Stimme der Vernunft, wie immer dann, wenn man sie nicht mehr braucht.

Eigentlich war's kein so toller Trick, oder?

Himmel, nein, weiß Gott nicht.

Von zwei so gewitzten Burschen hätte man doch etwas mehr erwartet, als eine ordinäre Handvoll Sand in eine Maschine zu schmeißen und dann mir nichts, dir nichts zu einer Zwanzigguldennutte zu rennen?

»Fotze, Fotze, Fotze«, rief ich, denn Rika hatte den Wagen gewendet und lenkte das flache Ungetüm jetzt auf die Straße.

Der Chevy beschleunigte, aber da waren wir schon an der Tür. Ich faßte an den Griff und zog. Die Tür war zu.

Was hattest du dir eigentlich vorgestellt? Daß die Typen da drinnen sich weiter die Hucke voll hauen, während ihr im Auto rumtobt?

Ungefähr dreißig Meter hinter uns kam eine Horde immer schneller rennender Männer rasch näher.

»Mach auf«, rief ich. »Die bringen uns um.«

Rika sah zur Seite. Ich konnte erkennen, saß sie Angst hatte.

»Mach auf, Rika. Mach auf.«

Ich sah, daß ihr Fuß das breite Gaspedal immer tiefer herunterdrückte. Hinter mir hörte ich Raph keuchen.

»O Gott, o Gott«, japste er.

Ich sah zur Seite. Rikas schwarze Augen starrten leer in meine.

Sie begreift überhaupt nicht, worum es geht, dachte ich plötzlich. Es dringt nicht bis zu ihr durch. Während ich das dachte, fing die Stimme in mir wieder an: *This is a fine mess you're in*. Das ist eine Platte, dachte ich, das ist ein Stück, das ich schon mal gehört habe.

»Rika!«

Ich schaute zurück und sah die Männer von der Fabrik jetzt etwa fünfzehn Meter hinter uns.

Da beugte Rika sich über die Vorderbank. Sie ruckte am Griff und die Tür flog auf und ich sprang hinein und Raph packte mein Hemd und zog sich daran hinein und der Wagen fuhr mit Vollgas davon. Als ich richtig saß, auf der breiten Lederbank des Chevy, und zurückschaute, sah ich die Männer von der Fabrik im gelben Staub verschwimmen, der hinter dem Wagen aufwirbelte.

Rika ließ uns an der Gabelung aussteigen, wo die lange gerade Straße auf den Kanal stößt und links in die Stadt führt und rechts weiter in die Felder, zu Dörfern, die wir nur dem Namen nach kannten, wo wir aber noch nie gewesen waren.

Sie fuhr den Wagen an den Rand, warf uns einen durchdringenden Blick zu und machte dann eine wegwerfende Handbewegung. Raph öffnete die Tür und stieg aus. Ich fing an, etwas zu Rika zu sagen, eine Art Erklärung, eine Entschuldigung. Ihre Hände lagen im Schoß und sie starrte hinaus, auf das schwarze Wasser im Kanal, die gerade Pappelreihe, die endlosen Felder. Während ich eine halbe Entschuldigung murmelte, streckte Raph den Kopf wieder herein. Er sah Rika an.

»Hast du keine Lust, bei unserem großen Trick mitzumachen?« fragte er.

»Was für ein Trick?« rief ich. »Von wegen Trick. Dies war der letzte Scheißtrick.«

Langsam regte ich mich auf. Beim Wort »Trick« sah ich die hinter uns herrennenden Männer wieder.

Rika wandte den Kopf zur Seite. Sie sah an mir vorbei zu Raph und zog die Augenbrauen etwas hoch. In ihrem Gesicht war etwas Junges und Alertes.

»Hör nicht auf ihn«, sagte ich. »Er...«

»Die Abrechnung«, sagte Raph zu mir. »Die Endabrechnung. Wir haben vergessen, daß heute Zahltag ist.«

Ich sah ihn an und drehte ihm das Ohr zu.

»Heute ist Zahltag. Wir verlieren eine Woche Lohn.«

»O nein, Raph, kommt nicht in die Tüte.« Ich wußte genau, was er wollte, ich kannte diesen resignierten Ton in seiner Stimme. Wenn er aussah wie einer, der alle Hoffnung hat fahrenlassen, war er gerade am verbissensten.

»Jungs«, sagte Rika.

»Ich hab verdammt noch mal die ganze Woche in diesem Dreck gearbeitet!«

»Na und?« schrie ich.

»Jungs, dürfte ich vielleicht mal erfahren, worum es hier geht. Ich habe nämlich gerade einen Stammkunden verloren.«

»Wir gehen nicht zurück«, sagte ich.

»Ich will mein Geld.«

»Du willst sterben.«

»He«, kreischte Rika.

Raph beugte sich noch etwas weiter vor und schaute mit seinem eulenhaften Gesicht herein, auf Rika, als sei es ohne Bedeutung, daß ich hier war und todsicher jeden neuen Trick ablehnen würde.

Ich saß neben Rika, auf dieser breiten Lederbank, und Raph begann mit einer komplizierten Geschichte, und während ich durch die Windschutzscheibe auf den schwarzen Kanal schaute, schien mit einemmal aller Druck von mir zu weichen. Was tue ich hier? dachte ich. Mein Gott, wo bin ich, worum geht es hier eigentlich? Plötzlich sah ich diese nichtssagende Landschaft, in der alles flach und gerade war, und ich dachte daran, welche Jobs wir im zurückliegenden Jahr hatten annehmen müssen, dachte an die überheblichen Mienen von Bauern und Polizisten und Hausfrauen und Kneipenwirten, die alle den Kopf schüttelten, wenn wir auf ein Nicken gehofft hatten, und nickten, wenn ein Kopfschütteln uns besser in den Kram gepaßt hätte, und ich dachte: Was wollten wir eigentlich damit beweisen, mit dieser bekloppten Rumzieherei durch das Niemandsland, was soll das, Herausforderung des Schicksals? Ich drehte mich um und streckte die Beine aus dem Wagen und kroch unter Raphs Armen heraus. Während er weiterredete, wandte ich mich nach rechts. Ich ging, fast automatisch, auf dem Sandstück zwischen Straße und Böschung, auf dem schmalen Streifen, der immer zwischen dem Asphalt und dem Gras liegt. In der Ferne zogen hohe fahlgelbe Wolken am Horizont entlang, das Wasser im Kanal stand tot und schwarz zwischen den Ufern. Ich wollte nicht zurückschauen, und das tat ich auch nicht, obwohl ich mir nicht sicher war, ob Raph mir folgen würde. Sicher war nur, daß es vorbei war mit seinen Tricks. Für ein bißchen Geld sich an eine junge Bäuerin ranmachen, okay, alle möglichen dubiosen Jobs annehmen, prima, Mitfahrgelegenheiten und Mahlzeiten organisieren, kein Problem, aber damit war mein Abenteuerdrang gestillt. Ich hatte keine Lust, im Teerwasser dieses Kanals gefunden zu werden, als aufgedunsenes blauviolettes Schwein am ungemähten Ufer entlangzutreiben. Mir war nicht danach, einen mißlungenen Trick mit einer Revanche fortzusetzen, die nur dazu führen konnte, von noch wilderen Provinzlern noch wütender verfolgt zu werden. Worum es ging, dachte ich, während ich in meinen alten Wanderschritt verfiel und fast mechanisch die Straße entlanglief, worum es Raph ging, war ein Jahr, ein Jahr Freiheit, völliger Freiheit. Danach würden wir tun, was alle tun, vielleicht nicht ganz, vielleicht nicht genauso wie die meisten, aber wir würden versuchen, auf eigenen Beinen zu stehen, und wir würden eine Wohnung mieten und einen Tisch kaufen und einen Stuhl und ein Bett und ein paar Bücher, und wir würden uns um unsere eigenen Angelegenheiten kümmern. Nach all den Jahren in Pflegefamilien würden wir uns dadurch befreien, daß wir mit nichts mehr eine Verbindung hätten, daß wir ohne Besitz, ohne Geld und ohne Ziel wären. Das, dachte ich, war unsere ursprüngliche Absicht. Aber das Leben auf der Straße war letztlich nicht viel besser als das monotone Gleichmaß, das wir hinter uns gelassen hatten. Wir hatten alles mögliche erlebt, das stimmte, wir waren frei gewesen in dem Sinn, daß niemand uns vorschrieb, wann wir ins Bett mußten und in welche Schule wir zu gehen hatten, aber irgendwie hatte ich noch immer das Gefühl, in derselben Tretmühle zu laufen. In unseren Pflegefamilien mußten wir Dinge tun, die nicht wir uns überlegt hatten, in der Schule wurden wir in einen Rhythmus gezwungen, der nicht unser eigener war, aber während unserer Wanderschaft waren wir genauso getreten worden, nur waren es jetzt Chefs, Polizisten, Bauern, Hunger und Durst, die unser Schicksal bestimmten. Wirkliche Freiheit, dachte ich, ist wahrscheinlich etwas anderes, aber ich wußte nicht genau, was, und wo ich sie finden könnte.

Das alles dachte ich und sah mich nicht um. Ich trottete auf dem Sandstreifen zwischen Asphalt und Gras, den Kopf leicht gesenkt, und in Gedanken sagte ich zu Raph: Wenn du dich jetzt für einen mißlungenen Trick revanchieren willst, dann gehst du zu weit, das ist kein Scherz mehr. In dem Augenblick wurde mir klar, daß es für Raph wahrscheinlich nie ein Scherz war.

Wir waren Brüder und Freunde, und wir kannten uns sehr genau, aber ich wußte, daß unsere Gründe zum Losziehen völlig verschieden waren, daß ich Raph gefolgt war, um ihn kennenzulernen, während er – das wurde immer klarer, das zeigte sich an der Sturheit, mit der er seine Pläne immer durchsetzen wollte –, während er einfach wild war. In ihm war etwas, das die Grenze suchte, etwas, das immer weiter wollte, weiter, weiter, weiter. Er spürte das Leben nur, wenn ihm so eine Horde wildgewordener Kartoffelsortierer auf den Fersen war, wenn er tagelang die Straße entlangtrottete, durchnäßt, hungrig, müde, kalt bis auf die Knochen. Ich war bereit, das ein Jahr lang mitzumachen, notfalls auch zwei, wenn es nötig war, um ihn kennenzulernen, um wieder Brüder zu werden, aber dann würde ich einen ruhigen Fleck suchen und warten, bis das wahre Leben begann. Ich dachte: Wir haben grundverschiedene Vorstellungen davon, was das Leben ist.

Ich hörte seine Schritte. Er rannte nicht, aber er hatte es eilig. Als er auf meiner Höhe war, blickte er nicht zu mir, ich auch nicht zu ihm, also gingen wir nebeneinander, er auf dem Asphalt, ich auf dem Sand, zwei-, dreihundert Meter weit. Nach einer Weile sagte er: »Sie wollte nicht. Ich hatte sie fast soweit, das sah man, aber plötzlich ging's schief. Ich weiß nicht, warum.«

»Ich wäre sowieso nicht mitgekommen«, sagte ich.

»Natürlich wärst du«, sagte er.

Ich schüttelte den Kopf.

Er ging etwas langsamer. Er sah mich aus den Augenwinkeln an. »Wirklich nicht?«

Ich blieb bei meinem Kopfschütteln.

Wir gingen weiter, ein paar hundert Meter, ohne daß sich die Landschaft groß veränderte, ohne daß wir das Gefühl hatten, voranzukommen. In solchen Gegenden kann man stundenlang gehen und meint, man habe noch keinen Kilometer geschafft.

»Warum nicht?« fragte er dann.

Ich ging langsamer und sah zurück. Hinter uns war das

Land leer. Vor uns, in weiter Ferne, war ein Haus mit einem Schild auszumachen. Ich zeigte dorthin und sagte: »Wir besorgen uns dort was zu essen und zu trinken und dann suchen wir uns einen ruhigen Platz zum Reden.«

Raph nickte und ging neben mir her, als ich wieder losging, auf das Haus zu. »He«, sagte er, »es ist wohl was Ernstes, was du mir sagen willst, oder?«

»Kommt drauf an«, sagte ich. »Kommt drauf an, was du unter ernst verstehst.«

Ich hatte für einen Moment das Gefühl, ich sei der ältere Bruder, so einer, der dem jüngeren Respekt abnötigt, indem er vage etwas Ernsthaftes antippt und dann eine ganze Weile schweigt, bis die Zeit reif ist, das große Wort auszusprechen.

Das Haus war eine Gastwirtschaft und hieß »Zum Kupfernen Pflug«. Ich stand am Tresen, in der klammen Luft, die morgens in Kneipen hängt, wenn es noch nach schalem Bier und billigen Zigaretten und nassen Schuhen riecht, und ich fragte den Wirt, der eine Flasche Genever in ein Stück Packpapier wickelte, während seine Frau Käse- und Eibrote fertigmachte, ob er wisse, warum seine Kneipe eigentlich so hieß. Einen Kupferpflug hätte ich noch nie gesehen, und schon gar nicht hier.

»Weiß ich nicht«, sagte der Wirt. Er stellte die Flasche hin und wartete, bis seine Frau fertig war.

»Wir sind noch nicht so lange hier«, sagte seine Frau.

»Und – wie sieht's aus mit der Kundschaft?«

Der Mann zuckte mit den Achseln.

»Da gibt's eine alte Geschichte über diesen Kupferpflug«, sagte ich.

Der Mann stand hinter dem Tresen, mit leicht gesenktem Kopf, und betrachtete mich durch die schmalen Spalte zwischen seinen zugekniffenen Augen, als glaubte er, ich würde gleich mit der Kasse abhauen.

»Über einen Bauer, der hier Land besaß«, sagte ich, »an der Stelle, wo jetzt diese Kneipe steht.«

Mein Gott, dachte ich, was erzähle ich da schon wieder für einen Scheiß.

Die Frau schlug ein Ei über einer schwarzverbrannten Pfanne auf und ließ es in die Butter fallen. Während sie mich ansah, nahm sie ein zweites Ei, ein drittes, ein viertes. Die Butter brutzelte, die Eier in der Pfanne wurden langsam glasig und dann weiß.

»Dotter kaputt«, sagte ich.

Sie nahm eine Eierschale und durchstach damit die Haut der vier gelben Augen.

»Dieser Bauer wollte eines Tages einen Haselnußbaum umhacken.«

Ich sah zu der Frau, die, einen Pfannenwender in der Hand, angespannt auf die Eier starrte.

»Haselnußbäume muß man stehenlassen. Ein Haselnußbaum schützt das Land. Dieser Bauer aber war ein eigensinniger Kerl, er geht also eines Morgens aufs Feld, eine eingewickelte Axt über der Schulter, linke Hand in der Hosentasche. Er kommt zu dem Haselnußbaum auf einem kleinen Hügel mitten auf dem kahlen Acker und nimmt die Axt von der Schulter. Er setzt sich hin und legt die Axt über die Knie und beginnt das Tuch vom Blatt zu wickeln. Dann steht er auf und dreht sich um. Er hebt die Axt, holt nach hinten aus ... und da bleibt er hängen. Er versucht sie wieder nach vorn zu schwingen, doch das gelingt ihm nicht. Als würden seine Hände festgehalten, als wäre sein rechter Arm aus Holz.«

»Salz?« sagte die Frau.

Ich nickte.

Sie steckte die Hand in den Steinguttopf neben dem Herd und griff etwas Salz zwischen Daumen und Zeigefinger. Ihre Hand bewegte sich in trägem Bogen über die Pfanne.

»Er konnte also nicht hacken«, sagte ich. »Er konnte nicht einmal mehr den Arm bewegen. Er stand vor diesem Haselnußbaum mit der Axt in der Luft und einem Krampf in den Schultern, und da hörte er eine lispelnde Stimme. Bauer, Bauer, willst du mich etwa umhacken? Der Bauer blickte sich um, sah aber niemand. Ich bin es, sagte das Stimmchen, wen sonst willst du umhacken? Der Bauer sah auf den Haselnußbaum. Er versuchte den Arm zu bewegen, doch was er auch anstellte, die Axt blieb in der Luft. Hör zu, Bauer, ich werde dafür sorgen, daß du den Arm wieder bewegen kannst, wenn du mich in Ruhe läßt. Ich werde dich sogar belohnen. Der Bauer nickte. Er spürte, daß sein Arm sich wieder bewegte.«

Die Frau schob die Pfanne hin und her, so daß die Eier über den Pfannenboden glitten. Dann trennte sie sie mit einem Messer und legte vier dicke Brotscheiben auf ein Stück Pergamentpapier.

»Der Bauer ließ die Axt auf den Boden fallen. Wenn du mich umhackst, sagte der Baum, dann wird dein Land unfruchtbar werden und du wirst dein Geld und dein Haus verlieren. Der Schoß deiner Frau wird so unfruchtbar sein wie die Äcker, die du bestellen willst. Aber wenn du mich stehenläßt, dann gebe ich dir zur Belohnung einen Rat. Der Bauer dachte angestrengt nach. Dann nickte er. Gut, sagte er. Der Wind blies durch die Blätter des Haselnußbaums, und die Stimme sprach wieder. Schmiede eine Pflugschar aus Kupfer und pflüge damit alles Land, das dir gehört, und die Ernte wird größer sein als die deiner Nachbarn. Der Bauer zuckte mit den Achseln und wickelte das Tuch wieder um seine Axt. Dann drehte er sich um und ging zurück.«

Die Wirtin hatte die Eier auf die Brote gelegt, und darauf packte sie Käsescheiben, wie ich ihr gesagt hatte. Ich folgte ihren Bewegungen, mit denen sie das Papier darum wickelte, einen Bindfaden darum band.

»Und dann?« sagte der Wirt.

Ich sah auf. Er stand hinter dem Tresen, auf die Unterarme gestützt. Er blickte mich argwöhnisch an.

»Was?«

»Wie ging es weiter mit diesem Bauer?«

Ich nahm das Butterbrotpaket und legte es neben die in Papier eingeschlagene Geneverflasche.

»Nix«, sagte ich.

Der Wirt richtete sich auf.

»Nix?«

»Wer benutzt schon einen Kupferpflug?«

»Warum hat er den Haselnußbaum dann nicht umgehackt?«

Ich nahm die Flasche vom Tresen und klemmte sie mir unter den Arm. Dann nahm ich die Butterbrote in die Hand. Im Umdrehen sagte ich: »Das mit dem Kupferpflug war Unsinn, aber stellen Sie sich mal vor, es wäre wahr, was der Haselnußbaum sagte, und das Land würde unfruchtbar ...«

Ich ging zur Tür und drückte die Klinke herunter.

»Du mußt noch bezahlen«, rief der Wirt.

Ich hatte darauf spekuliert, daß er es vergessen würde. Ich drehte mich um und ging zurück. Ich stellte die Flasche auf den Tresen und holte etwas Geld aus der Tasche.

»Ist das wirklich wahr?« fragte die Frau, die dabei war, die Pfanne sauberzumachen.

»Warum heißt dieses Lokal sonst ›Zum Kupfernen Pflug‹? Habt ihr es so genannt?«

Sie schüttelte den Kopf.

»Und euer Vorgänger?«

Sie zuckte mit den Achseln.

Ich zählte das Geld ab und schaute zu, wie der Wirt es nachzählte. Dann nahm ich die Flasche, grüßte und ging hinaus. Raph lehnte draußen an der Wand, Augen geschlossen, Gesicht in der Sonne. Ich gab ihm den Genever und stiefelte los.

Wir waren etwa fünfzig Meter weit, da ging die Kneipentür auf. Ich drehte mich um und sah, wie die Frau des Wirts aus dem Haus trat. Sie kam hinter uns her. Ich ging langsamer.

»Hier«, sagte sie, als sie bei uns war. Sie gab mir zwei große grüne Äpfel. »Für unterwegs.« Sie lächelte unbeholfen und ging zurück. Ich rief ihr ein Dankeschön nach und blinzelte. Ich dachte: Ich werde zu weich für dieses Leben.

Nach einer halben Stunde kamen wir zu einer Stelle, wo der Kanal eine Biegung machte und wie ein Knie im Land lag. Hinter dieser Krümmung war eine Fahrradbrücke, nicht mehr als ein paar T-Eisen mit ein paar Brettern. Auf der anderen Seite des Wassers ging die Uferböschung in einen kleinen Laubwald über. Dorthinein führte ein Weg, der völlig überdacht war von sanftem Grün. Ich dachte: Was auch immer am Ende dieses Weges liegt, ich will dorthin, also zeigte ich Raph die Brücke, und wir bogen ab und gingen über die klappernden Planken zum anderen Ufer. Dort roch es nach Torf und nassem Holz. Wir gingen halb gebückt durch den Tunnel aus Zweigen und rochen immer deutlicher dieses Erdige, Regenfeuchte, und dann, nach weiß der Himmel wievielen Windungen und Biegungen, gelangten wir wieder aus dem Wald und standen vor einem Tümpel, der von Heide und Pfeifengras und hie und da ein paar Kiefern umwachsen war. Der Boden war schwammig und naß. Wir mußten balancieren und springen, während wir um den Tümpel gingen, aber schließlich kamen wir zu einer Baumgruppe, und dort fand ich einen trockenen Platz unter einer breiten Waldkiefer und ließ mich nieder auf dem Fächer brauner Nadeln am Fuß des Baums. Raph setzte sich neben mich und schaute auf den Tümpel.

Nach dem Sonnenstand zu urteilen, war es etwa zwei Uhr. Obwohl es rund um den Moorsee dunstig und naß war, wurde es jetzt langsam warm. Dabei entfalteten sich verschiedene Gerüche, eine Mischung aus Harz, Holz, Gras, Heide, eisenhaltigem Wasser und dazwischen die süßen Lockstoffe einer Blume. Ich lehnte mich mit dem Rücken an den Baum und spürte, wie die Müdigkeit aus den Beinen höher kroch. Ich schaute noch einmal auf den spiegelglatten Tümpel und schlief dann ein.

Als ich aufwachte, war Raph verschwunden und die Sonne stand hinter den Baumwipfeln. Auf dem grauen Wasser dümpelte eine Möwe, hin und wieder rief ein Vogel. Ich fragte mich, wo Raph war und was er tat und wie lange er schon weg war. Die Flasche lag noch da, das Paket mit den Broten balancierte auf ein paar Stöcken, die in Form eines Dreifußes in die Erde gesteckt waren. Ich war noch immer schläfrig, auf zufriedene Art dösig. Ich lehnte am Baum und schaute mit halbgeschlossenen Augen auf das Wasser, das lange Gras am anderen Ufer, die Spiegelung der sinkenden Sonne auf der glatten Fläche des Moorsees, und mit einemmal dachte ich an

Zuhause, Zuhause mit Großbuchstaben, und ich sehnte mich nach allem, was da war, das heißt: nichts, denn das Haus war nicht mehr da, und ich konnte mich an kaum etwas aus der Zeit erinnern, als Raph und Lisa und ich noch beisammen waren und unsere Eltern noch lebten, aber irgendwie war es noch immer ZUHAUSE, und dort wollte ich sein, zwischen den Wänden, die unsere Stimmen gehört hatten, den Schränken, in denen die Kleider meiner Mutter gehangen hatten, dem dämmrigen Arbeitszimmer meines Vaters mit der Schultafel an der Wand, auf die er seine Berechnungen schrieb. Ich sehnte mich nach dem Tisch in dem Zimmer, das Raph und ich uns teilten, den Kratzern auf der Tischplatte, dem alten Radio auf dem Schrank. Gott, da saß ich mit dem Rücken am Baum und liebte alles, was ich bis zu diesem Moment vergessen hatte. Ich mußte schlucken, als die Bilder wie eine träge Flut in mir aufstiegen. Die undeutliche, gebeugte Gestalt meines Vaters ... Das Haar, das meiner Mutter beim Lesen vor die Augen fiel ... Ich liebte die Locke, die einen Schatten auf ihre braunen Augen warf, auf ein Gesicht, an das ich mich nicht mehr erinnern konnte. Ich schüttelte den Kopf, ich schüttelte ihn noch einmal, aber es ging nicht weg. Warum, dachte ich, während ich auf den Moorsee blickte, berührt diese Möwe mich nicht in derselben Weise? Warum denke ich an ein Haus, in dem niemand mehr ist, an all diese halben Bilder, warum denke ich daran und warum rührt es mich, und diese Möwe, die echt und lebendig ist, die ich ganz deutlich sehen kann, warum ist diese Möwe nichts weiter als ein Vogel auf dem Wasser?

Da sah ich Raph auf der anderen Seite des Moorsees. Er stand im hohen Gras und hob die Hand, und ich war auf einmal so sicher, unsere Wege würden sich hier trennen, daß mir die Augen brannten. Obwohl mir bewußt war, daß Raph und ich verschieden waren, was unsere Beweggründe für dieses Vagabundenjahr anlangte –, ihn hier allein zurückzulassen war etwas anderes. Ich sah ihn am Ufer entlanggehen, den Kopf leicht gesenkt, ernsthaft, wie nur er ernsthaft sein kann. Hier sprang er über ein Rinnsal, dort gingen seine

Arme etwas in die Höhe, wenn er sein Gleichgewicht wiederherstellen mußte. Es dauerte lange, bis er den Tümpel halb umrundet hatte. Ich saß am Baum und sah jede seiner Bewegungen, minuziös, und jedesmal, wenn seine Hand zur Seite ging oder sein Kopf nickte, wußte ich, warum er das tat. Wenn man ein Jahr lang gemeinsam unterwegs ist, dann kennt man sich, wie nur Mann und Frau sich kennen. Ich meine: Wir hatten gemeinsam Wäsche gestohlen, als wir in eine stinkende Grube gefallen waren, wir hatten uns in einer Kneipe mit ein paar Typen geschlagen, die uns von einem Flipperautomaten wegboxen wollten, und danach hatte Raph Pflaster gekauft und meine geplatzte Augenbraue geklebt. Er hatte Schmiere gestanden, als ich mit einer Bauerstochter, die mir schöne Augen machte, in der Scheune verschwand und sie mit dem Rücken gegen eine riesige Landmaschine bumste. Und Raph war krank geworden, vor einem Monat oder so, und ich hatte meinen ganzen heimlich zusammengesparten Notgroschen ausgegeben, um ein Zimmer zu mieten, wo er sich von der Grippe erholen konnte.

»Na, Brüderchen«, sagte er, als er vor mir stand. »Rat mal.«

Ich schüttelte den Kopf.

»Du mußt raten«, sagte er.

»Du hast das Geld.«

»Nein.«

»Du bist bei der Fabrik gewesen, und der ganze Krempel ist abgebrannt.«

»Nein.«

Er konnte mich stundenlang raten lassen. Zuletzt dachte ich mir immer die absonderlichsten Geschichten aus, das liebte er.

»Ich weiß es nicht, keine Ahnung.«

Er nahm die Flasche und die Butterbrote und fing an, alles auszupacken. Er drehte den Verschluß von der Flasche, trank und reichte sie mir. Ich setzte sie an den Mund. Mein Zahnfleisch kribbelte vom Alkohol.

»Wenn du den Weg hier weitergehst, kommst du zu einem Bahnhof.«

Ich nahm das Brot, das er mir gab, und runzelte die Stirn.

»Ich habe gefragt. Wir haben gerade noch genug für eine einfache Fahrkarte nach Hause.«

Ich hatte das Brot in den Mund gesteckt, aber ich biß nicht ab. Ich schaute ihn an, den Genevergeruch in der Nase, den schwachen Geruch von Brot und gebratenen Eiern.

»Eine einfache Fahrkarte?«

»Zwei«, sagte er mit vollem Mund. Er kaute auf seinem Brot herum und schaute der Möwe zu, die aus dem Wasser aufflog. Er sah zufrieden aus.

Ich biß ab und begann zu kauen. Irgendwie machte diese Mitteilung mich nicht glücklich. Ich dachte: Was ist das, du warst doch derjenige, der immer weiterziehen wollte, du wolltest doch von einem Trick zum nächsten leben? Ich griff zur Flasche und trank. Während ich den Kopf zurücklegte und den Genever schmeckte, sah ich die dunkelblauen Abendstreifen am Himmel auftauchen.

»Erklär«, sagte ich.

Er drehte sich um, Kopf etwas schräg und Blick von einem, der nicht begreift, wovon man spricht.

Ich sagte: »Du willst auf einmal zurück? Du hast nie einen Ton davon gesagt, und jetzt willst du auf einmal nach Hause?«

»Wieso, ich hab nie was davon gesagt? Du vielleicht? Hast du jemals einen Ton davon gesagt?«

»Nein, aber das war doch klar. Du konntest dir doch an den Fingern abzählen, daß ich zurückwollte?«

»Davon wußte ich nichts«, sagte er. »Du hast nie etwas gesagt.«

Ich kaute auf dem Brot herum und sah ihn an. Ich dachte: Habe ich mich so getäuscht? Ich dachte: Ich habe nichts gesagt, ich habe die ganze Zeit mit mir selber geredet und gedacht, daß es damit auch für ihn klar war. Vielleicht war es bei ihm genauso, wir wollten alle beide nach Hause, aber keiner hat was gesagt.

»Wie lange denkst du schon daran?« fragte ich.

Er rieb sich die Schläfe. Er nahm die Flasche und trank.

»Seit ich krank wurde«, sagte er, als er mir den Genever reichte.

Das konnte ich mir vorstellen.

»Zuerst dachte ich: Gerade jetzt mußt du durchhalten. Ich hab nämlich geglaubt, daß man erst richtig ... stark ist, wenn man auch in so einem Moment weitermacht. Aber das ist nicht so. Ich meine, ich wollte schon weitermachen, aber ich konnte nicht. Ich dachte auf einmal an Zuhause und wollte mich bloß noch in einer dunklen Ecke meiner eigenen Wohnung verkriechen, anstatt in so einer staubigen Bude zu liegen.«

»Mein Gott, Raph, ich hab dich völlig mißverstanden.«

»Nein«, sagte er. »Wir haben uns einfach nichts anmerken lassen wollen, alle beide.«

Ich trank.

»Und was jetzt?«

Er zuckte mit den Achseln. Er sagte: »Ich dachte, wenn wir morgen zum Bahnhof gehen, dann fahren wir zurück.«

Ich sah auf das Wasser, das sich in der Abenddämmerung dunkel färbte. Insekten umsummten unsere Köpfe, irgendwo knallte eine Schrotflinte. Ich gab Raph den Genever und schaute zu, wie er mit weit zurückgelegtem Kopf trank. Seine Silhouette war schwarz vor dem Dunkel der Bäume. Der Alkohol gluckerte leise in der Flasche. Ich nahm zwei Zigaretten aus dem Päckchen, das ich für uns beide bewahrte, und zündete eine für ihn und eine für mich an.

Wir saßen nebeneinander in der Abendwärme und schauten vor uns, rauchten und schwiegen. In der Ferne blitzte es, aber das Gewitter war weit weg. Man hörte noch keinen Donner.

Am anderen Ende des Kellers sprang der Elektromotor des Fahrstuhls an, und die Kabel im Schacht begannen zu singen. Ich warf meine ausgegangene Zigarette auf den Beton, trat noch einmal darauf und schob die Kippe unter ein Regal. Ich nahm den Papierkarton in den Arm und ging Richtung Fahrstuhl.

Julius the Nightfly

Ende Juni, als ich meinen letzten Auftrag beendete und entdeckt hatte, daß es »das wirkliche Leben« nicht gibt, lernte ich den Norweger kennen. Es war die Nacht nach einem Besuch von Lisa.

Sie war zu mir gekommen und hatte mit der Gabel in ihrem Essen herumgestochert. Ihre schwarzen Augen glühten, das rotbraune Haar hing in unordentlichen Locken ums Gesicht. Sie rauchte in einer Tour. Daumen, Zeige- und Mittelfinger ihrer rechten Hand schillerten in Tuschfarben, als hätte jemand mit einem Hammer darauf geschlagen. Sie hatte sich zurückgelehnt, den linken Arm auf der Rückenlehne des Stuhls, die knisternde Zigarette in der Rechten. Von Zeit zu Zeit schaute sie böse auf meinen Teller. Wir sprachen wenig. Zwischendrin stand sie auf und ging zum Radio. Dann drehte sie ungeduldig am Knopf, so schnell, daß die Stationen als Explosionen von Rauschgeräuschen und halben Wörtern vorbeiflogen. Vielleicht war diese unerklärliche Nervosität daran schuld, daß sie trotz ihres hohen Trinktempos nichts vom Wein spürte. Jedenfalls mußte ich eine neue Flasche holen, als ich erst ein Glas getrunken hatte.

Lisa und ich, wir kennen uns so gut, daß wir nicht mehr fragen, was dem anderen auf der Seele liegt. Wenn einer von uns etwas hat, warten wir. Ich wartete. Ich aß und trank und schwieg.

Gegen zwölf, wir saßen am abgeräumten Tisch und tranken Kaffee, sagte sie: »Ich möchte hier für eine Weile wohnen.« Sie beugte sich dabei vor und drückte sorgfältig eine Zigarette aus.

»Okay«, sagte ich.

Sie hob den Kopf langsam auf und senkte ihn wieder. Ich sah ihren leicht gespitzten Mund, ein Zeichen, daß sie skeptisch war.

»Ich verlasse Simon«, sagte sie. »Das ist dir doch klar?

Wenn ich frage, ob ich hier eine Weile wohnen kann, dann meine ich damit, daß ich ihn verlasse.«

»Das verstehe ich.«

»Ist das alles?«

»Was willst du, Lisa? Willst du, daß ich frage, ob du ihn vielleicht verläßt, obwohl mir das klar ist?«

Sie griff nach dem zerknautschten Päckchen und steckte sich eine neue Zigarette an. Ich nahm die Flasche und schenkte den Rest Wein ein.

»Er tut nichts«, sagte sie. »Er hockt den lieben langen Tag auf dem Bettrand und liest die Enzyklopädie.«

»Was?«

»Er liest die Enzyklopädie.«

»Welche?«

»Hä?«

»Welche Enzyklopädie?«

»Die Encyclopaedia Britannica! Verdammt noch mal, was tut das denn zur Sache, welche Enzyklopädie er liest? Er hockt auf dem Bett und liest. Eine Enzyklopädie. Den Wetterbericht, meinetwegen. Himmelherrgott.«

»Sorry.«

Sie griff nach dem Glas und stürzte den Wein in einem Zug hinunter.

»Es macht mich rasend«, sagte sie. »Ich komme nach Hause in ein stinkendes Loch, ein Bett mitten im Zimmer, ein Aschenbecher, der vor Asche und Kippen überquillt, und ein Kerl, der dahockt und die Enzyklopädie liest.«

Ich nickte, ein Mittelding zwischen Kopfschütteln und Nicken.

»Ich halt das nicht mehr aus. Es macht mich wahnsinnig. Ich geh morgens aus dem Haus, um Geld zu verdienen, und abends sitze ich auch noch da und arbeite, und was tut er? Er hängt rum.«

»Vielleicht fängt er sich wieder. Vielleicht braucht er einen Schubs«, sagte ich.

»Simon hat noch nie etwas getan. Er hat noch nie etwas zustande gebracht. Pläne genug. Jede Menge. Aber er tut nie etwas. Ich hab ihm gesagt: Du mußt dir einfach mehr zutrauen, beiß dich durch. Du weißt selbst, daß er Talent hat. Jeder weiß das. Er kann eigentlich alles erreichen. Aber er bringt nie was zustande. Er baut nur Luftschlösser.«

»Hör zu«, sagte ich. »Du hast den Schlüssel, du kannst jederzeit rein. Wie gesagt: Mein Haus ist auch dein Haus. Mir tust du nur einen Gefallen, wenn du hier wohnst. Du brauchst nicht zu sagen, wann und wie. Ganz wie du willst.«

Sie schüttelte den Kopf. Sie sah zur Seite, als säße dort jemand, dem sie ihre Wut mitteilen könnte.

»Es ist ihm egal«, sagte sie. »Der eine liest die Enzyklopädie, und dem anderen ist alles egal. Warum ich?«

»Das ist eine Sache zwischen Mann und Frau«, sagte ich. »Ich weiß nicht, wie es bei euch ist, ich weiß nichts von eurer Beziehung, ich kann über Simon nichts sagen. Was soll ich tun? Ich bin der Hafen, du segelst ab und zu herein.«

»Was?«

»Schon gut.«

»Der Hafen. Mein Gott, bist du schon einmal auf die Idee gekommen, daß ich dich vielleicht schon viel früher gefragt hätte, wenn du nicht so gräßlich emotionslos wärst? Diese ... diese Gefühllosigkeit an dir, dieses ... Phlegmatische. Bist du manchmal zu Gefühlen fähig?«

Ich zog die Augenbrauen hoch. Sie ließ die Schultern fallen und seufzte tief.

»Ich kann es nicht mehr ertragen. Es macht mich wahnsinnig. Ich liebe ihn. Jedenfalls habe ich ihn geliebt, aber es gibt eine Grenze für das, was ich ertragen kann. Die Grenze ist jetzt erreicht.«

Ihre Augen füllten sich.

»Lisa ...«, sagte ich.

»Sam, ich kann nicht mehr.«

Ich saß ihr gegenüber und nickte. Ich wollte etwas sagen, etwas Tröstendes, aber mir fiel nichts ein. Ich legte meine Hand auf ihre und streichelte ihre Finger.

Sie stand auf und lächelte. Sie zog ein letztes Mal heftig an ihrer Zigarette und drückte sie dann aus.

»Ich begleite dich ein Stück«, sagte ich. »Mir brummt der Schädel.«

Kurz darauf gingen wir durch die mondlose Nacht, Arm in Arm, meine Schwester und ich. Es fiel mir schwer, mit ihr Schritt zu halten. Mit Lisa kann man nicht spazierengehen. Sie begibt sich auf dem schnellsten Weg von einem Ziel zum nächsten. Wir gingen an den Häusern in meiner Straße entlang. Unter den Bäumen hing die laue Wärme der Sommernacht. Wir sprachen über das Wetter, warum es anscheinend jedes Jahr heißer wurde, und woher dieser viele gelbliche Sand auf den Straßen kam, warum so viele verwehte alte Zeitungen im Rinnstein lagen, und dann waren wir an dem Platz, wo sich das Nachtleben der Stadt konzentriert, die Kneipen und Diskotheken Menschenschlangen verschlingen und wieder ausspeien. Er lag wie ein Teller voll Licht zwischen den Häusern. In den Bäumen hingen rote, blaue und gelbe Lämpchen, auf der Asphaltstraße, die den Platz in einen Innenbereich und eine Art Außenbezirk teilte, flanierten Jungen und Mädchen in poppigen Kleidern, Männer in Zweireihern und Frauen in Abendtoilette. Während Lisa ein Taxi anhielt, sah ich mich um. Ich beschloß, noch einen trinken zu gehen.

Als ich sie an mich drückte, fühlte ich die nervöse Magerkeit ihres Körpers. Neben uns stand der Wagen, mit einladend geöffneter Tür.

»Ich muß nachdenken«, sagte Lisa. »Es gibt viel, worüber ich nachdenken muß. Wenn du mich eine Weile nicht siehst, ist das kein Grund zur Besorgnis.«

Ich versuchte, etwas zu sagen, aber sie stieg ins Taxi. Die Tür schlug zu, der Wagen fuhr los.

Es war gegen zwei, als ich den Norweger traf. Er saß an der Bar eines Pubs, einer Art mit Eichentäfelung und Kupferstangen herausgeputztem Wohnzimmer. Regale voll Flaschen und Gläser hingen zwischen den plumpen Säulen an den Ecken des Tresens. In den Spiegeln hinter den Spülbecken brach sich das Licht grünbeschirmter Glühbirnen zwischen Flaschen und Gläsern und Gläsern und Flaschen. Als ich reinkam, befanden sich an die zwanzig Leute in dem kleinen

Raum. Die Hitze und der Krach nahmen einem fast den Atem.

Ich stand hinter den Barhockern, eine Hand halb erhoben in dem Versuch, etwas zu bestellen, als sich der Mann auf dem Hocker vor mir umdrehte und auf englisch fragte, was ich trinken wolle. Ich zeigte auf den Zapfhahn, aus dem ein goldfarbener Bierstrahl floß. Der Mann nickte, beugte sich über den Tresen und brüllte einen Namen. Die Frau hinter der Bar sah auf. Er streckte zwei Finger in die Luft und machte mit der rechten Hand die Zapfbewegung. Die Bardame nahm zwei Halblitergläser und hielt sie unter den Bierhahn. Der Durst schoß mir in die Kehle. Die Gläser wurden vor uns hingestellt. Ich hielt einen Geldschein hin. Der Mann winkte ab.

»It's my treat.«

Er sprach langsam, mit gespitztem Mund: Üts moi trüüt.

Ich trank mein Bier in einem Zug aus. Als ich das Glas abstellte, sah ich ihn breit grinsen.

»We have another one, okay?«

Ich nickte. »But this time the drinks are on me.«

Er wiederholte seine mimische Bestellung, wir bekamen unser Bier und prosteten uns zu.

»May we never get thirsty again«, sagte er.

Ich nannte meinen Namen, er seinen. Er hieß Julius Fleming, kam aus Norwegen.

Gegen drei Uhr hatten wir jene Art von Kameradschaft erreicht, die ich von anderen nächtlichen Zechtouren kannte. Wir hatten den Pub nach dem zweiten Glas verlassen, und danach ließ ich mich von dem Norweger führen. Wohin wir auch kamen, er wußte den Namen des Mannes oder der Frau hinter der Bar. Seine Gebärdensprache funktionierte überall. Nach etlichen Kneipen ließen wir den Platz hinter uns. Wir gingen im Zickzack eine breite Geschäftsstraße entlang, schossen durch kleine Gassen und überquerten nach Urin und Gemüseabfällen stinkende Innenhöfe. Natriumlampen schienen an blinden Mauern, auf die Worte in alttestamentarischem Ton gemalt waren, halb verdeckt von anderen Wörtern, Zeichnungen, unleserlichem Gekritzel und zerrissenen

Plakaten. Wir kamen durch eine Straße mit aufgebrochenem Asphalt, übersät von Pappbechern und Styroporschalen, in denen Hamburgerreste und grünliche Soßenklumpen lagen, und links und rechts, hinter den endlosen Reihen parkender Autos mit Glaspfützen neben den eingeschlagenen Türscheiben schimmerten die roterleuchteten Schaufenster hoher Häuser, in denen Nutten Zeitschriften lasen. Wir gingen an den Souterrains restaurierter Patrizierhäuser vorbei, und auf der Treppe zu einem dieser Souterrains lag ein Typ auf einer Frau. Sie hatte den Rock hochgeschlagen, die weißen Beine um seinen Rücken geschlungen. Er stützte sich mit den Knien auf eine Stufe und knirschte mit den Zähnen, während sein Unterleib sich auf und ab bewegte. Am Fuß der Treppe, zwischen ein paar alten Zeitungen und ausgeblichenen Plastiktüten, saß ein Mädchen im Minirock, das sich eine Spritze ins nylonbedeckte Bein setzte.

In einer Bar, die einem Wiener Café aus den dreißiger Jahren glich, tranken wir etwas. Um uns standen Männer in dunkelblauen Anzügen und farbigen Krawatten in wilden Mustern und junge Frauen, die taillierte Jacken und kurze Röcke trugen. Auf dem Weg zu den Toiletten fing ich Fetzen von Gesprächen über Geld und Häuser auf. Bei dem verchromten Pissoir stellte sich ein älterer Herr neben mich, der später zum Spiegel ging, ein metallfarbenes Döschen aus dem Jackett zog, an die Nase hielt und schnupfte.

»In der Toilette schnupfte ein Typ Koks«, sagte ich zu meinem Begleiter, als ich mich durch das Gewühl gezwängt hatte und wieder neben ihm stand.

Fleming zuckte mit den Achseln. »Das Leben ist hart.«

»Früher sagte man immer, ein Mann muß seine Seele verkaufen, um sein Ziel zu erreichen. Jetzt mußt du auch noch deinen Körper hergeben«, sagte ich.

Fleming lächelte. »An der Uni ist es genauso. Punkte machen. Zero points, zero possibilities. Früher konnten wir auf Gebieten forschen, die uns interessant vorkamen, heute muß alles verwertbar sein. Was bringt es? Das ist der springende Punkt. Alles wird härter.«

»Solche Typen«, sagte ich, während ich mich umsah, »sehe ich immer, wenn sie in ihre Büros gehen, dabei müssen sie über einen Bettler steigen, der vor der Tür liegt, und dann schauen sie weg. Ich habe ein paar Stunden auf einer Bank gesessen, vor den Büros, die sie beim Bahnhof gebaut haben, und ich habe gezählt, wieviele von diesen Männern einem Bettler etwas gaben. Was meinst du, wieviele?«

Fleming zog die Augenbrauen hoch.

»Nicht einer. Nicht ein einziger. Sie tragen alle einen Mantel, von dem ein Penner drei Monate leben kann, oder eine Uhr, für die du und ich ein Jahr lang arbeiten müssen, aber nicht ein einziger zieht einen Gulden aus der Tasche und gibt ihn einem Bettler.«

»Das ist ein Faß ohne Boden«, sagte Fleming.

Ich schüttelte den Kopf. »Darum geht es nicht. Was mich beschäftigt ... Die Eltern dieser Typen haben mit Sparsamkeit und Selbstlosigkeit eine Gesellschaft aufgebaut, und was tun sie? Sie fressen sich voll, sie unterdrücken ihren Frust mit Autos und Designerklamotten und albernen Drinks. Und mit Kokain.«

»Du bist doch nicht etwa Pfarrer oder so was?«

»Es geht mir darum, daß es keine Bescheidenheit gibt, kein ... kein Mitgefühl. Du hast verdammt noch mal die Pflicht, jemandem Geld zu geben, wenn der darum bittet.«

»He«, sagte Fleming, »wir sind keine Heiligen.«

»Man braucht doch kein Heiliger zu sein, um ...« Ich meinte etwas Größeres, Komplizierteres als den Gedanken, daß man seinen Mantel mit einem Bedürftigen zu teilen hat. »Hör zu«, sagte ich, »eine Welt, in der jeder nur auf seinen eigenen Magen achtet, ist unerträglich. All diese Typen, der größte Teil von ihnen wäre nicht hier, wenn nicht irgendwann einmal jemand sich eines ihrer Vorfahren angenommen hätte. Das Leben ist kein Zimmer, das man betritt und kurz darauf wieder verläßt, und während der Zeit, die man sich in diesem Zimmer aufhält, stopft sich nach Kräften voll und befriedigt die Sinne so gut wie möglich.«

»Ich habe nichts gegen die Befriedigung der Sinne.«

»Nein, ich auch nicht, wenn man gleichzeitig einem Bettler wenigstens einen Gulden gibt, wenn man nicht einfach über einen Penner steigt, als ob er verdammt noch mal ein... ein... ein Ding wäre.«

»Es gibt eben Versager, und denen ist nicht zu helfen«, sagte Fleming.

»Was hat das denn damit zu tun?«

»Daß man manchmal nicht anders kann, als über jemanden zu steigen.«

»Nein«, sagte ich. »Es spielt keine Rolle, ob jemandem zu helfen ist oder nicht, es geht darum, ob ich ihm helfe, ob ich mich seiner annehme. Ich bin mir durchaus bewußt, daß es Penner gibt und Bettler und alle möglichen Psychoten, die sich in der Stadt rumtreiben, und vielleicht sind sie nicht zu retten, aber es geht darum, daß wir sie nicht aufgeben, daß wir sie als Individuen betrachten, die dieselbe Menschenwürde wie du und ich besitzen. Die Tatsache, daß diese Scheißtypen sich alle so ein Mordsding von goldener Uhr leisten können, besagt nicht, daß sie wertvolle Menschen sind. Diese Uhren sind wahrscheinlich ein Beweis dafür, daß ihr Wert sich umgekehrt proportional zu ihrer Leistung verhält.«

Ich stand da und fuchtelte mit den Armen. Mein Brustkorb hob und senkte sich. Mein Gott, dachte ich, ruhig, ruhig, warum bist du nicht emotionslos, Lisa hat doch gesagt, daß du das bist? Wer regt sich schon über ein paar Penner und Bettler auf?

»Du bist wie ein Pfarrer«, sagte Fleming. »Wir sind auf Kneipentour, weißt du das noch?«

»Ja«, sagte ich, »wir sind auf Kneipentour.«

»Dann reg dich nicht so auf. Heute abend kannst du nichts mehr ändern.«

»Aber das ist es ja gerade«, sagte ich resigniert. »Daß alle immer sagen, heute abend kann man nichts mehr ändern.«

»Oder bist du einfach ein guter, alter Kommunist?« sagte Fleming.

»Ich bin gar nichts. Ich ertrage bloß nicht diese vollgefressenen, selbstzufriedenen Typen, die sich so unheimlich erfolgreich geben und dabei vergessen, daß sie bis zu den Knien in der Scheiße stehen.«

»Vielleicht vollbringen sie wunderbare Dinge, in aller Stille.«

»Tun sie nicht«, sagte ich. »Laß uns doch mal einen fragen, was er macht, wenn er das erreicht hat, was er erreichen wollte, wenn er genug Zeit und Geld hat. Die Hälfte sagt, sie kauft ein schönes Haus und will endlich das Leben genießen, die andere Hälfte redet von einem Boot oder einem Oldtimer. Nicht ein einziger sagt, daß er mit seinem Geld Arme unterstützen oder ehrenamtlich in einem Heim für drogensüchtige Prostituierte arbeiten will.«

»Wahrscheinlich nicht«, sagte Fleming, »aber andererseits verdienen sie immerhin das Geld, mit dem der Staat diese Dinge erledigen kann.«

»Quatsch. Es geht nicht darum, was der Staat mit den Steuergeldern tut, von denen diese Typen sich ja nur widerwillig trennen. Es geht um die persönliche Verantwortung für die Welt.«

»O shit«, sagte Fleming. »Das muß mir passieren. Ich nehme Mutter Teresa mit auf Sauftour.«

»Was ich mich frage: Wissen die eigentlich, wie klein der Abstand zwischen ihnen und dem Bettler ist, wie schmal der Grat ist, auf dem sie sich bewegen? Ich frage mich, warum sie alle so gierig sind.«

»Vielleicht weil sie wissen, wie schmal der Grat ist?«

Wir sahen auf die verschiedenen herumstehenden Grüppchen. Es wurde gelacht, laute witzige Bemerkungen flogen hin und her. Ich dachte: Dies ist das wirkliche Leben, Männer, die die gleichen Anzüge tragen, Frauen in einander ähnelnden Röcken.

»Ein Heiliger«, sagte ich. »Du glaubst, daß du einen halben Pfarrer oder einen halben Kommunisten mitgeschleppt hast, und meine Schwester glaubt, daß ich gefühllos bin.«

Fleming sah mich über den Rand seines Glases an und zog die Augenbrauen hoch.

»Doch das bin ich nicht«, sagte ich. »Ich mißtraue nur der Liebe, das ist alles.«

Fleming schüttelte den Kopf.

»Ich glaube, die Leute überschätzen das, die Liebe. Sie vergucken sich in jemand und denken, sie sind Tristan und Isolde, aber es ist nichts als Verlangen nach Sex und Mama.«

»Großer Gott«, sagte Fleming.

»Es ist viel wichtiger, ein Gefühl für Menschen aufzubringen, die nicht schön und attraktiv sind. Meine Schwester liebt ihren Mann nicht mehr, aber sie weiß nicht, daß sie ihn nicht mehr liebt, weil er schwach und häßlich geworden ist. Meine Schwester glaubt, daß Liebe etwas Selbstverständliches sein muß, ein großes Mysterium, leidenschaftliche Nächte, Zauberei mit Genitalien und mehrfachen Orgasmen.«

Fleming lachte.

Ich dachte: Als ich sie neun Jahre lang nicht gesehen hatte, Raph und Lisa, da konnte ich sie nicht mehr wie Bruder und Schwester lieben. Ich mußte es lernen. Die Blutsverwandtschaft bedeutete nicht automatisch Liebe, und deshalb mußte ich sie lieben *wollen*, und darüber war ich froh, im nachhinein bin ich froh.

»Liebe«, sagte ich zu Fleming, »ist ein Willensakt.«

»Nein«, sagte er, »es muß dich überkommen.«

»Zur Liebe«, sagte ich, »muß man sich genauso entscheiden wie dazu, das Opfer zu sein.«

»Einer, der vom Auto angefahren wurde, will Opfer sein?«

Ich nickte. »Zumindest wenn er ein Opfer wird. Er kann auch beschließen, verletzt zu sein und wieder gesund zu werden, aber wenn er das nicht tut und sich selbst als Opfer sieht, dann ist das eine Willensentscheidung.«

Fleming pfiff leise. »Moderne Theologie und utopischer Sozialismus. Wie steht's mit deinem Sexleben?«

»Ich bumse zu wenig. Viel zu wenig.«

Gegen fünf waren wir wieder beim Pub. Die Tür war zu. Durch das gewölbte Glas erkannten wir zwei verschwommene Gestalten. Der Norweger klopfte an die Tür. Eine der

Gestalten bewegte sich. Wir hörten, wie Riegel zurückgeschoben wurden.

»Julius the Nightfly«, sagte die Bardame. Sie hielt die Tür auf und ließ uns ein. Sie ging zu einem Hocker hinter der Bar zurück und hörte der jungen Frau ihr gegenüber zu, die ihr unterbrochenes Gespräch fortsetzte. Wir setzten uns, bestellten Bier und sprachen über unseren Beruf. Julius Fleming arbeitete als physischer Geograph an der Universität. Er betreute ein Netz von Erkundungsposten, Männer und Frauen, die verstreut im Feld Messungen vornahmen. »Es gibt viel zu wenig Leute dafür«, sagte er. »Es ist ein einsamer Job, so was wie Brandwächter. In Kanada arbeiten Studenten im Sommer als Brandwächter. Um so was Ähnliches handelt es sich. Du hockst den ganzen Tag in der Pampa, du schreibst Zahlen auf, steckst sie in einen Umschlag und wartest auf den nächsten Tag. Schlecht bezahlt wird es außerdem. Die Bedingungen sind miserabel. Die Posten bekommen nur einmal pro Woche Proviant und technische Hilfe, wenn die Umschläge abgeholt werden.«

Ich fragte, was die Leute auf ihren Beobachtungsposten täten.

»Sie halten Veränderungen in der Landschaft fest, wir messen alles mögliche, wir entnehmen Bodenproben mit Handbohrern.«

Es seien keine weltbewegenden Untersuchungen, meinte Fleming, aber interessanterweise fänden sie in einem Gebiet statt, in dem mal ein kompletter Bohrturm verschwunden sei und das seitdem mehr oder weniger Sperrgebiet sei. Die Flora sei überwältigend, es sei so etwas wie ein uneingeschränktes Experiment mit einer in keinerlei Bahnen gezwängten Natur geworden. Dort herrsche völlige Stille in einer völlig grünen Welt. Ich dachte an Kopakker und erzählte ihm von meinem Bericht.

»Das ist ja genau das Gebiet, in dem wir arbeiten! Du hast das untersucht?«

Ich sagte, daß ich die Archivunterlagen über das Kopakkerunglück sichte und erfasse.

Er sah mich scharf an. »Es wäre gut, wenn du mit deiner Sachkenntnis eine Zeitlang dort wärst. Hast du keine Lust, dort ein paar Monate lang zu observieren?«

Ich schüttelte den Kopf und sagte, meine Sache sei die Archivarbeit, nicht die Feldarbeit, und außerdem sei ich kein Geograph. »Eigentlich«, sagte ich, »bin ich gar nichts. Das einzige, was ich kann, ist Material ordnen und eine übersichtliche Geschichte dazu schreiben, und das auch nur, wenn es sich in Mappen befindet. In meinem eigenen Leben kann ich überhaupt keine Ordnung schaffen.«

Er nickte und fing an, von der Stadt in der Nähe von Kopakker zu erzählen, wo er und seine Studenten hin und wieder die Sau rausließen, und ich schaute zu den beiden Frauen an der Bar.

Ich hatte die Barfrau wiedererkannt. Sie war früher Sprechstundenhilfe bei meinem Hausarzt gewesen. Als Junge hatte ich Tagträume von Arztbesuchen im falschen Moment, der Doktor kurz weg, sie im weißen Kittel. Sie war groß, an die einsneunzig, und hatte blonde Haare, die ihr bis weit über die Schultern fielen. Für mich war sie eine klassische Schönheit. Die junge Frau, mit der sie sprach, hatte rote lockige Haare und trug eine bunte Mischung merkwürdiger Kleidungsstücke. Sie sah aus wie eine, die gerade von einem Folkloretanz kommt.

»We will have champagne«, rief Fleming plötzlich. Er schlug mit der Faust auf die Bar und lachte. »Pink champagne.« Er deutete mit strenger Miene auf die beiden Frauen. »And you join us.«

Die große Blondine zog die Augenbrauen in die Höhe. Julius schlug noch einmal mit der Faust auf den Tresen.

»Hat der einen in der Krone?« fragte sie mich.

Ich schüttelte den Kopf. Wir hatten nicht soviel getrunken, ein paar Gläser Bier, eine Unmenge Mineralwasser.

Die Blondine verließ ihren Hocker und ging ans Ende der Bar. Aus einem Kühlschrank holte sie eine Flasche Champagner und einen Beutel Eiswürfel. Sie füllte einen Kühler mit Eis, Wasser und Salz, stellte die Flasche hinein und legte ein

Tuch über den Hals. Während sie am Korken herumhantierte, rutschten Fleming und ich auf die Hocker neben den Frauen. Ich gab der Rothaarigen die Hand und stellte mich vor. Die Blondine behielt die Hände unter dem Tuch und sah mich an.

»Wir kennen uns«, sagte ich.

Sie kniff die Augen etwas zusammen. Ich nannte den Namen meines Hausarztes. Sie nickte langsam, während ihre Hände unter dem Tuch massierende Bewegungen machten. Da gab der Korken mit einem leisen »Plopp« nach. Sie nahm das Tuch ab, holte vier Champagnerflöten aus einem Regal über der Bar und schenkte ein. Es war kein »pink champagne«. Es war strohgelber Schaumwein, kräftig im Geschmack.

Es war noch immer warm im Pub. Leise, undefinierbare Musik rauschte an uns vorbei. Fleming erzählte tolle Stories, halb auf englisch, halb in schleppendem, rundem Niederländisch. Die Rothaarige lehnte an der Bar und hörte ihm zu. Wie hieß die Bardame? Ich schaute ihr zu, wie sie Gläser blank polierte und die Abtropfbecken unter dem Zapfhahn mit heißem Wasser übergoß. Dampfwolken stiegen auf, ließen ihr helles Haar aufschimmern. Helen. Isabelle. Oder so ähnlich. Ich erschrak früher immer kurz, wenn ich die Tür zu ihrem Zimmer öffnete. Ich hatte dann eine halbe Stunde in dem grauen Wartezimmer gesessen, umringt von Leuten in gräulichen Wintermänteln (Winter, in meiner Erinnerung war es immer Winter, wenn ich zum Arzt ging), und dann öffnete ich diese Tür und stand vor ihrem Schreibtisch. Durch ein großes quadratisches Fenster strömte Sonnenlicht. An den Wänden hingen fröhlich-bunte Poster, ihre rote Schreibmaschine glänzte, auf ihrem blonden Haar lag ein weicher Glanz. Dieser leicht spöttische Blick. Stets die Andeutung eines neckenden Lächelns, wache Augen. Als wüßte sie genau, was ich dachte.

»Zeit zum Dichtmachen, Leute.«

Sie hielt ihr Glas am Stiel und betrachtete mich genauso scharf wie früher. Julius stand auf und verbeugte sich vor der rothaarigen Frau. Er bot ihr den Arm. Sie legte die Hand auf sein Handgelenk und strich sich müde über die Stirn.

»Au revoir«, sagte sie, an niemanden speziell gewandt.

Fleming zog seine Brieftasche und nahm beim Bezahlen eine Karte heraus. Er legte sie vor mich auf die Theke. Als ich sie in die Tasche stecken wollte, nahm er sie wieder an sich und kritzelte eine Nummer darauf.

Während ich meinen Mantel anzog, gingen Fleming und seine Dame nach draußen, und ihre verschwommenen Gestalten bewegten sich wellenförmig über die gewölbte Scheibe.

Ich leerte mein Glas und erhob mich. Die Bardame löschte das Licht über der Bartheke und ging mit mir zur Tür. Während ich ihr die Tür aufhielt, schaltete sie die Alarmanlage ein.

Draußen war es noch warm. Die Luft roch nach Brot und Kaffee. Über den Häusern hatte der Himmel die Farbe verwaschener Tinte.

»In welche Richtung mußt du?« fragte die Blondine.

Ich zeigte nach rechts.

»Dann geh ich mit dir.«

Sie faßte noch einmal an den Türgriff und drehte sich um.

Es war ruhig in der Stadt. Hin und wieder fiel das Licht eines Autos auf die Geschäftsfassaden, in der Ferne brummte eine Klimaanlage. Wir gingen durch Straßen, an einem kleinen Park vorbei, aus dem gedämpfte Stimmen drangen. Ein oder zwei Minuten vor meinem Haus verlangsamte sie ihre Schritte. Wir hatten kaum gesprochen. Ich hatte gefragt, ob sie schon lange in der Bar arbeite, ob ihr das gefalle und wie sie da gelandet sei, und sie hatte freundlich, aber distanziert geantwortet.

»Ich muß hier nach links«, sagte sie.

»Dann begleite ich dich. Es ist eine schöne Nacht zum Spazierengehen.«

»Es ist noch ein ganzes Stück.« Sie nannte den Namen einer Straße, die ich nicht kannte. Als ich fragte, wo das sei, erklärte sie, es sei irgendwo in dem verlassenen Industriegebiet, dem Industriegebiet, wo Raph wohnte und Lisa eine Zeitlang gehaust hatte.

»Dann geh ich auf jeden Fall mit. Da ist es lebensgefährlich.«

Sie schüttelte den Kopf.

»Hör zu«, sagte ich. »Ich bin ein altmodisch erzogener junger Mann. Ich bringe Damen immer nach Hause. Sonst kann ich nicht schlafen.«

Sie zuckte mit den Achseln und ging los.

Es war nicht einmal so weit, aber wir gingen eine breite, dunkle Straße entlang, früher der Zugang zum Industriegebiet, jetzt ein Asphaltfluß mit Rissen, aus denen Baumwurzeln und junge Birken ragten. Irgendwo auf halber Strecke loderte ein hohes Feuer aus einem zurückgelassenen Ölfaß. Die Gegend drum herum war noch dunkler als die Straße. Wir kamen an Gebäuden mit eingeworfenen Fensterscheiben und schiefhängenden Türen vorbei. Wir mußten durch Lükken in ausgebrannten Barrikaden, über einen großen Parkplatz voll geschmolzener Plastikbierkästen.

Bei einer Wellblechhalle, die wie ein der Länge nach durchgesägtes Rohr auf einem Stück Brachland lag, blieben wir stehen.

»Das war ein lehrreicher Weg«, sagte ich.

»Warst du hier noch nie?«

»Früher. Mein Bruder hat hier ein Atelier, und meine Schwester hat hier gewohnt. Aber sie ist umgezogen, und meinen Bruder besuche ich fast nie. Er kommt meist zu mir. Meine Schwester übrigens auch. Ich bin anscheinend der Familientreffpunkt.«

Sie lächelte. Ihr breiter, scharfgeschnittener Mund zeichnete Linien in ihre Wangen. Ich streckte die Hand aus.

»Ich mach 'nen Kaffee«, sagte sie. Sie drehte sich um und schloß die Halle auf. Im Hineingehen sah sie über die Schulter und winkte mir.

Die Halle bestand aus zwei Teilen. Vorne war sie hoch, über uns schimmerte das Metalldach. Der hintere Teil war durch eine Wand aus blankem Holz dem Blick entzogen. An den gebogenen Wänden standen Holzregale mit Kartons, Eisenabfällen und Werkzeugen. An der Holzwand, die die

Halle teilte, klebten Ankündigungen von Popkonzerten und vor langer Zeit aufgeführten Theaterstücken. Einige Plakate waren mit Mennige halb übermalt. Der Boden bestand aus perforierten Eisenplatten, die durch Draht verbunden waren. Sie schloß eine Tür in der Holzwand auf, machte Licht an und ließ mich in den hinteren Teil der Halle ein.

Dies war ihr Haus. Ein Schlafzimmer auf einer aus Gerüststangen und Paletten gebauten Zwischendecke. Darunter, an der krummen Wand: eine kleine Küche, nicht mehr als ein Spülbecken, ein Schneidebrett und ein paar kleine Schränke.

Sie ging zum Hahn und füllte einen Kessel mit Wasser.

»Ich weiß nicht, wie du heißt«, sagte ich.

»Ellen.«

Ich ging herum und sah mir die brüchige Einrichtung an. An der geraden Wand, die die Rückseite der Halle bildete, standen schlecht gestrichene Holzregale mit Büchern, Geschirr, beklebten Schachteln, Handtüchern, alten Langspielplatten in lädierten Hüllen und Flaschen. Vor den Regalen befand sich eine Sitzecke: vier Kunststoffkästen, auf denen eine Drahtglasplatte lag, und drei durchgesessene Sessel. Ich fragte mich, wie sie hier wohl gelandet war.

Ein summendes Geräusch. Ich sah mich um. Ellen stellte eine alte Emailkaffeekanne auf den Boden neben eine Gasflasche mit tosendem Brenner. Ich verfolgte ihre Bewegungen. Früher, bei meinem Hausarzt, hatte sie diesen Schreibtisch, auf dem alles akkurat geordnet und von frischer, fröhlicher Farbe war. Gepflegt, dieses Wort traf damals auf sie zu. Die langen blonden Haare täglich mit den vorgeschriebenen sechzig Strichen gebürstet, in Salzwasser gewaschene Seidenblusen, manikürte Nägel, ein Lächeln aus poliertem Elfenbein. Hier, in diesem alten Schuppen, ohne Kaffeemaschine, ohne Schränke, im Geruch von rohem Holz und Öl, war sie nicht viel anders. Irgendwie paßte sie hier genausogut hin wie damals in dieses picobello aufgeräumte Büro. Unter dem gestopften roten Pulli bewegte sich ihr Körper ebenso geschmeidig und ruhig wie in den damenhaften Blusen, die sie in besseren Zeiten getragen hatte.

Kaffeeduft stieg auf. Sie kam an den Tisch und stellte ein Teelicht in einem rostigen Eisenuntersatz hin. Sie zündete es an und setzte die Kaffeekanne auf das Licht.

»Du hast ein komisches Haus«, sagte ich. »Wenn ich nicht gerade hier gewesen wäre, würde ich denken, du lebst in traurigen Verhältnissen, aber das stimmt nicht. Es ist ein Haus. Mit Großbuchstaben.«

Sie ging zu den Regalen an der hinteren Wand und holte Becher und Löffel. Wir setzten uns. Es war still, bis auf das Drip-drip des durchlaufenden Kaffees.

»Vielleicht muß ich für Julius Fleming Beobachtungen anstellen«, sagte ich.

Sie beugte sich vor und goß Kaffee ein.

»Und vielleicht auch nicht«, sagte sie.

Ich wollte fragen, was sie damit meinte, aber als ich sie anschaute, sah ich sie plötzlich mit dem Hunger eines Menschen, der zu lange nichts gegessen hat. Sie kam mir größer, schöner, blonder und begehrenswerter vor denn je. Ich glaubte, durch ihre Kleider schauen zu können und einen Körper im Dunkel zu sehen, ein sanftes Streiflicht auf der Einbuchtung ihrer Taille, der allmählichen Wölbung ihrer Brust. In dem Dämmerlicht zeichnete sich die Kurve ihrer Pobacken ab, die gepunktete Linie ihrer Wirbel. Ihr Rücken war eine Sandfläche mit zwei flachen Dünen. Ich sah, wie sie im Dunkel um mich herumstrich. Ein unbekanntes Tier. Der Geruch ihres Körpers senkte sich wie eine warme Decke auf mich. Ich spürte ihren Atem an meinem Hals.

»Zucker?« sagte sie.

Ich hustete etwas, das sich wie »ja« anhörte.

Während sie sich bückte, um Zucker in einen Becher zu füllen, huschte das Kerzenlicht über ihr Gesicht. Ihre Kieferpartie, die Nase, die Wangenknochen, ihr ganzes Gesicht wurde weich und freundlich. Es war fast, als kennten wir uns schon sehr lange, und jetzt, in einer altvertrauten Geste, beugte sie sich über mich, um mir einen Gutenachtkuß zu geben. In diesem Moment glühten ihre Augen violett auf. Die langen Haare fielen ihr vors Gesicht. Sie tat zwei gestrichene

Löffel Zucker in meinen Becher. Ich sah auf, zu dem Schattennest unter dem gewölbten Dach. Ich schloß die Augen und rieb mir über die Stirn.

Hinter zitternden Lidern sah ich meine Zunge von ihrem Ohr durch das Tal ihres Nackens wandern, zu ihrer Brust, hinauf, an der Warze entlang, ein kleiner Kreis, hinunter, den langen Weg über ihre Flanke und dann durch die Leistenbeuge nach innen, zur Innenseite ihres Oberschenkels, zu der Trennlinie zwischen Schenkel und Po, und dann hinauf und herum und herum, und hinunter, schlängelnd und suchend und neckend und reizend, und hinauf und herum und herum und hinauf und hinunter ...

Kalte Schweißtropfen liefen mir über die Brust. Ich beugte mich vor und griff nach meinem Kaffee. Ich legte die Hände um den Becher und klapperte mit den Zähnen.

Ellen stand auf. Sie ging zum Bücherregal und langte zu einem hohen Regal. Vor dem Lattengestell, die langen schlanken Arme gereckt, der Rücken durchgebogen, war ihr Körper eine Arabeske im Halblicht.

Ich stellte meinen Becher ab und stand auf. »Es wird Zeit zu gehen«, sagte ich.

Sie kam zurück mit dem Päckchen Zigaretten, das sie aus dem Bücherregal geangelt hatte, fingerte eine Zigarette heraus und hielt sie an das Teelicht unter der Kaffeekanne. Ich konnte kaum erkennen, wie sie wirklich war. Meine Phantasie schob sich über die Wirklichkeit. Es war, als stünde ich in einem doppelt belichteten Foto, einem Wirrwarr aus Linien, Licht, Gegenständen. Flaschen im Licht, umgedrehte Tische, sich übereinanderschiebende Gesichter, Hände, die aus Wänden ragten, kippende Fußböden, Bäume mit der Krone am Horizont. Dann kam sie auf mich zu. Sie blies eine Rauchwolke an meinem Gesicht vorbei.

»Tschüs«, sagte sie.

Offenbar verstehen wir nichts von der Liebe

Der Juli war heiß. Morgens schoß die Sonne hoch, um für den Rest des Tages als gleißend weiße Scheibe im Zenit alles auszudörren. Die Bäume verloren ihre Blätter, die Menschen trotteten träge an den Häusern entlang, und die Stadt roch nach Teer und Benzin und Staub. Abends lag ich auf dem nackten Holzfußboden in meinem Zimmer, in dem Lufthauch, der die Gardinen wie weiße Ballkleider bauschte. Einmal, als ich dalag und sinnierte, eine Untertasse voll Kippen auf dem Bauch, einen Kreis leerer Bierflaschen um den Kopf, fiel plötzlich ein Schatten auf mich. Einen Moment lang dachte ich, die Bestie aus den Gärten sei durch die offenen Fenster hereingekommen.

»Sam?« Ich schnappte nach Luft. Der Bretterfußboden schwankte unter meinem Rücken.

»Simon. Ich bin's, Simon. Wo bist du?«

»Hier. Auf dem Fußboden. Herrgott, hättest du nicht klopfen können?«

Er zog die schwarzen Schultern hoch.

Ich schloß die Augen und atmete tief durch. »Nimm dir ein Bier aus dem Kühlschrank und setz dich her, Simon.«

Er drehte sich um und ging in die Küche.

»Ich habe keinen Flaschenöffner«, rief ich. »Du mußt den Verschluß am Rand der Spüle aufsetzen und dann auf die Flasche schlagen.«

Es rumorte ein wenig, gefolgt von einem kraftlosen Schlag. Ich stand auf und ging in die Küche. Simon hielt eine Flasche in der Hand und sah mich mit hochgezogenen Augenbrauen an. Ich nahm die Flasche, öffnete sie und ging ihm voran ins Zimmer.

»Die Tür stand auf«, sagte er, als er mir gegenüber auf dem Boden saß, »die Haustür auch. Ich habe mich geräuspert, aber du hast nicht reagiert. Wie geht's?«

»Gut. Und dir?«

»Auch.«

Wir tranken Bier. Von unten drangen erstickte Geräusche. Mein Nachbar hatte eine neue Freundin. Sie bumsten jeden Abend. Ich war so daran gewöhnt, daß ich genau wußte, wann der Höhepunkt kam und wie sie's machten.

»Heute abend wird geleckt«, sagte ich.

Simon beugte sich vor und sah mich an. Sein Mund stand halb offen.

»Unten«, sagte ich. »Mein Nachbar. Wenn sie's in Normalposition treiben, hörst du das Bett gegen die Wand rumsen. Heute abend darf sie mal wirklich kommen.«

»Mein Gott«, sagte er.

Leise Schreie drangen nach oben.

»Das war sie. Wenn du Glück hast, dann vögeln sie auch noch.«

Es war still.

»Was führt dich zu mir?«

Simon rutschte etwas unbehaglich hin und her. Er hob die Flasche und trank. Unten begann das Bett zu knarren.

»Mein Gott«, sagte er, »machen die immer so einen Lärm?«

Ich streckte mich und nickte. Ich legte den Kopf schief, eine Hand halb erhoben.

»Jetzt kommt er«, sagte ich.

»Ja!« rief der Nachbar.

Simon räusperte sich. Die Frauenstimme unten schrie unverständliche Ermunterungen. Das Gerumse des Betts steigerte sich.

»Jetzt«, sagte ich.

Ein langes Röcheln erklang. Es wurde still.

»Der Hunger ist gestillt. Der Apfel ist gegessen. Wie geht's Lisa?«

»Lisa... Gut, gut. Gott...«

Ich sah ihn an. Sein Gesicht leuchtete blau im Dämmerlicht. Er lehnte sich zurück, auf die Ellbogen, und starrte düster in meine Richtung.

»Deine Schwester«, sagte er, »ist eine Tigerin.«

Ich stellte meine Flasche zwischen die anderen und stand auf, um eine neue zu holen. Als ich zurückkam, lehnte Simon am anderen Ende des Zimmers mit dem Rücken am Bett. Er hatte die Beine angezogen, der Kopf lag im Nacken. Er drückte die Bierflasche an die Brust. Ich ging durch den leeren Raum, und als ich bei ihm war, stellte ich mich vor das offene Fenster auf der Rückseite des Hauses und schaute auf die dunklen Gärten. Ein paar Fackeln blinkten mit ihrem flackernden Licht. Zwischen den Bäumen bewegten sich Schatten.

»Weswegen kommst du?« sagte ich. »Bist du mit der Enzyklopädie durch?«

Ich drehte mich um und sah ihn in meine Richtung starren.

»Was?«

»Lisa hat gesagt, du liest die Enzyklopädie, die Encyclopaedia Britannica.«

Er schüttelte den Kopf.

»Ich schreibe etwas«, sagte er. »Ab und zu benutze ich die Enzyklopädie, aber in erster Linie die Bibel, Ovid und Platon und Homer und Joyce und ...« Er seufzte. »Die Britannica. Mein Gott, ich wollte, ich hätte sie.«

»Was schreibst du?«

Er trank einen Schluck und starrte eine ganze Weile vor sich.

»Lisa hat gesagt, ich lese die Enzyklopädie? Sonst nichts?«

Ich nickte.

»Ich bin dabei, mein Studium abzuschließen, Anthropologie. Ich schreibe meine Abschlußarbeit über Grenzüberschreitung als Grundstruktur in religiösen und profanen Texten, mündlichen und schriftlichen.«

Ich war mir bewußt, daß mir der Kinnladen runterfiel.

»Meiner Ansicht nach beruhen die meisten religiösen und... äh... säkularen Texte auf zwei Bestandteilen. Exodus und Odyssee. Hast du schon mal was von Isaac Deutscher gehört?«

Ich schüttelte den Kopf.

»Der Biograph von Stalin und Trotzki. Ich las ein Buch von

ihm, in dem er schrieb, er sei von klein auf fasziniert gewesen von der Welt außerhalb des engen Milieus, in dem er aufwuchs. Er ist in Chrzanow geboren. Er war Jude. Er war ein solch genialer Talmud- und Thoraschüler, daß er den Rebbe morgens wecken durfte. Weißt du etwas von dieser Welt?«

Ich schüttelte den Kopf. Er konnte das nicht sehen, aber er unterstellte ganz offensichtlich, daß ich ein völliger Laie auf diesem Gebiet sei, denn er sprach einfach weiter.

»Die Rabbiner bei den chassidischen Juden sind eine Art Heilige. Zaddikim, Gerechte. Wenn man so einen Zaddik morgens wecken durfte, dann war man etwas ganz Besonderes. Deutscher war schon sehr früh klar, daß es ihn über die Grenze zog. Er schreibt so was wie ...«

Er beugte sich vor und legte die rechte Hand an die Stirn. Aus den Gärten hinter dem Haus drang der Lärm später Zecher. Glas klirrte, jemand rief: »Pack ihn«, und danach war Gelächter zu hören. Ich sah auf die tanzenden Flammen der Fackeln. Ich hatte plötzlich das Gefühl, als sei dies das ganze Leben, als gehe es letztlich darum, einen Abend lang durch dunkle Gärten zu rennen.

»So ähnlich«, sagte Simon. »So was Ähnliches schrieb er. Als Kind hatte er eine Geschichte gelesen, die sich ganz mit seinem eigenen Verlangen nach, sagen wir mal, der anderen Welt deckte. Es war die Geschichte von Rabbi Meir, einem großen Heiligen. Der Rabbi hatte einen nichtjüdischen Lehrer, Elisha ben Abiyuh. Dieser Mann wurde Akher der Fremdling genannt. Eines Samstags war dieser Rabbi Meir bei seinem Lehrer, und sie gerieten in ein tiefes Gespräch. Der Lehrer ritt auf einem Esel, und der Rabbi, der am Sonnabend nicht reiten durfte, ging neben ihm und lauschte dem Lehrer gebannt, ohne zu bemerken, daß sie die rituelle Grenze erreicht hatten, die Juden am Sabbat nicht überschreiten dürfen. Sein Lehrer machte ihn darauf aufmerksam. Er sagte: Wir müssen uns hier trennen, du darfst mich nicht über die Grenze begleiten, geh zurück. Und Rabbi Meir kehrte zurück, während sein Lehrer weiterritt, über die Grenzen der jüdischen Gemeinschaft hinaus. So hat es Deutscher ziemlich wörtlich geschrieben. Ich war so fasziniert davon. Deutscher, der selbst dieses ... äh ... superreligiöse Milieu verlassen hatte, sozusagen den Schritt vom Wunderkind zum weltlichen Sozialisten getan hatte, und dann dieser Rabbiner, der nicht über die Grenze durfte, mit der er sich so identifizierte. Das Überschreiten der Grenze ist ein zentrales Thema im religiösen Denken. Jedenfalls in der jüdisch-christlichen Tradition. Aber dieses Überschreiten der Grenze ist eigentlich eher eine Folge als die Ursache. Die Ursache ist immer das Verlangen nach dem anderen, beziehungsweise nach der anderen Person.«

»Ich wußte nicht, daß du studierst«, sagte ich.

Simon stand auf. Die leere Bierflasche baumelte an seinem Zeigefinger. Er sah mich fragend an. Ich nickte. Er nahm meine Flasche und stellte beide in den Kreis auf dem Fußboden. Er ging in die Küche und holte Bier. Ich lauschte seinen Versuchen, die Kronkorken abzuschlagen. Damit war er eine ganze Weile beschäftigt. Als er wieder ins Zimmer kam, sagte er: »Es gibt einen französischen Philosophen, Levinas, der fast nur über den anderen und das andere geschrieben hat. Reichlich ... äh ... verworren. Französische Philosophie ist nicht besonders klar. Sie sind zu elegant, denke ich. Er schreibt, daß das Verlangen nach dem Anderen in einer Person entsteht, der es an nichts fehlt, sie entsteht unabhängig davon, woran es diesem Menschen möglicherweise mangelt oder wovon er genug hat.«

Er gab mir eine Flasche, aus der ein träger Schaumkopf aufstieg, und ging dann durchs Zimmer, vorbei an den sich bauschenden und wieder zusammenfallenden Gardinenwolken. Dann und wann verschwand er ganz in dem weißen Tüll.

»In dem Verlangen bewegt sich das Ich zum Anderen, sagt Levinas ungefähr. Und das gefährdet die Identifikation des Ichs mit sich selbst, und darum geht es ja schließlich. Äh ... ›Anstatt mich zu ergänzen oder zu befriedigen, bringt mich die Bewegung auf den Anderen hin in eine Situation, die mich in gewisser Hinsicht gar nichts anging und mich gleichgültig lassen sollte: Was habe ich auf dieser Galeere denn zu suchen? Woher kommt mir dieser Schock, wenn ich unter dem Blick des Anderen gleichgültig vorbeigehe? Das Verhältnis zum Anderen stellt mich in Frage, entleert mich meiner selbst und hört nicht auf, mich zu entleeren, indem es mir immer neue Ressourcen entdeckt. Ich wußte gar nicht, daß ich so reich bin, aber ich habe nicht mehr das Recht, etwas zu behalten. Das sagt er. Gott, ich habe es so oft gelesen, daß ich ihn fast wortwörtlich zitieren kann. Das ist unheimlich.«

Ich trank und sah den Mann meiner Schwester an. Ich kannte ihn kaum. Lisa heiratete, als Raph und ich auf Tour waren, und nach der Hochzeit hatten wir sie nur wenige Male zusammen gesehen. Allein sah ich Simon selten. Wir verstanden uns nicht besonders, wobei mir nie klargeworden war, warum. Er war nicht übel und schien auch nichts gegen mich zu haben, aber wir waren all die Jahre förmliche Fremde geblieben, die etwas distanziert miteinander umgingen.

»Ich möchte diesen Gedanken noch weiterführen«, sagte er. »Levinas stellt die Verantwortung dar als eine Bewegung zum Anderen hin. Es kann eine Bewegung *contre cœur* sein, aber man spürt die Notwendigkeit. Adam und Eva müssen das Paradies verlassen, als sie nach dem Genuß des Apfels anfangen, nacheinander zu verlangen, und dabei überschreiten sie eine Grenze, die so streng bewacht wird, daß eine Rückkehr unmöglich ist. Das weißt du. Das Schwert vor dem Garten ... äh ... Eden. Das ist der Moment, in dem sie ihr eigenes Leben gestalten, ihre eigene Welt erschaffen müssen. Sie müssen die Erde bebauen und folglich die Welt machen, um am Leben zu bleiben. Sie müssen sich vermehren, den Menschen machen, damit die Geschichte nicht mit ihnen endet. Sie haben sich von Wesen ohne Verlangen und Streben in Menschen verwandelt, die nichts anderes kennen, die gezwungen sind, nach dem Anderen zu verlangen und das Andere anzustreben. Moses überschreitet in einem fort irgendwelche Grenzen. Vom Hause seiner Mutter begibt er sich im Schilfkörbchen in die Welt des Pharaos und kehrt wieder zurück, als sein Gefühl für Gerechtigkeit, die Fürsorge um den anderen, ihn dazu zwingen: als ein Fronarbeiter von einem Ägypter geschlagen wird. In diesem Moment verwandelt er sich von einem Menschen, dem alles gleichgültig ist, in einen, der den Anderen entdeckt. Plötzlich ist er nicht mehr der ägyptische Prinz mit einem ägyptischen Namen, sondern ein Mann, der sieht, daß er Brüder hat. Das Wort Bruder wird hier zum erstenmal so verwendet, obgleich Moses zu diesem Zeitpunkt nicht einmal wissen kann, daß diese Sklaven tatsächlich seine Brüder sind. Später, auf der Flucht, überschreitet er wieder eine Grenze, und dann wird er zum erstenmal in eine Gemeinschaft aufgenommen, in den Stamm seiner Frau. Sein Leben bis zum Auszug aus Ägypten ist die Geschichte einer Entwicklung, und darin ist die Sehnsucht nach dem Anderen stets die erste Bewegung.«

Er war in Fahrt. Er tigerte langsam durch den Raum mit diesem leicht gekrümmten Körper, dem langen Hals, der sich beim Sprechen aus- und wieder zusammenzuziehen schien. Ich dachte: Er sieht verdammt noch mal wie eine Giraffe aus. Er ging vom einen Ende des Zimmers zum anderen, zwanzig Meter hin und zwanzig Meter zurück, und wenn er an der Tür war, sah ich nur verschwommene Flecken, eine Hand, auf die Licht fiel, sein Gesicht, das sich ab und an in meine Richtung drehte.

Ich hatte Mühe, seinen Ausführungen zu folgen. Ich bin nie weiter gekommen als bis zu diesem einen Text von Pico della Mirandola, ein paar Büchern von Giordano Bruno, auch er ein italienischer Mönch, und einigen Schriften von Wittgenstein, der meiner Meinung nach in der gleichen rigiden, mönchischen Tradition wurzelte. Diese Männer betrachtete ich nicht so sehr als Philosophen, sondern eher als einsame Entdeckungsreisende, Astronauten des Geistes. Vor allem seit Raph und ich von unserer Tour zurück waren, hatte ich mir diese drei zum Vorbild genommen. Nicht einmal so sehr, weil ich mit ihnen einer Meinung war. Wittgenstein betrachtete ich schon eher als Vorbild. So müßte man leben, stets auf der Suche nach Reinheit, Ehrlichkeit (in erster Linie bei sich selbst), in ständigem kritischem Dialog mit dem eigenen

Geist. Geschwätz über das Wetter, über Fußball und Politik müßte man tunlichst meiden, um seine ganze Energie den Studien zu widmen. Dadurch war es nicht einfacher geworden, ungezwungene Kontakte zu anderen zu knüpfen. Wer unentwegt nach Reinheit und Eindeutigkeit strebt, ist kein reizvoller Gesprächspartner. Die Menschen suchen eher unverständliches Gebrabbel als analytische Dialoge. Immer wenn jemand etwas sagte, eine ganz normale Bemerkung von sich gab, zum Beispiel: was für ein Glück, daß Osteuropa endlich frei wird, dann fragte ich, was er eigentlich unter Freisein verstünde und wie er auf die unsinnige Idee käme, es sei gut, was da passiere. »Zweitausend Jahre lang ist der Mensch hinter verrückten Ideen über die Schöpfung, die Funktion des Sonnensystems und der Chemie hergerannt, und jedesmal, wenn sich etwas als nicht zutreffend erwies, wurde die nächste Idee ebenso begeistert aufgenommen.« Das hatte ich zu Raph gesagt, der sich so für die armen Osteuropäer gefreut hatte. »Warum«, hatte ich gesagt, »sehen wir uns das nicht erst mal sehr skeptisch an, warten ab und schauen zu. Wer sagt, daß sich unsere Vorstellung von Freiheit in ein paar hundert Jahren nicht als absolut perfide erweist?« Raph hatte gefragt, ob ich denn meine, daß man sein eigenes Land nicht verlassen dürfe. »Nein«, hatte ich gesagt, »aber wie kommst du darauf, daß wir das dürfen? Erst muß man einen Paß kaufen, kaufen, und so einen Paß bekommt man nur dann, wenn man zufällig hier geboren ist, und dann kann man nur hoffen, daß man nichts auf dem Kerbholz hat, sonst wird man festgehalten. Und wenn man das Pech hat, aus der Sahelzone zu kommen oder aus Vietnam, dann kann man es sowieso vergessen. Dann darf man fliehen und geht das Risiko ein, nach ich weiß nicht wieviel Jahren zurückgeschickt zu werden. Wir wollen, daß die Osteuropäer ihr Land verlassen dürfen? Warum wollen wir sie dann nicht haben? Asyl bekommen sie nicht, geschweige denn eine Aufenthalts- oder Arbeitserlaubnis. Was sollen sie dann mit ihrer Reisefreiheit? In Urlaub fahren?«

Aber davon sprach Simon nicht. Simon dachte in ganz

anderen Kategorien. Er sprach von einer Welt, in der sich alles um die Bewegung des einen zum anderen drehte, und dabei meinte er nicht die Art und Weise, in der der Mieter unter mir es betrieb.

»Drei Geschichten«, sagte er, während er im Zimmer auf und ab ging: »Die Geschichte vom verlorenen Paradies, Moses' ›Bildungsgeschichte‹ und die Geschichte von Deutschers Leben, und alle drei weisen dasselbe Muster auf: zuerst ein Exodus, dann die Odyssee. Es ist ein ödipales Muster: Man verläßt das Elternhaus, um die Welt zu entdecken, um ganz Mensch zu werden. Es gibt fast kein Buch, keinen Bericht, ob religiös oder profan, in dem die Geschichte nicht nach dem Schema der Reise erzählt wird. Das Gilgamesch-Epos, die Bibel, Ilias und Odyssee, Le Morte d'Arthur, der Reinaert, Ulysses, Orpheus, sie alle wurzeln in der Idee, daß der Mensch den Ort verläßt, an dem er sich befindet, und sich auf die Suche in die ihn umgebende Welt begibt.«

»Sind das alles ganz allein deine Überlegungen?«

Er stand im Dunkel, am anderen Ende des Zimmers. Ich glaubte ihn nicken zu sehen, konnte es aber nicht erkennen.

»Deiner Meinung nach besteht unser Leben also aus nichts anderem, als das Haus seiner Jugend zu verlassen und zu reisen, und das tun wir, weil wir neugierig sind auf das andere oder auf einen anderen Menschen?«

»Nicht neugierig«, sagte er. Er kam durch die Dunkelheit auf mich zu. Seine massige Silhouette verwandelte sich langsam in eine Gestalt mit menschlichen Zügen. »Verlangen. Es geht um ein tiefes, unentrinnbares Verlangen. Letztlich geht es darum: Verlangen nach anderen Menschen, dem Anderen, nach früher, nach Vater und Mutter, nach Gewalt oder Sex, aber das ist das gleiche wie das nach Vater und Mutter, nach Essen und Schlaf. Es ist kein Primärtrieb wie Hunger, es ist etwas Geistiges. Auf den Punkt gebracht, ist es der Wunsch, die Ruhe wiederzufinden, die man verloren hat, als man sein Haus verlassen mußte und die Odyssee begann.«

»Ich möchte ja nicht primitiv sein«, sagte ich, »aber willst du damit wirklich sagen, daß jedesmal, wenn der Typ hier unten seine Frau in den Arsch fickt, er dann gerade bereut, erwachsen zu sein?«

Einige Abende zuvor hatte ich das Bett rumsen hören, und genau als der Höhepunkt nahte, tönte die rauhe Stimme meines Mitbewohners von unten herauf: »Ich fick dich in den Arsch, verdammich. Ich fick dich in den Arsch.« Mein Herz hatte für einen Moment ausgesetzt. Dann hörte ich die Stimme der Frau: »Tu's doch, du Scheißer, dann tu's doch.«

Simon stand vor mir. Ich sah, wie sich sein Mund zu einem bitteren Lächeln verzog.

»Mit dem Verlassen des Hauses, in dem man aufgewachsen ist«, sagte er, »mit dem Abschied von der Jugend wächst das Verlangen nach eben diesem Haus, eben dieser Jugend, denn während der Odyssee wird eines klar: Man verliert seine Unschuld. Hat man vom Apfel des Baumes der Erkenntnis gegessen, und diese Erkenntnis ist das Andere, Erkenntnis, die man noch nicht besitzt ... hat man also davon gegessen, so hat man das Paradies verlassen, und eine Rückkehr ist ausgeschlossen. Der glückselige Zustand der Erkenntnislosigkeit kehrt nie mehr wieder. Man besitzt, indem man zuvor verliert.«

Ich saß im Fenster und starrte auf das Gesicht des Mannes mir gegenüber. Ich dachte: Es klingt wie Wahnsinn, es klingt wie reiner Schwachsinn, aber wahrscheinlich hat er recht.

»Was wolltest du eigentlich von Lisa erzählen?« sagte ich.

Er sah mich verständnislos an.

»Du bist doch hergekommen, weil du über Lisa reden wolltest?«

»Jaja«, sagte er. »Woher weißt du das?«

Ich zuckte mit den Achseln.

Er ließ sich auf den Bettrand fallen und beugte sich vor. Mit gekrümmtem Rücken, die Bierflasche in der einen Hand, die andere vor dem Mund, saß er da. Er sah auf seine Schuhe. Ich dachte: Warum muß alle Welt auf meinem Bett sitzen und mir erzählen, was nicht in Ordnung ist?

»Hast du eine Zigarette für mich?«

»Ich glaub schon«, sagte ich. »Rauchst du denn?«

»Manchmal.«

Ich ging zu dem Bierflaschenkreis und suchte am Boden nach den Zigaretten. Ich fand sie, als ich auf sie trat. Ich ging zu Simon und hielt ihm das Päckchen hin. Simon zog eine Zigarette aus dem zerknautschten Papier und blickte trübselig auf das krumme weiße Stäbchen zwischen seinen Fingern. Ich ging zurück zu der Stelle, wo ich das Päckchen gefunden hatte, und suchte die Streichhölzer.

»Es fing vor ein paar Monaten an«, sagte Simon. »Erst kam sie ein paarmal abends sehr spät nach Hause, dann wieder eine Weile zur normalen Zeit und plötzlich gar nicht mehr.«

Ich ließ mich auf die Knie nieder und tastete den Fußboden ab. Ich wollte kein Licht anmachen, weil die Fenster dann der Mücken wegen hätten geschlossen werden müssen.

»Drei Tage«, sagte er. »Drei Tage war sie weg. Dann kam sie wieder, als ob nichts passiert sei. Ich war gerade am Arbeiten, ich hatte die ganze Zeit kaum etwas gegessen, etwas Joghurt ab und zu, etwas Tee, viel Wodka. Ich sah nicht gerade frisch aus. Sie kommt rein, schaut sich um, knallt ein Bündel auf den Tisch und sagt: Ich hätt' auch gern ein Glas. Als wäre sie nur eben um den Block gewesen.«

Ich konnte die Streichhölzer nicht finden. Ich stand auf, ging in die Küche und holte die große Schachtel, die neben dem Herd lag. Als ich zurückkam, saß Simon still auf dem Bett, als hätte jemand auf den Schalter gedrückt und seinen Strom abgeschaltet. Ich gab ihm Feuer und wartete, bis seine Zigarette aufglühte. Drei Tage, dachte ich, sie ist drei Tage weggewesen. Hier war sie eine Nacht. Was geht eigentlich im Kopf meiner Schwester vor sich?

»Was hast du zu ihr gesagt?«

Er zuckte mit den Achseln und zog dabei konzentriert an seiner Zigarette. »Nichts«, sagte er, in einer Rauchwolke. »Ich dachte: Ich tu einfach so, als sei nichts passiert. Ich dachte, sie war vielleicht bei dir.«

Ich zündete meine eigene Zigarette an und setzte mich wieder ins Fenster, mit dem Rücken zu den Gärten. Ich sah auf die dunkle Gestalt auf meinem Bett.

»Eine Woche später verschwand sie wieder. Für eine Nacht. Morgens um sechs kam sie nach Hause. Ich schlief, und plötzlich stand sie da, über mich gebeugt. Sie sagte: Ich will bumsen.«

Er hob den Kopf und drehte ihn langsam in meine Richtung. Jetzt kommt die Tigerin, dachte ich. Er stand auf und wankte ins Zimmer. Die Gardinen leuchteten in der Dunkelheit. Er ging an den geblähten Segeln vorbei, leicht gebeugt, nachdenklich.

»Ich ... äh ... Sie war sehr ... wild. Die Nacht darauf auch und die Nacht darauf und ... Gott, sie machte Sachen, von denen ich noch nie gehört hatte.«

Er blieb irgendwo am anderen Ende des Zimmers stehen, ein ganzes Stück von mir entfernt. Er drehte sich um. Ich merkte, daß er mich ansah, auch wenn wir uns nicht sehen konnten.

»Wenn du es nicht hören willst, dann ... äh ... hör ich auf damit.«

»Erzähl weiter.«

»Eines Tages wollte sie spaziergehen. Wir fuhren mit dem Bus in ein Dorf. Hab vergessen, wo. Ein Stück weit draußen. Bei einer Haltestelle irgendwo in der Pampa wollte sie, daß wir aussteigen. Sie hatte sich alles überlegt, sie wußte genau, was sie wollte. Wir gingen ein paar Kilometer, und dann fing sie plötzlich an zu suchen. Die Straße, die wir entlanggingen, war eine Art Allee. Bäume auf beiden Seiten. Kaum Verkehr. Sie ging zu einem Baum und besah sich das Ding von oben bis unten, und dann setzte sie sich hin und lehnte sich gegen den Stamm. Es war warm. Die Sonne stand genau über uns. Wir saßen da eine Weile, bis sie auf einmal ... äh ... anfing, mich zu bumsen.« Er fuhr sich mit der Hand durchs Haar und schüttelte den Kopf. »Himmel noch mal. Da war nichts los, aber es war immerhin eine Verkehrsstraße. So alle zehn Minuten kam ein Auto vorbei.«

Seine Stimme rauschte durch die Dunkelheit. Obwohl es warm war, lief mir ein Schauder über den Rücken.

»Am nächsten Tag kam sie abends nach Hause und sagte:

›Ich zieh für eine Weile zu Sam.‹ Ich ... war ... ich war wie vor den Kopf geschlagen. Ich sagte: ›Aber was ist denn passiert, hast du einen anderen oder ...‹ Nein, nein, sie habe keinen anderen. Der Funke sei weg, die ... Magie. Liebe muß ein Mysterium sein, sagte sie, und zwischen uns ist sie kein Mysterium mehr. Man konnte nicht mit ihr reden. Ich kapierte es nicht. In der einen Sekunde eine Tigerin, in der nächsten alles vorbei.«

Er kam langsam auf mich zu, noch immer in der trägen, nachdenklichen Art. Ich hatte für einen Moment die Vorstellung, daß er sich an mich heranschlich. Als er vor mir stand, sagte er: »Ich glaube, es ist ihr ernst, sie will wirklich weg.«

Ich nahm einen letzten Zug von meiner Zigarette. Ich warf die Kippe aus dem Fenster. Simon warf seine ungeschickt hinterher.

»Und jetzt bist du hergekommen, um mir aus Rache die Kehle durchzuschneiden«, sagte ich. »Oder muß ich zur Strafe die gesammelten Werke deines unklaren französischen Philosophen auswendig lernen?«

Sein Gesicht fing etwas von dem Licht, das von draußen kam. Ich bemerkte, daß seine Augen abschweiften. Ich drehte mich um und sah im Samt der Nacht die staubige Spur einer Sternschnuppe verdämmern. Ich richtete meinen Blick wieder auf Simon.

»Hast du gesehen?«

Ich nickte.

»Hast du dir was gewünscht?«

Ich schüttelte den Kopf. »Ich bin der Sohn eines Astrophysikers.«

Simon hob die Flasche, die er noch immer in der Hand hielt, und starrte in die Öffnung.

»Laß uns noch einen trinken«, sagte ich. »Bis wir betrunken sind. Offenbar verstehen wir nichts von der Liebe.«

»Wir?«

»Wir. Wir, weil du zuviel in der Enzyklopädie gelesen hast und ich zuviel gedacht und zu wenig getan habe. Wir, weil ich Lisa genausowenig verstehe wie du.«

Das war die Vergangenheit

Nach ihrer Ankündigung, daß sie bei mir einziehen würde, sah ich Lisa zwei Monate lang nicht mehr, bis ich eines Abends im September nach Hause kam und sie im Zimmer vorfand. Sie saß in einem Rattansessel, den sie vor die Fenster am Bett gestellt hatte. Auf dem Fußboden stand eine Teekanne auf dem Stövchen. Der gelbliche Schein des Teelichts flackerte hinter den Öffnungen des Metalluntersatzes, auf dem Boden hüpften verzerrte Weihnachtssterne hin und her. Ich stand in der Tür, das Jackett in der einen Hand, die Türklinke in der anderen, und schaute auf meine Schwester in dem Sessel, den sie von oben geholt hatte, den dünnen Wirbel aus Zigarettenrauch über ihrem Kopf, das bläuliche Licht der Nacht in der Ferne. Während ich dieses Bild aufnahm und mich zu entsinnen versuchte, woran es mich erinnerte, drehte sie sich langsam um.

»Sam?«

Ich warf mein Jackett auf den Tisch und ging zu ihr. Sie hatte sich tief in den Sessel gekuschelt, den Kopf auf der niedrigen Rückenlehne, die nackten Beine von sich gestreckt. In ihrem Schoß lag ein Aschenbecher. Ich küßte sie und sah ihr ins Gesicht.

»Ich hab mir schon gedacht, daß du's bist«, sagte sie. »Willst du Tee?«

»Ich hol mir schnell ein Glas.«

Als ich zurückkam, hatte sie meinen Schreibtischstuhl herangeschoben. Ich setzte mich neben sie, ließ mir das Glas füllen und schaute hinaus. Es war eine stille Nacht. Von Zeit zu Zeit hörte man das Schlagen eines Vogels, ich wußte nicht, was für einer es war, aber jedenfalls einer, der schlug. In der Ferne rauschte der Stadtverkehr. Eine hohe Stimme lachte oder weinte im Dunkel der Gärten.

»Ich hab das Dachzimmer genommen«, sagte Lisa. »Das war leer.«

»Ja, ist gut.«

»Kann ich meine Malsachen dort auch hintun?«

Ich nickte.

Wir schwiegen und tranken Tee. Lisa steckte sich eine neue Zigarette an.

»Du hast ihn also verlassen.«

»Ja.«

»Weiß er das?«

»Ja.«

Ich sah sie an. Sie hing noch immer in ihrem Sessel. Sie zog an ihrer Zigarette, blies Rauch aus, trank und schaute hinaus, auf die kaum sichtbaren Sterne.

»Und?«

Sie zuckte mit den Achseln. Ich nahm mein Glas und trank die letzten Tropfen.

»Ich hol mir ein Bier«, sagte ich. »Willst du auch eins?«

Sie schüttelte den Kopf.

Ich ging in die Küche, drehte mich aber an der Tür um und sagte: »Du wirfst mir vor, ich sei lakonisch, und jetzt stelle ich die ganze Zeit Fragen, und du sagst nichts. Ist das Logik oder kapiere ich irgendwas nicht?«

»Ich hab die Stille genossen«, sagte sie, als ich zurückkam. Während ich die Flasche an den Mund setzte und das kalte Bier durch die Kehle floß, erzählte sie, was geschehen war, wie sie es ihm gesagt hatte und was er daraufhin gesagt hatte, daß er beim Packen geholfen hatte, daß sie schließlich beide zum Taxi gegangen waren, er die Koffer in beiden Händen, sie die Kartons voll Malsachen. Dann hatten sie ihre Sachen ins Auto geladen, und sie war weggefahren. Ich hörte zu und trank und nahm ihre Zigarette, um einmal daran zu ziehen. Ihre Augen glänzten im spärlichen Licht. Ich legte die Hand auf ihr Haar. Sie sog die Unterlippe ein und biß darauf.

»Gut«, sagte sie, »das war die Vergangenheit.«

Ich sah hinaus. Wie das wohl war, jemandem nach so vielen Jahren zu sagen, daß man geht, die Koffer zu packen, gemeinsam hinauszugehen und dann wegzufahren, während einem im Spiegel jemand nachwinkt, jemand, der kleiner wird und kleiner und kleiner, bis nichts mehr zu sehen ist als die erhobene Hand, an die man sich erinnert. Lisa hatte es als einigermaßen schweigsame Angelegenheit geschildert, zwei Menschen, die traurig nicken in dem Bewußtsein, daß es nicht anders geht.

Sie richtete sich auf, meine einsame Schwester, und holte tief Luft. Sie schüttete den Tee hinunter, stand auf und ging in die Küche. Ich hörte, wie sie den Kühlschrank öffnete. Eine Minute später kam sie mit einer Flasche Bier zurück. Während wir uns zuprosteten und ansahen, erklang die Stimme in der Ferne wieder. Ein deutliches Lachen.

»Mitteilung Nummer zwei«, sagte Lisa. Sie starrte schnurgeradeaus. »Das ist nur vorübergehend. Ich will ein Dach über dem Kopf, bis ich etwas anderes gefunden habe. Ich muß allein sein, ich muß mein eigenes Leben führen.«

»Verstehe ich.«

Sie sah sich um, den Kopf leicht schief, fast argwöhnisch. »Ich weiß nicht«, sagte sie. »Ich weiß nicht, ob du irgend etwas verstehst von Menschen und menschlichen Beziehungen.«

»Vielleicht nicht.«

»Hast du schon mal jemand geliebt? Außer Raph und mich? Einen Fremden?«

»Ich glaube nicht an die Liebe«, sagte ich. »An Geilheit, an Abhängigkeit, an Zusammensein, weil es bequem ist, an Liebe als die Bezeichnung, die man dem Markt gibt, auf dem zwei Menschen Dienstleistungen austauschen, Liebe als Entscheidung, aber nicht an Tristan und Isolde.«

Sie biß sich wieder auf die Unterlippe.

»Und du?«

Sie nickte mit abgewandtem Kopf. »Ich habe Simon geliebt. Ich habe ihn wirklich geliebt. Aber man kann einen anderen erst dann lieben, wenn der andere einem das ermöglicht. Er wollte mich, aber er wollte die Verantwortung nicht.« Sie preßte die Lippen zusammen und schüttelte den Kopf. »Die Lust«, sagte sie, »aber nicht die Last.«

»Wer will das nicht?« sagte ich, »die Lust ohne die Last. Und wer sagt, daß du nicht selber vor der Last flüchtest?«

Sie schwieg. Aus den Gärten drang das Babygeschrei kämpfender Katzen.

»Du begreifst nicht die Bohne«, sagte sie.

»Ich liebe euch«, sagte ich. »Dich und Raph. Und ich habe Papa und Mama geliebt. Glaube ich. Nicht aus Bequemlichkeit. Sondern weil ihr es seid. Ich wollte euch. Ich habe beschlossen, daß ich euch lieben wollte.«

»Welche Romantik«, sagte sie. »Welche Leidenschaft.« Sie klang bitter.

Von da an begann unser gemeinsamer Haushalt. Morgens trafen wir uns in der Küche, wo Lisa schweigend ihren schwarzen Kaffee trank und ich die Zeitung aufschlug und mein Brot aß, während ich die Comics las. Abends kochte ich, und sie saß auf dem Kühlschrank und erzählte, was bei ihrer Arbeit passiert war. Tagsüber saß ich an meinem Tisch, arbeitete am Kopakker-Bericht und dachte über das nach, was ich tun mußte, was ich tun würde und was ich tun wollte. Mir wurde klar, daß sich mein Leben zum x-ten Mal verändert hatte, ohne daß ich es beschlossen hatte, genauso wie ich nicht beschlossen hatte, nach dem Tod meiner Eltern noch eine Familie zu erleben, und noch eine und noch eine, genauso wie ich keinen Job gesucht hatte, sondern mir einen hatte aufdrängen lassen. Ich dachte: Wenn ich nicht ewig das Opfer der Ereignisse sein will, muß ich etwas tun.

Das war ein Gedanke, der mich Raph näherbrachte, seiner Rastlosigkeit, damals, als er in seinem Zimmer saß und sagte, er wolle los, weg, raus, allein sein. Mir ging langsam auf, daß unsere Tour damals mehr gewesen war als eine Flucht. Es war auch das Stillen des Hungers der Jugend, des Hungers, der einen dazu treibt, etwas zu tun, irgend etwas, egal was, des Hungers nach Leben, das Leben in die eigene Hand zu nehmen, so primitiv und sinnlos es auch sein mochte.

Ich bin ein Spätentwickler, dachte ich, ich komme erst jetzt in die Pubertät, ich will erst jetzt, so viele Jahre nach unserer Tour, losziehen.

Aber ich saß da, umgeben von Stapeln Fotokopien und

ausgebreiteten Karteikarten, eine Hand auf einem leeren Blatt Papier, Kugelschreiber in der anderen, und starrte hinaus, wartete auf das Mädchen mit den Polkatupfen, das schon lange nicht mehr aufgetaucht war.

Ich schloß den Kopakker-Bericht viel zu spät ab, im Oktober, einen Monat, nachdem Lisa bei mir eingezogen war. Es sah für kurze Zeit so aus, als würde der Herbst auf dem Absatz kehrtmachen. Die Temperatur stieg, die Bäume stoppten den Blätterabwurf. Wenn ich mittags meine Arbeit für einen Spaziergang in der Gegend unterbrach, ging ich ohne Mantel hinaus, die Hände in den Hosentaschen. Es war die Zeit der Herbstspiele. Jungen fuhren mit ihren Fahrrädern über den Bürgersteig, und wenn sie dicht hinter einem waren, zogen sie an der Schnur, die die Rassel an ihrem Vorderrad in Bewegung setzte. Frrrrrrrrt. In einer verdorrten Grünanlage, in der die Sträucher vor Durst und Mißhandlung umgekommen waren und in Form vertrockneter Tentakeln auf der harten grauen Erde lagen, drängten sich kleine Kinder um Murmellöcher, und schmächtige Mädchen beschossen sich gegenseitig mit Plastikgewehren.

An einem Donnerstagnachmittag beendete ich meine Arbeit. Ich legte ein Inhaltsverzeichnis an, sah das Register durch und steckte die Papiere in einen großen braunen Umschlag. Ich nahm mein Jackett, ging in die Stadt und warf den Umschlag bei der Ölgesellschaft in den Briefkasten. Dann kaufte ich eine Zeitung und trank Tee in einem Laden, der aussah wie eine Anzeige für modernes Wohnen.

Als ich nach Hause kam, lag Lisa im Bett. Ich ging auf Zehenspitzen durchs Zimmer, bis ich neben dem Kopfende stand. Sie stöhnte leise. Ich setzte mich neben sie und flüsterte ihren Namen. Winzige Schweißtröpfchen perlten auf ihrer Stirn.

Als sie die Augen öffnete, schien sie durch mich hindurchzusehen.

»Ich habe ein Wort gedacht«, sagte sie.

Ich nickte.

»So, als ob ich ein Körper bin, der im All schwebt, und das Wort ist ein Kieselstein, der an einem kilometerlangen Seil auf mich herabgelassen wird.«

Ich stand auf und ging in die Küche. Ich nahm eine leere Weinflasche und füllte sie mit Wasser.

Als ich neben ihr saß und ihr zu trinken gab (»Süß«, sagte sie, »süß«), schien sie wieder etwas zu sich zu kommen. Sie stemmte sich hoch und lehnte sich mit dem Rücken an die Wand. Zwischen ihren Brüsten war es naß. Ihre Haut glühte.

»Es ist total verrückt«, sagte sie, »aber ich träume Wörter.«

»Was für Wörter?«

»Messer. Haus. Wasser. Wörter wie Kieselsteine. Ein Wort wie ein Gewicht, ein Ding. Langsam. Und sonst ist nichts da.«

»Alles okay mit dir?«

Sie nickte. »Ich hatte einen scheußlichen Traum. Ich kam nach Hause und war so müde, daß ich mich ins Bett gelegt habe. Wie spät ist es?«

»Ungefähr sieben«, sagte ich.

»Dann hab ich noch nicht mal eine Stunde geschlafen.« Sie blinzelte und runzelte dann die Stirn. »Mein Kopf war ganz träge«, sagte sie. »Einen Geist wie Sirup. Ich dachte Wörter, und es war, als fielen sie in mich, wie Regentropfen in eine Pfütze. Topf, das dachte ich auch. Und Seil. Topfseil. Und Sand und Gott. Und Messer und Haus und Wasser. Wie Kieselsteine, die aus der Dunkelheit kamen und ganz langsam meinen Bauch trafen. Ein Wort wie ein Kiesel. Ein Wort wie ein Gewicht. Ein Wort wie ein Ding. Und sonst völlige Stille.«

Sie nahm die Flasche und trank. Draußen plärrte eine Autoalarmanlage los. Lisa hob den Kopf und sah mich mit zusammengekniffenen Augen an. »Ich liebe ihn«, sagte sie.

Ich lächelte auf eine Weise, die ausdrücken sollte, ich wüßte, wovon sie sprach. Sie hat ein Talent für Unverständliches, dachte ich, sie träumt »Topf«, und als nächstes sagt sie, daß sie »ihn« liebt. Ich legte die Hand auf ihren Arm. »Ich mach was zu essen«, sagte ich. »Schlaf noch eine halbe Stunde.«

Sie ließ sich zurücksacken und schloß die Augen.

Ich machte einen Salat aus einem Rest kalter Nudeln, etwas Feldsalat, einer Handvoll Walnüsse und gebratenen Champignons, schnitt Brot auf, legte alles auf ein Tablett und ging ins Zimmer. Wir aßen, Lisa mit dem Kissen im Rücken, ich auf dem Bettrand. Sie kaute mechanisch, lächelte ein paarmal höflich und schlief danach wieder ein wie ein Stein.

Als ich in der Küche beim Abwaschen war, klingelte es. Ich ging runter, öffnete die Tür und sah Raph. Das Licht aus dem Treppenhaus schien auf die sandigen Eingangsstufen und hing wie ein Schleier unter der Kastanie mit der lädierten Rinde. Der Himmel war dunkel. Der Abend wölbte sich wie eine Haube über der Straße. Ich hatte für einen Moment das Gefühl, daß Raph und ich Puppen in einem Guckkasten waren, zwei Pappmännchen neben einem Pappbäumchen, angestrahlt von einer gelblichen Lampe, unter dem schwarzen, mit Sternen beklebten Deckel des Kastens.

Wir gingen die Treppe hinauf. In der Küche legte ich den Finger auf die Lippen und sagte, daß Lisa im Zimmer schlafe.

Er zog die Augenbrauen hoch. »Jetzt schon?«

»Sie leidet noch ziemlich unter der Trennung von Simon.«

Er sah mich kurz an und zog die Schultern hoch. »Kapier ich nicht. Ich hab noch nie begriffen, was sie mit dem Schlaffsack wollte.«

Genau das hatte er fast wörtlich vor etwa zwei Wochen gesagt, an unserem traditionellen Familienabend. Lisa hatte ihn mit versteinertem Gesicht angeschaut.

»Sie empfindet das anders«, sagte ich.

»Warum ist sie dann weggegangen?«

»Wenn du jemand liebst«, sagte ich, »hast du dann auch das Gefühl, daß es eigentlich zwei Menschen sind, daß es im Grunde um zwei Personen geht? Die, die du liebst, und die wirkliche Person?«

»Ich glaub schon. Man verliebt sich natürlich in die Vorstellung, die man von jemandem hat.«

»Lisa nicht. Für dich und für mich ist die Person, in die man verliebt ist, etwas ganz anderes als diese selbst. Wir sind verliebt in das Bild, das sich unsere Geilheit gemacht hat, in eine Art ... Fata Morgana. Es hat mehr mit Willen zu tun als mit Wirklichkeit. Deine ›Lieben‹, die ganzen Mädchen, die bei dir über Nacht bleiben, warum wird da nie was draus?«

»Weil das eben manchmal so läuft.«

»Oder weil die Vorstellung sich nicht mit der Wirklichkeit deckt, weil du jedesmal dahinterkamst, daß diese Frau nicht ›diejenige, welche‹ war und daß du das nicht akzeptieren konntest?«

Er sah mich an. Sein Unterkiefer fiel runter.

»Lisa liebt Simon wirklich«, sagte ich. »Ohne Wahnvorstellungen, ohne Verschleierung durch Anziehungskraft und Wunschträume. Das ist ihr Problem. Ich glaubte zuerst, sie will nicht mehr bei ihm bleiben, weil er etwas merkwürdig geworden ist. Lisa zufolge hockt er den ganzen Tag auf dem Bett und liest die Enzyklopädie.«

»Welche?«

»Die Encyclopaedia Britannica, sagte sie, aber ich weiß nicht, ob das ernst gemeint war.«

»Also ist er gar nicht so doof«, sagte Raph.

»Aber sie ist nicht weggegangen, weil er die Britannica liest. Eigentlich sagt sie, es ist nicht möglich, jemanden zu lieben.«

Raphs Augen wurden immer größer.

»Das ist Die Wahre Liebe, mein Junge. Das ist The Real Thing. Mit Leid und Wehmut und großer Sehnsucht und so weiter. Es ist fast religiös. Sie liebt ihn wirklich. Das sagt sie auch. Sie weiß es bloß noch nicht.«

»Wart mal. Sie sagt, man kann einen anderen nicht lieben, und gleichzeitig liebt sie ihn? Bin ich verrückt? Stimmt was nicht bei mir?«

»Die Sache ist die«, sagte ich, »sie hat alle diese vagen Gefühle für ihn, während er sie gleichzeitig enttäuscht. Glaube ich zumindest. Das ist ein Schock. Schließlich will man jemanden lieben, der gut und hübsch und gesund und nett ist. So animalisch sind wir ja. Meiner Meinung nach hat es was mit Hingabe zu tun. Es ist dasselbe wie bei Menschen, die sich plötzlich berufen fühlen. Gott kommt und sagt: Hier bin ich, ich will dich; und du sagst nein, denn wenn du ja sagst, mußt du plötzlich alle möglichen Dinge akzeptieren, die gegen dein Gerechtigkeitsgefühl verstoßen.«

In der Ferne ertönte das Heulen eines Güterzugs, der durch den Bahnhof donnerte.

»Vielleicht gibt es wahre Liebe nur im religiösen Sinn«, sagte ich. »Vielleicht habe ich es immer falsch verstanden.«

»Du hast dich der Pfingstbewegung angeschlossen«, sagte Raph.

»Ja. Und ich will, daß alle Frauen künftig im Bett weiße Socken tragen.«

Wir lachten.

»Aber warum«, sagte Raph, »ist sie von ihm weggegangen, wenn sie sagt, daß sie ihn liebt?«

»Ich weiß nicht. Vielleicht weil man, unbewußt, nur das Starke und Gesunde will, weil die Gene Überlebenschancen suchen, weil Lisa die wirkliche Person liebt und nicht mehr auf die Vorstellung zurückgreifen kann oder will.«

Raph nickte langsam.

Ich stellte die letzten Teller in den Schrank. Er lehnte am Tisch, zündete sich eine Zigarette an und verfolgte meine Bewegungen so still, so konzentriert, daß ich wußte, meine verwirrte Geschichte hatte ihn überrascht. Meist war Raph derjenige, der etwas behauptete, und ich hörte zu. Er war der ältere Bruder, der Mann von Welt. Er wohnte in einer ehemaligen Fabrik im Industriegebiet und besuchte alle möglichen Lokale, wo die swingende junge Elite der Stadt tanzte und aß, und oft hatte er eine Kamera dabei und fotografierte die Leute. Manchmal nahm er eines von diesen schlaksigen jungen Mädchen mit in sein Atelier, das gleichzeitig Wohnung war. Ich hatte einmal so eine Tussi bei ihm getroffen, eine dünne Blondine, die mir eine schlaffe Hand reichte, ohne den Walkman von den Ohren zu nehmen, und dann die Beine unterschlug und Raph und mich für den Rest des Abends nicht mehr ansah. Als ich ein paar Tage später fragte, worüber er mit solchen Mädchen rede, hatte er den Kopf geschüttelt. »Man kann nicht mit jeder reden«, sagte er. »Manchmal reicht guter Sex.«

Daran dachte ich, und während ich Tee kochte und leise erzählte, was ich im Augenblick tat (wenig, seit ich Kopakker abgeschlossen hatte, inventarisierte ich die Bibliothek eines seismologischen Büros, ich erzählte nicht, daß ich die Ölgesellschaft als Auftraggeber verloren hatte), sah ich, wie Raph ein paarmal den Mund öffnete und schloß, als ob er etwas sagen wollte und es sich im letzten Moment anders überlegt hätte.

Als wir uns so gegenüberstanden und schweigend unseren Tee tranken, ging die Küchentür auf und Lisa kam herein. Sie trug eines meiner T-Shirts. Sie küßte Raph und wollte etwas Tee.

»Wie fühlst du dich?« sagte ich.

Sie zuckte mit den Achseln. »Schläfrig. Und ich habe Durst. Als ob ich durch eine Wüste gegangen bin. Steht ihr hier, weil ihr mich nicht stören wollt?«

»Ich bleibe nicht lang«, sagte Raph. »Ich kam nur vorbei, um zu fragen, ob er in die Stadt mitkommt, aber das machen wir ein anderes Mal.«

Ich gab Lisa ihren Tee.

»Ich bin heute abend genausogern allein«, sagte sie. »Eigentlich noch lieber. Ich schlafe nicht ruhig, wenn ich weiß, daß ihr auf Zehenspitzen herumlauft. Zieht nur los.«

»Wir gehen morgen«, sagte ich.

»Nein«, sagte sie. »Geht jetzt. Tut mir einen Gefallen und trinkt irgendwo was. Dann schlafe ich schon mal, und wenn ihr zurückkommt, bin ich wieder taufrisch.«

Raph stellte sein Teeglas ab und sah mich stirnrunzelnd an.

»Weckt ihr mich, wenn ihr nach Hause kommt?« fragte Lisa.

»Wo sollen wir hin?« fragte Raph, als wir draußen waren und durch die leeren Straßen gingen, im Schlenderschritt wie üblich, er leicht vorgebeugt, die Schultern vorgeschoben, als würde er gleich vornüberfallen, ich neben ihm, Hände in den

Taschen, den Kopf zur Seite gewandt, um sein Gesicht zu sehen, das im Licht einer Straßenlaterne zur Hälfte sichtbar war, hell und dunkel zugleich, die Nase als Schlagschatten auf den dünnen Lippen.

»Keine Ahnung«, sagte ich.

»Rat mal, wen ich gestern gesehen habe?« sagte Raph.

»Wen hast du gestern gesehen?« sagte ich.

»Rat mal«, sagte er.

Ich zuckte mit den Achseln.

»Dieses Mädchen.«

»Welches Mädchen?«

»Die immer im Garten sitzt, hinter deinem Haus.«

»Wo hast du sie gesehen?«

»Rat mal.«

»Herrgott noch mal, Raph!«

Er grinste. »Im ›Circus‹.«

»Im was?«

»Im ›Circus‹, der neuen Diskothek im Speicher am Hafen.«

»Woher weiß du, daß sie es war?«

»Sie war es.«

Vor ein paar Monaten hatte er bei mir aus dem Fenster gestarrt, und als ich mich neben ihn stellte und seinem Blick folgte, nach draußen, sah ich das Mädchen mit den Polkatupfen. Sie lag im Gras und sonnte sich. Er fragte, wer das sei, und ich hatte gesagt, ich wüßte es nicht. Ich erzählte, wie lang ich sie schon beobachtete. Er fand das nicht merkwürdig.

Wir kamen an einer Reihe verzinkter Gitter vorbei, die ein Gelände abschlossen, auf dem mehrere Bürohochhäuser gebaut wurden. Über uns leise murmelnde Stimmen, weithin hallend das Geräusch von Metall auf Metall, undeutlich das monotone Brummen eines Dieselmotors. Unter der hellerleuchteten Metallspitze oben auf dem Gebäude liefen Männer hin und her.

»Sollen wir da mal reinschauen?« fragte Raph, »im ›Circus‹?«

Ich nickte.

Hinter dem Baugelände war eine Straßenbahnhaltestelle.

Dort, auf einer gepflasterten kleinen Insel, warteten wir, während der Verkehr uns umbrauste. Ich lehnte mich an das gläserne Häuschen und schaute hinauf zu den Betonwänden, umgeben von einem Gewirr von Stahlbetonrahmen und Gerüsten und eingehüllt in den diffusen Neonnebel, der aus dem Dach dampfte. Am graugefleckten Kliff klebten gelbe Steinwollfetzen. Hier und da war der Beton mit blauschwarzen Spiegelfliesen bedeckt, an einigen Stellen baumelten dicke Kabelstränge. Die Straßenbahn kam, wir stiegen an der hinteren Plattform ein. Raph ging zum Fahrer, um zu bezahlen, während ich mich auf die Bank am Fenster setzte. Wir bogen nach rechts in die Straße, die ich immer als das Stadtzentrum betrachtete. Zu beiden Seiten der Straße, eines breiten Rings, bei dem Straßenbahngleise an die Stelle des Wassers getreten waren, standen hohe Neubauten und schwarz angeschimmelter Schwulst aus den dreißiger Jahren bunt gemischt nebeneinander. Auf halber Strecke ging die Bebauung abrupt in einen Platz über mit wabenförmigen kleinen Gebäuden in toten Spanplattenfarben, deren Dächer mit Reklameschildern und Neon aufgetakelt waren. Einige Verkaufsbuden waren dermaßen von Grafitti überzogen, daß sie schlecht gemalten Felsblöcken glichen. Raph kam leicht schwankend durch die Straßenbahn. Auf halbem Wege, wo eine Gummiharmonika die beiden Wagen miteinander verband, hing jemand vornübergebeugt auf seinem Sitz. Als Raph an ihm vorbeiging, drehte er sich um. Es war ein junger Mann unseres Alters. Sein Gesicht war violett, der Mund bedeckt mit einem breiten Schaumstreifen. Die Straßenbahn machte eine scharfe Kurve nach links, die Räder wanden sich in den Schienen, die Glocke bimmelte. Wir schossen auf eine lange Asphaltstraße, auf der Autos in Viererreihen dahinrasten. Scheinwerfer sausten wie Meteoriten durch die Dunkelheit, hohe Straßenlaternen flogen auf uns zu und fielen hinter der Straßenbahn um. »Nächste Haltestelle«, sagte Raph, der sich neben mich gesetzt hatte. Die Tram bog nach rechts. Wir hielten uns an den mit Stickern beklebten Stangen neben dem Fenster fest. An der Straße standen Buchen und dahinter

Patrizierhäuser, alte Bürogebäude mit vier, fünf Stockwerken. Hier war kaum Verkehr. Auf einem kleinen Platz, unter einer Haube junger Kastanien, hielt die Straßenbahn und wir stiegen aus.
Raph ging vor. Er lief am Platz vorbei und überquerte einen Parkplatz zwischen zwei großen Gebäuden, bis wir zu einem kleinen Hafen kamen. Wir spazierten am Kai entlang im Schein von Glühbirnen, die an einer Schnur zwischen alten Eichen hingen. Unter uns, wo regenbogenfarbene Ölflecken auf dem sirupartigen Wasser trieben, war das Knarren von Booten zu hören, die an ihren Tauen zogen. Wir überquerten die Straße, bogen in einen dunklen Weg zwischen langen Gebäudefassaden ein, die die Namen der ehemaligen Kolonien trugen, und Lagerhäusern, die Amerika, Afrika und Ost-Indien hießen. Ein vager Duft von Nelken und Zimt umschwebte uns. Zwischen den Gebäuden standen Paletten mit Waren: in Kisten verpackte Traktoren, Maschinen unter dikken Folienschichten, rostende Röhren und Rohre. In der Ferne gluckste Wasser. Nach einer Weile standen wir auf einem stillen Kai, an der Rückseite eines riesigen Speicherhauses. An der braunroten Mauer hing eine schwache Glühbirne, die ein grellfarbenes Wandgemälde beschien: Eine diabolisch aussehende Zauberin erhob ihren Stab gegen einen Mann, der auf Händen und Füßen kauerte und halb Mensch, halb Schwein war. Über dem Bild, in Buchstaben, die züngelnden Flammen glichen, stand der Name der Diskothek: *Circe*.

»Circe«, sagte ich. »Nicht Circus: Circe.«

Raph runzelte die Stirn und schaute auf die bemalte Mauer. »Ich könnte schwören, daß es Circus hieß«, sagte er.

»Wenn es Circe heißt, kann es auch Circus geheißen haben«, sagte ich.

Raph tat einen Schritt vor, verschwand im Schatten eines Torbogens und klopfte an eine mit Eisenbändern beschlagene Tür. Wir standen einen Moment in der Stille der hereinbrechenden Nacht, das vage Gemurmel von Wasser hinter uns und das Knarren von Holz und Tau, und dann öffnete sich eine Luke, und unsere Gesichter leuchteten im roten Lichtschein auf, der herausfächelte.

»Zweimal«, sagte Raph. Er zog einen Fünfundzwanzigguldenschein aus der Tasche und reichte ihn durch die Luke. Das Geld verschwand, das Licht erlosch. Raph starrte auf die geschlossene Tür. Er drehte sich um und öffnete den Mund. Bevor er etwas sagen konnte, wurde die Tür entriegelt und eine Wand aus Lärm knallte heraus.

Wir waren Ertrinkende in einer Kloake aus Blut. Die Wände ringsum waren von rotem Licht beschienen, die Luft war gesättigt mit rostfarbenem Rauch, in den Laserstrahlen nervöse Muster schrieben. Hoch über uns, wo der Rauch und das Licht im Schwarz des Daches verschwammen, hingen Bildschirme, auf denen tanzende Menschen, Explosionen und durcheinanderwuselnde nackte Leiber zu sehen waren. Ich hatte Mühe, Raph zu folgen. Das Meer von Körpern, das er teilte, schloß sich sofort wieder hinter ihm. Ich hielt die Arme vor die Brust und zwängte mich mit gesenktem Kopf voran. Manchmal mußte ich Schwimmbewegungen machen, damit die Masse vor mir auseinanderwich. Es schien hier keine Luft zu geben, nur Rauch und Fleisch und Lärm. Schwere Baßtöne lagen wie Hände auf meinen Ohren und hetzten meinen Herzschlag im Rhythmus der Drums. Als wir zu einer Stahltreppe kamen, die diagonal über eine große Wand lief, blieb Raph stehen. Er lehnte sich an die Treppe und wischte sich mit dem Handrücken über die Stirn. Ich stand dicht vor ihm, so dicht, daß ich seinen Atem in meinem Gesicht spürte. Er schlug die Augen auf und bewegte sie aufwärts, zu der Plattform oben an der Treppe. Er drehte sich um und zwängte sich zwischen den Leuten und dem Geländer durch, und ich folgte ihm die Treppe hinauf. Die Musik dröhnte weiter. Ein Stück löste sich im nächsten auf. Ab und zu hörte ich bekannte Fetzen unter den hohen Schlagzeugrhythmen: ein Stück aus einem Bogart-Film *(Here's looking at you, kid)*, eine verzerrte Tonfolge aus einer Minimal-music-Komposition, die Raph gelegentlich auflegte, ein paar zerstückelte Teile aus einem Strauß-Walzer. Die Treppe führte zu einer Brücke aus perforiertem Metall, die an den Wänden entlanglief. An jeder der vier Wände waren lange Bars. In der ersten gab es nur Cocktails, in der zweiten, die irgendwo über dem Eingang lag, Bier. Raph drängte sich vor und kam kurz darauf mit zwei beschlagenen Flaschen Corona zurück. Er gab mir die eine und hielt seine hoch, wie zum Prosten. Ich tickte mit dem Hals meiner Flasche an seine und setzte das kühle Glas an den Mund. Das Bier schmeckte nach Pisse.

»... noch schlimmer«, sagte Raph.

Ich zuckte mit den Achseln.

Er kam mit dem Mund dicht an mein Ohr. Ich fühlte seine Worte feucht an meinen Hals schlagen. »Oben. Noch. Schlimmer.« Er wich zurück und sah mich an. Ich nickte. Wir setzten die Flaschen wieder an den Mund, tranken lange und stellten sie dann am Barrand ab. Raph übernahm erneut seine Rolle als Bug und ging los.

Irgendwo in einer Ecke führte eine zweite Treppe zu der Etage, die ich für das Dach des Gebäudes gehalten hatte. Hier ging der Raum in ein anderes Gebäude über. Wir zwängten uns wieder durch die Menge, und als wir zu der Stelle kamen, an der die beiden Gebäude aufeinanderstießen, standen wir vor einem verchromten Geländer und schauten auf eine Tanzfläche etwa drei Meter unter uns. Im Dach, über der Grube, hingen große Konstruktionen mit elektromotorgesteuerten Lampen. Gelbe, rote, blaue und grüne Lichtbündel schwenkten über die unter uns tanzenden Menschen. Die Strahlen beschienen Gesichter, vermischten sich, bildeten neue Farben und ruhten manchmal auf jemandem aus, der offenbar besser tanzte als die anderen. Während wir zuschauten, erloschen die Scheinwerfer. Der bläuliche Schein eines Strobolights sprang an und versetzte die Tanzenden ins Schwarzweiß eines alten Films mit der falschen Geschwindigkeit. Ein Arm schoß in die Höhe und stockte, ein Gesicht drehte sich ruckend zur Seite. Mitten in dem Knäuel versteinerter Gesichter und aufleuchtender T-Shirts sah ich das Mädchen mit den Polkatupfen. Im selben Moment spürte ich

Raphs Ellbogen in meiner Seite. Ich sah ihn an. Im Blitzen des Strobolights lag ein Fotogrinsen auf seinem Gesicht.

Sie tanzte allein und sah sehr nackt aus. Sie trug ein kurzes schwarzes Kleid, das in zwei breiten, über Brüste und Schultern zum Nacken laufenden Bändern endete. Im blitzenden Licht hatte es den Anschein, als wäre sie aus losen Teilen zusammengesetzt. Sie trieb in dem Strudel der Tanzenden, von Zeit zu Zeit tauchte ihr Gesicht im weißen Licht auf und ihre nackten Schultern erfroren. Ich dachte an all die Male, als ich hinter dem Fenster meines Zimmers gesessen hatte, die Unterarme auf dem Schreibtisch, und hinausgestarrt hatte, während sie im Gras in der Sonne lag.

Das Strobolight erlosch. Etwa fünf Sekunden lang war es dunkel, dann füllte sich die Grube wieder mit Farbe und Rauch. Ich starrte hinunter, aber ich konnte sie nicht mehr entdecken. Neben mir sah ich, wie Raph sich vorbeugte und hinunterspähte. Er richtete sich auf, sah mich an und zog die Augenbrauen hoch. Wir ließen die Blicke noch einmal über die Tanzenden schweifen und dann, nach kurzer Suche, drehten wir uns um und lehnten uns mit dem Rücken ans Geländer. Ich blickte auf den Mahlstrom der Körper vor uns und kam mir vor wie ein Mann ohne Geist. Ich versuchte mich daran zu erinnern, wie wir hierhergekommen waren, die hohen, im Bau befindlichen Gebäude, das Flutlicht in dem Gewirr der Gerüste, die Straßenbahn, die kreischend durch die Kurven fuhr, die vorbeisausenden Autos. Ich versuchte mir das alles vorzustellen, aber als ich die Augen schloß, sah ich nur das Nachbild der mit farbigen Lichtern gesprenkelten Dunkelheit rings um mich. Ein schweißnasser Körper war ich, einer von vielen Körpern inmitten anderer schweißnasser Körper, ein Teil eines Ganzen. Vielleicht ist es endlich passiert, dachte ich, vielleicht habe ich mein ganzes Leben lang das Gefühl gehabt, mein Geist säße zu lose in meinem Körper, und nun ist er tatsächlich entwischt und schwebt hier irgendwo im Rauch und im Licht, gemeinsam mit den Geistern der anderen Menschen. Aber noch während ich das dachte, wußte ich, daß es nicht stimmte, daß ich umgeben war von mehr Lärm und Licht und Menschen als je zuvor, und mein Geist daher tat, was Kinder tun, denen man eine zu gruselige Geschichte erzählt, daß er sich versteckte, um mich vor etwas zu schützen, das zu groß war, oder zuviel, oder, vielleicht, mir zu sehr glich. Raph schrie mir ins Ohr, daß er noch etwas trinken wolle. Ich hob die Hande und zeigte auf seine Füße: Bleib hier, rühr dich nicht vom Fleck, wenn du dich bewegst, finden wir uns nie mehr wieder. Dann, mein Blick glitt kurz an ihm vorbei, sah ich sie wieder. Sie stand an fast derselben Stelle wie ein paar Minuten zuvor und tanzte noch immer allein. Ich stieß Raph an. Er drehte sich um. Wir beugten uns vor und schauten hinunter. Ein Typ bewegte sich auf sie zu. Er stellte sich vor sie und winkte. Sie drehte sich um und tanzte weiter. Es war, als bewege sie sich in einem völligen Vakuum, ein Stern im Zentrum der Milchstraße, umringt von Millionen anderer Sterne, aber dennoch allein, unabänderlich in seiner eigenen Bahn. Sie befand sich inmitten dieser sich bewegenden Körper, und irgendwie schien es, als könne sie nicht anders als allein sein. Hier bin ich, dachte ich, ich habe das Gefühl, mich in all diesen Menschen aufzulösen, ich bin Teil eines einzigen großen Körpers. Mein Geist hat sich so weit in sich selbst zurückgezogen, daß er nicht mehr dazusein scheint, und sie, die ich immer nur als Bild sah, als etwas ohne Geist, ist das Gegenteil, all diesen anderen Körpern völlig verschlossen, ein Geist, der sich in einen Käfig zurückgezogen hat.

Raph griff nach meinem Arm und zog mich zu sich. »Unerreichbare Dame.« Ich sah ihn an, seinen leise nickenden Kopf. Mein Blick glitt hinunter, zu den blanken Schultern, die durch das Gedränge trieben. Ich dachte an Circe, die Zauberin, die Odysseus' Mannen in Schweine verwandelt hatte, die Picus, den Gemahl der schönen Sängerin Canens, durch den Wald reiten sah und von seiner Schönheit so überwältigt wurde, daß sie ihn in einen Specht verzauberte, als er sie abwies. Ich sah die schwarzen Haare auf diesen Schultern tanzen, die Hand, die durch den Pony auf ihrer Stirn fuhr, und ich überlegte, ob sie mich in einen Specht oder ein Schwein verwandeln würde.

Ich drehte mich um und stürzte mich in das Gewühl, auf der Suche nach Bier.

Als ich zurückkam, nickte Raph in Richtung Tanzfläche.

»Sie ist wieder weg«, sagte er. »In Luft aufgelöst.«

Als wir die Diskothek verließen, begann die Nacht sich bereits wieder in dem verschwommenen Lichtfleck aufzulösen, der im Osten über der Stadt hing. Es war noch dunkel, doch binnen einer halben Stunde, einer Dreiviertelstunde, würden die schwarzen Wolken über uns sich mit dem wäßrigen Licht in der Ferne so verdünnt haben, daß die Lampen erloschen, und die Tanzenden und die Trinkenden würden durch das tote Licht des Morgens nach Hause schleichen und schlafen gehen und warten, bis es wieder Abend würde. Wir gingen an den Ringgrachten entlang in die Stadt zurück. Mitten auf einer kleinen Holzbrücke blieben wir stehen und beugten uns über das Geländer, um hinunterzuschauen, auf das schwarze Wasser zwischen den abschüssigen Ufern und die Sträucher unter und neben der Brücke, die verwehten Zeitungen und leeren Flaschen auf dem Gras neben den Sträuchern. Raph steckte die Hand in den Mantel und zog eine Camel-Packung heraus. Ich nahm eine Zigarette und begann nach Feuer zu suchen. Als ich die Streichhölzer hatte, klapperte ich mit der Schachtel, und Raph beugte sich zu mir. Ich strich ein Zündholz an. Der Schwefel zischte trocken. Das Licht der aufschießenden Flamme sprang in unsere Gesichter. Schatten huschten hin und her. Raphs Augen blitzten kurz auf und versanken dann in ihren schwarzen Höhlen. Seine Nase ruckte von links nach rechts, sein Mund wurde ein fransiger Spalt in einem gemeißelten grauen Gesicht. Das Gesicht eines Toten, dachte ich, und ich mußte plötzlich an ein Foto von Frank Sinatra denken, ein Schwarzweißfoto aus den fünfziger Jahren, aufgenommen nach einer nächtlichen Session. Er sitzt auf einem Barhocker, offener Kragen, Schlips wie ein zerknüllter Strick um den Hals, Hut zurückgeschoben. Vor ihm ein Ständer mit einem Mikrofon in Form eines Schaumbesens, daneben ein Aschenbecher auf einem Fuß. Er hält eine

Zigarette in der Hand, und man erwartet, wenn man dieses Foto sieht, daß er jeden Moment die andere Hand zum Gesicht führt, um sich die Augen zu reiben. Die Flamme zwischen uns war fast erloschen, und Raph wandte sich, heftig an der Zigarette ziehend, von mir ab. Ich sah die Glut grell aufleuchten und hörte, wie er den Rauch einsog, gierig, hungrig. Ich zündete meine eigene Zigarette mit dem letzten Rest der Flamme an, Raph richtete sich auf, und ich warf das Streichholz weg, und wir gingen weiter, die Brücke hinunter, nach links, am Ufer entlang. Wir schlenderten über den Klinkerweg unter den Bäumen an der Ringgracht. Aus den Straßenlaternen fiel weiches gelbes Licht auf das Pflaster. In der Ferne hing ein wäßriger Mondspalt in einem Schleier aus Blau und gebrochenem Weiß. Der Himmel über den Häusern auf der gegenüberliegenden Seite verschwamm langsam. Am Ende der Straße bogen wir nach rechts, Richtung Stadt, auf einer breiten Asphaltstraße, durch eine Grünanlage, bis wir im Zentrum waren.

»Wie spät ist es?« fragte Raph.

»Gegen drei, schätze ich.«

»Wir können noch schnell bei Kees reinschauen.«

Ich zuckte mit den Achseln. Raph zog an seiner Zigarette, die Glut wurde für einen Moment zischend rot, und warf sie dann weg. Ich verfolgte den Bogen des kleinen orangefarbenen Lichts, bis es auf der Straße zerstob.

»Okay«, sagte ich.

Wir gingen nach links, eine ausgestorbene Geschäftsstraße hinunter, bis wir in eine Art Passage kamen. Dort liefen wir ein Stück im Dunkeln, vorbei an beschmierten Rolläden, einer Metzgerei, einem Gemüseladen, einem Kinderwagengeschäft, und dann standen wir vor einem gußeisernen Gitter, das eine kleine nach unten führende Treppe abschloß. Raph rüttelte an dem Gitter.

»Er hat geschlossen«, sagte ich.

»Er hat einfach keinen Bock auf Kundschaft.«

Am Fuß der Treppe öffnete sich eine ramponierte Holztür. Ein Mann schaute schräg zu uns herauf.

»Kees?«

Der Mann trat aus der Tür und kam die Treppe herauf. Er zog einen Schlüssel aus der Hosentasche und öffnete das Gitter. Wir schoben uns rein und gingen hinunter. Hinter mir hörte ich das Klirren von Metall und das Klicken des Schlosses. Ich öffnete die Tür und wurde von Geräuschen überflutet.

Night and day,
you are the one,
only you 'neath the moon or under the sun.
Whether near to me or far,
it's no matter, darling, where you are,
I think of you,
day and night.

Es war ein kleiner, kellerartiger Raum, den wir da betraten, gefüllt mit Musik. Im Halbdunkel tauchten die Umrisse einer bumerangförmigen Holzbar auf, die fast das gesamte Lokal einnahm. Drei Männer saßen da und tranken, am Ende der Bar schlief jemand mit dem Kopf auf den Armen. Hier und da brannte ein Teelicht in einem Glas. An der nackten Steinwand glühten orange Lampen.

Der Mann, der uns reingelassen hatte, ging um die Bar herum und setzte sich auf einen Hocker hinter dem Zapfhahn und sagte etwas zu den drei Männern. Wir gingen ans Ende der Bar und setzten uns. Wir öffneten unsere Mäntel und zündeten uns eine neue Zigarette an.

Während wir Kaffee bestellten und rauchten, hörte ich der noch immer dröhnenden Musik zu. Im Dämmerlicht verwandelte sich der Keller in einen hohen Schlauch, die Art von Kneipe, die ich mir immer zu Sinatra-Musik vorstelle: hier und da der vage Schein einer Lampe, hinter den dunklen Fensterscheiben die Silhouette von Coney Island, ein zerknautschter Penner im Hintergrund, der süßen spanischen Wein aus einer Flasche in einer Papiertüte trinkt. Ich sah uns – gleich – hinausgehen, in den feuchten Morgen, durch Dampfwolken, die aus Gullydeckeln aufwallen, zwei, drei

Häuserblocks weit. Bei einem ganz frühen Drugstore würden wir Kaffee holen und einen Donut essen und ...

»He.«

Ich sah auf. Der Barkeeper beugte sich über den Tresen und grinste.

»Ich hab gerade zu deinem Bruder gesagt, daß ich dich hier noch nie gesehen habe.«

Ich nickte und streckte die Hand aus. Er zog die Augenbrauen hoch, wischte sich die Hand an dem vor ihm liegenden Tuch ab und schüttelte meine Hand.

»Der da«, sagte ich, in die Richtung nickend, in der der Mann mit dem Kopf auf dem Tresen schlief, »lebt der noch?«

Der Barkeeper wog das Tuch, das er noch immer in der Hand hielt, blickte auf den Schlafenden und schmiß den nassen Lumpen in das Gesicht mit den geschlossenen Augen.

Der Mann saß mit einem Ruck senkrecht. Er sah verwildert um sich.

»Jede Nacht«, sagte der Barmann, »jede Nacht ist er hier, und jede Nacht schläft er ein. Geh und schlaf zu Hause, du Simpel!« Er wandte sich zu uns. »Wo wart ihr heute abend?« fragte er.

Raph fing an, vom »Circe« zu erzählen.

Ich trank den bitteren Kaffee und schaute zu dem Mann, der das Tuch ins Gesicht bekommen hatte. Er saß noch immer kerzengerade da. Seine weißen Haare standen in die Höhe, er starrte mit leeren Augen vor sich. Die fahle Windjacke, die er trug, war ihm halb von den Schultern gerutscht.

»... eine unterirdische Welt«, sagte Raph, »das reinste Inferno, mit flackerndem rotem Licht an den Wänden, überall Fernsehschirme mit Kriegsvideos ...« Lisas Stimme tönte in meinem Kopf, Lisa, die sagte, daß sie Simon eines Tages nicht mehr »als Liebhaber« empfand, Lisa, die sagte: »Ohne Geheimnis besteht die Liebe aus Bewegungen.« Was bedeutete das? Sie hatte mir gegenübergesessen, eine Hand im rotbraunen Haar, die blutunterlaufenen Augen auf einen Punkt in der Ferne gerichtet, eine qualmende Zigarette in der anderen Hand. »Ohne Geheimnis besteht die Liebe aus Bewegungen.« Was für ein Geheimnis? »Die haben so ungefähr alles, was nicht niet- und nagelfest war, rausgerissen«, sagte Raph, »das heißt, es sieht aus wie ein ausgehöhlter Steinblock, kahle Mauern, überall Stahltreppen und Laufbrücken. Ich bin jetzt zweimal dagewesen, und jedesmal denke ich: Dies ist ein Science-fiction-Film, verdammt noch mal.« Lisa sagte: »Er hockt auf dem Bett und liest die Enzyklopädie. Ich halt das nicht mehr aus. Ich liebe ihn, aber ich halte das nicht mehr aus.« He, Fleming, sagte ich zu dem Norweger in meinem Kopf, du sagst, daß Liebe kein Willensakt ist? Du mußt dich mal mit meiner Schwester unterhalten. Liebe *ist* ein Willensakt. Du hörst auf zu lieben. Es überkommt dich nicht. Anfangs liebst du jemanden trotzdem weiter. Erst wenn das »trotzdem« zu lange dauert, hörst du auf. Weil du es willst. »Du weißt nicht mehr, wo du bist«, sagte Raph. »Es ist da so grauenhaft voll, daß man wie ein Stück Fleisch in einer großen Kiste zusammen mit anderen Fleischstücken liegt. Grün und blau ist man, wenn man da eine Nacht lang gewesen ist. Und total vollgedröhnt mit diesem Dunkedunk. Aber es hat was.« Echo, dachte ich, und mein Gefühl, daß die Welt langsam untergeht, daß viel zu viele Leben verrinnen, daß wir alle zulassen, daß Menschen untergehen, und wir halten das einfach für Pech, nächstes Mal besser, während es, zum Teufel, kein nächstes Mal gibt, wer jetzt nicht ein bißchen Glück hat, wird es nie mehr haben ... Du mußt glücklich sein, sagte Raph damals, unterwegs, bist du glücklich? Natürlich bin ich glücklich, sagte ich. Warum sagte ich das? Bin's nie gewesen. Keine Ahnung, was das ist. Hab mir beigebracht, Lisa und Raph zu lieben, weil ich Familie haben wollte, kann mir nicht mehr vorstellen, daß man dieses Gefühl auch für jemand anders aufbringen kann. Liebe niemand als meinen Bruder und meine Schwester und habe mein Mitgefühl auf arme Teufel übertragen. Mein Gott, dachte ich, ich bin so was wie ein Mönch geworden, der seinen Mangel an Sex zu Nächstenliebe sublimiert. »Tolle Weiber«, sagte Raph. »Junge Mädels in echt heißem Outfit. Sind wir zu alt für, ist nur für junge Typen.« Was will ich vom Leben? Wenn ich weiß, daß es nie das sein wird, was ich erwartet habe, was will ich dann?

Ich kniff die Augen zu und sah, wie das Dunkel der Bar in einem orangeschwarzen Nebel zerfloß, in dem die Teelichter wie sechszackige Sterne schimmerten, pulsierend, sich ausdehnend, zu Lichtflecken verschwimmend.

Ich sah zur Seite, zu Raph. Er war noch immer bei seiner Indiana-Jones-Version von unserem Discoabend. Ich bin so alt, dachte ich, immer gewesen. Geboren als alter Mann. Mein Herz krampfte. Meine Brust schmerzte. Ich atmete tief durch. Meine Lungen füllten sich mit Bier- und Tabakdunst. Gelächter erhob sich. Raph warf den Kopf in den Nacken und lachte schallend. Der Barmann hatte den Mund so weit aufgerissen, daß man meinen konnte, jemand habe ihm mit einem Beil ins Gesicht geschlagen. Ich schloß die Augen und sah in die Leere meines Kopfes. Wo bist du, Bestie, Monster der Erinnerung? Ich öffnete die Augen und sah zur Seite. Raph drehte den Kopf in meine Richtung und lächelte. Ich schaute zu dem Mann mit dem weißen Haar, der gerade auf seinem Hocker saß und vor sich hin starrte. Eines der Lichter auf dem Tresen begann zu flackern. Ich sah die nackten Schultern des Mädchens mit den Polkatupfen wieder durch die Dunkelheit gleiten, so scharf, so lebensecht, daß ich um ein Haar die Hand ausstreckte, um sie zu berühren. In diesem Moment wurde mir klar, daß ich, Jahre nachdem ich hinter meinem Bruder hergelaufen war und auf seinen Rücken gestarrt und mich gefragt hatte, was es wohl war, das ihn glücklich und unglücklich zugleich machte, daß ich nach all der Zeit endlich dort angelangt war, von wo er bereits wieder aufgebrochen war, daß ich angekommen war bei einem Verlangen, so groß, daß ich nicht einmal wußte, wonach mich eigentlich verlangte.

Der Barkeeper schenkte uns noch einmal Kaffee ein und ging zu den drei Männern, mit denen er vorhin gesprochen hatte. Raph sah dem Vorhang aus Zuckerkörnern zu, den er in seinen Kaffee gleiten ließ.

Lisa hatte gesagt, ich sei gefühllos, als ich so deutlich zeigte, daß ich all diese Tristan-und-Isolde-Stories nicht glaubte, als sich herausstellte, daß ich ihre Geschichten von Leidenschaft und Verlangen offenbar nicht begriff, weil sie dachte, daß ich all diese verliebten Leute um mich herum für unverantwortliche Egoisten hielt, die zwar unter der Zurückweisung durch ihr Liebesobjekt litten, gleichzeitig aber über einen Bettler hinwegstiegen.

Vielleicht hat sie recht, vielleicht bin ich ein sauertöpfischer Moralist geworden, der den Unterschied zwischen Sex und Sozialismus nicht einmal mehr erkennt.

Ich steckte die Hand in die Hosentasche, zog einen Knäuel Geldscheine heraus und rief den Barkeeper. Während ich einen Zehner aus dem Knäuel fummelte, sah Raph mich scharf an. »Wir gehen?« Ich nickte. Wir standen auf. An der Tür, während ich wartete, daß Raph hinausging, sah ich mich um. Der Mann mit dem weißen Haar saß noch immer da und starrte ins Nichts.

Wir gingen durch die leeren Straßen in Richtung Busbahnhof. Raph wollte mit dem Bus zurück ins Industriegebiet. Wir schlenderten durch eine lange Straße mit hohen Häusern, Kneipen und Geschäften. Zwischen den Gebäuden hingen bleichweiße Lichtflecken. Nach einer halben Stunde kamen wir zu einer Überführung. Unter der Betonüberdachung war der Busbahnhof. Auf der Bank im ausgebrannten Warteraum schlief ein Mann. Wir überquerten den Platz und betraten das Brachland unter der Unterführung. Die Straße über uns fiel etwa hundert Meter weiter ab. Grauer Sand lag zwischen den Pfeilern, eine verwehte Zeitung trudelte langsam durch die Morgendämmerung. Wir stolperten durch den Sand unter dem immer niedriger werdenden Betondach. Nach ungefähr fündundzwanzig Metern setzte sich Raph auf den Fuß eines Pfeilers. Er zog ein Päckchen Zigaretten aus der Tasche und nahm zwei heraus. Er zündete sie beide an und gab mir dann eine. Er schob die Hände tief in die Manteltaschen und hielt die Zigarette im Mundwinkel, während er ein Auge zukniff. Ich blickte auf einen dunkelblauen Lastwagen, der ein Stück von uns entfernt stand. Im Fahrerhaus brannte ein undeutliches Licht. Von Zeit zu Zeit ertönte der Marktschreierruf einer Möwe. In der Ferne rasselte die Tür eines Schuppens, die hochgekurbelt wurde. Der Motor des Trucks dröhnte leise.

»He«, sagte Raph.

Ich sah ihn an.

»Warum bist du nicht zu dem Mädchen gegangen?« sagte er. »Warum hast du es nicht probiert?«

Ich zuckte mit den Achseln.

Wir schwiegen und starrten vor uns. Die Fahrerhaustür des Lastwagens öffnete sich. Ein Mann schwang die Beine hinaus. Er blieb halb im Truck sitzen. Er sah sich um, während er einen Becher zum Mund führte.

»Was ist los, Sam?«

Ich runzelte die Stirn. Raph stand auf und ging bis zur Mitte der Überdachung, wo er nach oben starrte. Ich folgte ihm. Als ich neben ihm war, sah ich, daß etwas auf den Beton gemalt war. Ich überlegte mir, wie sie in Gottes Namen da hingekommen waren, kein Pfeiler in der Nähe, vier, fünf Meter hoch. »Hennie fickt Joke«, stand da. Ich dachte: Wer ist Hennie und wer ist Joke, und wer hat das auf den Beton gemalt und warum? War das Jokes Freund, der sich nicht traute, Hennie zu verprügeln, der aber, wie in diesem Märchen, kundtun mußte, was er wußte, und es deshalb eben irgendwo an eine derart unmögliche Stelle malte? Wie ging dieses Märchen? Ein Friseur, der dem König die Haare schneiden mußte und merkte, daß dieser Hörner hatte, und das nicht mehr für sich behalten konnte und es ins Schilf rief...

»Erinnerst du dich noch, was eine Supernova ist?« fragte Raph. »Ein Stern, eine Gasblase, in der die Spannung, der Energiestau, immer weiter zunimmt, bis eine bestimmte Grenze überschritten ist und alles raus muß. Du schaust in dein Teleskop, jahrein, jahraus, und eines Tages: wham! Er wird plötzlich heller, breitet sich wie eine Art weißer Tinte aus.« Er drehte sich um und sah mich an. »Du«, sagte er, »bist eine Supernova. Du staust etwas in dir, ich weiß nicht was, aber ich sehe, wie die Spannung in dir wächst, und eines Tages ... wham!«

»Ich bin meinen größten Auftraggeber los«, sagte ich.

»Die Ölgesellschaft?«

»Ja.«

»Scheiße.«

Ich fühlte, wie sich etwas in mir bewegte. »Ich weiß nicht, was der Unterschied ist zwischen Sex und Sozialismus.«

Raph zog die Augenbrauen hoch und betrachtete mich. Ich spürte, wie sein Blick über meine Wangenknochen ging, zum Mund, dann wieder hinauf. Ich schloß die Augen. In meinem Kopf war die Musik aus der Diskothek. Ich sah das Mädchen mit den Polkatupfen durch die Dunkelheit gleiten, zu einem kleinen Weg, der im schrägen Herbstlicht badete. Papa, dachte ich, Mama, Lisa, Raph, Gott, das Geheimnis der Liebe.

Ich wischte mir mit der Hand über die Stirn und riß die Augen auf. Ich will sie berühren, dachte ich, aber es geht nicht um sie. Es geht um einen Menschen, eine Frau. Ich will jemand lieben. Mein Mund bewegte sich, ohne daß ich es wollte, und es kamen Worte heraus, die ich erst als Worte erkannte, als ich meiner eigenen Stimme lauschte. »Sie fehlen mir so«, sagte ich. »Ich will sie wiederhaben, Raph. Und ich weiß nicht einmal, wie sie aussehen. Und ich weiß nicht mehr, was Liebe ist. Es ist weg. Ist das möglich? Warum ist die Welt nicht ruhig und übersichtlich geworden?«

Ich drehte mich um und schaute zu dem Mann, der in der Tür seines Trucks saß und Kaffee aus einem Becher trank. Ich merkte, daß ich nach Luft schnappte. Ich schaute hoch, auf den grauen Beton. Hennie fickt Joke. Ich dachte: Ich wollte, ich wäre Hennie.

»Du bist losgezogen«, sagte ich. »Du warst auf Tour.«

»Du auch«, sagte Raph.

Ich schüttelte den Kopf. »Ich bin hinter dir hergelaufen.«

Ich spürte Raphs Hand auf meiner Schulter. Wo ist dieser kleine Weg, dachte ich, wo ist der Weg, von dem Lisa sprach? Ich senkte den Kopf und ließ die Tränen kommen.

Logische Prozesse in einer chaotischen Umgebung

Einige Tage später ging ich in die Stadt, und als ich am späten Nachmittag zurückkam, war Lisa verschwunden. Ich trat ins Zimmer, hängte meinen Mantel an die Tür und rief, aber es kam keine Antwort. Im oberen Stockwerk streckte ich den Kopf um die Tür, und noch während ich auf den großen Tisch schaute, auf dem ihre Pinsel und Bleistifte lagen, wußte ich, daß sie weg war. Ein Strauß rostbrauner Chrysanthemen prangte in einer Vase, die ich nicht kannte. Auf dem Bett lag eine sanftrote Überdecke. Sie hatte den Rattansessel von unten heraufgebracht, in eine Ecke gestellt und mit bunten Kissen überhäuft. Die Etage, die ich immer hatte leerstehen lassen, weil ich am liebsten in einem großen Raum lebe, sah aus wie ein perfektes kleines Heim. Trotzdem roch es nach Abschied. Hier war jemand gewesen, aber es war die Frage, ob derjenige wieder zurückkäme.

Ich wollte gerade hinuntergehen, als ich den Zettel sah. Er war an einen Balken gepinnt. Ich nahm ihn ab und setzte mich in den Rattansessel. *Bin zurück zu Simon, Lisa.* Ich hielt das Papier in der Hand, und während ich dasaß, in dem Häuschen, daß sie in meinem Haus gebaut hatte, erinnerte ich mich an etwas. Es war ein Fetzen, ein Satz, den Lisa vor langer Zeit geschrieben hatte: *Die Nacht ist eine mysteriöse Erscheinung.* Die Dämmerung kroch ins Zimmer, die Winkel verschwanden, der Himmel hinter dem Dachfenster wurde dunkelblau. *Die Nacht ist eine mysteriöse Erscheinung.* Während mir dieser Satz durch den Kopf tönte, tauchten in der herantreibenden Düsternis die Wände eines anderen Hauses auf, und ich sah mich an diesen Wänden entlangschleichen, ein Schatten, ein Fleck auf der Dunkelheit. Die Treppe hinauf, vorbei an offenen und geschlossenen Türen, über den Dachboden (wo der Große Bär durch das zinkgefaßte Fenster starrte), wieder hinunter, ins Wohnzimmer, zum Wintergarten. Ich glitt durch die Finsternis wie ein Messer durchs Wasser, und im dunklen Wintergarten sah ich meines Vaters Zigarette glühen. Ich stand im Dunkel und starrte auf seine schwarze Silhouette. »Geh hinauf, Sam«, sagte er. Vor der Tür des großen Schlafzimmers, wo meine Mutter sich die Haare kämmte, lag das Licht wie ein Blatt Papier auf dem Fußboden. Ich ging die Treppe wieder hinunter. Ich öffnete die Tür des Studierzimmers und sah meinen Vater zurückgelehnt auf seinem Schreibtischstuhl, die Füße auf dem Tisch, die gefalteten Hände an die Lippen gedrückt. Er hatte die Augen geschlossen. Leise Musik kam vom alten Plattenspieler im Bücherschrank. Vier gedämpfte Stimmen, die einander suchten und verloren.

Dream beside me in the midnight glow,
The lamp is low.
Dream and watch the shadows come and go,
The lamp is low.
While you linger in my arms,
My lips will sigh:
I love you so.
Dream the sweetest dreams we'll ever know,
Tonight the moon is high,
The lamp is low.

»Was ist, Sam?«

Wie konnte er wissen, daß ich reingekommen war, wenn ich unsichtbar war, unhörbar, wenn er seine Augen geschlossen hatte?

»Schauen wir uns noch die Sterne an?«

»Heute abend nicht.«

Ich stand in der Tür und wartete.

»Ich habe gesagt: heute abend nicht, Sam.«

»Warum nicht?«

Er nahm die Füße vom Schreibtisch, legte die Hände auf die Oberschenkel und sah mich unter den Augenbrauen her an. »Manchmal muß man sich mit der Antwort begnügen, die man bekommt.«

Ich blieb stehen.

»Mach mal die Tür zu.«

Ich schloß die Tür.

Mein Vater griff neben sich, nach dem metallenen Zigarettenetui, das auf den Papieren auf seinem Schreibtisch lag. Er öffnete es. Ich verfolgte den Lichtfleck, der durchs Zimmer schoß, über die Decke, über sein Gesicht. An seinen Bewegungen konnte ich erkennen, daß er ungeduldig war. Sie gingen zu einer Feier. Mein Vater mochte keine Feiern.

»Bist du böse?« fragte ich.

»Auf dich?«

Ich schüttelte den Kopf.

»Auf wen dann?«

»Auf Mama.«

Er lächelte.

»Ich bin auf niemand böse«, sagte er.

Ich ging zu dem Modell der Mercury-Kapsel, das im Bücherschrank stand. Ich dachte an die Platte, die ich gehört hatte, als ich zusah, wie meine Mutter sich die Haare kämmte.

Everbody talks about
the birds and the bees
and the flowers and the trees...

Als ich wieder oben war, in dem Zimmer, das Raph und ich uns teilten, lag ein Zettel auf unserem Tisch. *Sam. Die Nacht ist eine mysteriöse Erscheinung: Eine Seite der Erde ist dunkel, die andere Seite ist hell. Lisa.*

Mein Vater hatte eine Vorführung mit Taschenlampe und zwei Apfelsinen gegeben, aus Anlaß der Mondfinsternis. Alles Licht im Zimmer wurde ausgemacht, er legte eine Lampe auf den Tisch und zwei Apfelsinen an Bindfäden.

»Früher«, sagte er, »war eine Finsternis eine mysteriöse Erscheinung. Man wußte nicht, warum der Mond oder die Sonne plötzlich verschwanden.«

Er gab Raph die Taschenlampe. Lisa mußte die eine Apfelsine am Bindfaden hochhalten, ich die andere langsam davor drehen. Während der orange Ball in das Lichtbündel glitt, kroch ein träger Schatten über Lisas Apfelsine.

»Das ist eine Finsternis«, sagte mein Vater. »Der eine Himmelskörper kreist im Licht der Sonne, und sein Schatten fällt auf den anderen. Das heißt, der Schatten der Erde fällt auf den Mond. Wenn man auf dem Mond stünde, würde man die Sonne nicht mehr sehen, weil die Erde davor steht. Auf dem Mond hat man dann eine Sonnenfinsternis.«

Schatten im All. Ich hatte geglaubt, im All gäbe es nichts. Sterne, Planeten, Sonnen, aber keinen Laut, keinen Schatten, keinen Wind, der einem durch die Haare blies.

Als ich den Zettel in die Schachtel tat, auf die ich mit großen Buchstaben »Archiv« geschrieben hatte, ging die Tür auf, und Raph kam herein. Er lief zum Tisch, machte das Radio an und stellte das halbfertige Modell auf, an dem wir gemeinsam bauten. Ich nahm die Schachtel mit den Teilen und den Kleber. Wir hatten uns ein Modell der Mercury-Kapsel gewünscht, genauso eines wie das unseres Vaters, aber weil er es für besser hielt, daß wir mit der Luftfahrt anfingen, bekamen wir eine Dakota. Raph nahm die kleine Feile, um eine Stelle am Fahrwerk zu glätten.

Wir saßen in einer Wolke von Flugzeugkleber und stritten uns über das Höhenruder, als unsere Mutter mit Lisa ins Zimmer kam. Sie trug ihren Mantel über dem Arm. Sie beugte sich über uns und küßte uns.

»Geht ihr auch rechtzeitig ins Bett?«

»Nein«, sagte Raph.

Meine Mutter schüttelte den Kopf. »Elf Uhr«, sagte sie, »nicht später.«

»Kit«, rief mein Vater von unten.

Er stand da am Fuß der Treppe, das wußten wir, Zigarette zwischen Zeige- und Mittelfinger der Rechten, linke Hand in der Hosentasche, das Haar schon wieder halb zerzaust. Wir konnten hören, wie er leise vor sich hin brummelte.

»Ich habe eine Überraschung in den Kühlschrank gestellt«, sagte meine Mutter.

»Wo geht ihr hin?« fragte ich. Ich wußte es bereits. In der

vergangenen Woche war bei Tisch darüber gesprochen worden.

»Zu einer Preisverleihung.«

»Was für ein Preis?« fragte Raph.

Meine Mutter lächelte. Sie wußte, daß wir sie festhalten wollten. »Ein Preis von der Universität. Für den ...«

»Himmelherrgott.« Papa stand in der Tür. Asche lag auf seinem Revers, die Haare hingen ihm wild um den Kopf. »Himmelherrgott, es sind keine Kleinkinder. Du brauchst sie doch verdammt noch mal nicht zuzudecken.«

Wir lachten. Lisa ließ sich kreischend auf Raphs Bett fallen. Unser Vater schaute stirnrunzelnd ins Zimmer.

»Mein Gott«, sagte meine Mutter, »ich lasse dich eine Minute allein, und du siehst aus, als wärst du vom Dach gefallen.« Sie fuhr ihm durch die Haare und klopfte sein Jackett ab. »Wir gehen.« Sie drehte sich noch einmal um. »Gebt acht auf euch«, sagte sie. Sie sah Raph an.

Sie gingen die Treppe hinunter. Mein Vater sagte, er wolle nicht lange bleiben, meine Mutter antwortete etwas, das ich nicht verstand, das aber beruhigend klang. Wir standen auf und rannten durch den Flur in Lisas Zimmer. Dort schoben wir den Vorhang beiseite und schauten hinaus. Unter uns, im Zwielicht einer Straßenlaterne, glomm der schwarze Wagen. Meine Mutter schaute herauf und winkte. Sie bückte sich und verschwand im Auto. Das Licht der Scheinwerfer sprang an, und der Wagen bog schnell auf die Straße. Dann sahen wir nur noch die roten Rücklichter, die sich im Schwarz der Nacht auflösten.

Ich lag im Bett und schwebte durch die unendliche Dunkelheit des Raums, in der Leere zwischen zwei Sternsystemen. Ich lag zurückgelehnt im Sitz meiner Kapsel und schaute auf das Armaturenbrett, auf die roten Lämpchen, die aufflackerten und wieder erloschen. In der Kabine war das Rauschen des Bordfunks und die Stimme Houstons zu hören.

»Mercury, Mercury. Hier ist Houston, Flugleitung. Bereiten Sie sich auf eine Kurskorrektur von zwanzig Grad vor.«

Ich hob den Kopf und schaute durch das kleine quadratische Fenster über mir. Die Erde hing wie eine marmorierte Murmel im Schwarz des Raums.

Nach einer Stunde stand ich auf. Im Zimmer hing der vage Geruch von Flugzeugkleber. Raphs Atem klang wie das Auf und Ab des Meeres. Ich schwamm durch die Dunkelheit, öffnete die Tür und ging die Treppe hinunter. Auf halbem Wege sah ich den orangen Widerschein der Straßenlaterne durch das Glas der Haustür fallen. Die Diele hatte dieselbe orangeschwarze Farbe wie die Bilder von Winnetous Tod.

Winnetou war in dem erloschenen Krater eines Vulkans gestorben, getroffen von einer Kugel aus dem Gewehr des Mannes, der ihn jagte. Ich war nicht darauf gefaßt gewesen. Das Comicheft war gekommen, und ich hatte es mit nach oben genommen, wo ich zu lesen begann. Es waren halbdunkle Seiten, orangerot und schwarz, und in dieser unheilverkündenden Finsternis passierte das Unvorstellbare. Old Shatterhand kniete sich neben seinen Blutsbruder und nahm dessen Kopf in seinen Schoß, und der große Indianer bat seinen Freund, für seine Schwester zu sorgen. Ich konnte es nicht fassen. Ich las die Seiten noch einmal und noch einmal. Ein Kloß der Trauer schwoll in meiner Brust.

Unten ging ich in das Zimmer meines Vaters. Meine Augen hatten sich bereits an die Dunkelheit gewöhnt. Ich sah die Bücherschränke und Möbel wie massige schwarze Formen im Halbdunkel. Ich stand in der Mitte des Zimmers und rieb mit dem Daumen über den Kleber an meinem Zeigefinger.

Wenn wir Cowboys und Indianer spielten, war Lisa Winnetou und ich Old Shatterhand. Ich wollte Winnetou sein, aber das ging nicht, denn Lisa hatte die langen Haare. Meist spielten wir zu Hause. Die untere Etage zählte nicht mit, aber die Treppe und der erste Stock und der Dachboden waren die ausgedehnten Bergketten, durch die wir, verfolgt von Menschenjägern, zu Abenteuern zogen. Unsere Pferde kletterten die steilen Bergpässe hinauf, Steine rollten hinunter, Pumas lauerten hinter großen Felsblöcken. Nach Winnetous Tod spielten wir wochenlang auf dem Dachboden, der im Dämmerlicht allmählich die Umrisse des Kraters annahm. Immer wieder verloren wir uns im Getümmel des großen Kampfes aus den Augen, bis der tödliche Schuß fiel, und Winnetou, der Edle, darniedersank und seine letzten Worte sprach. »Sorge für meine Schwester«, sagte Lisa, dramatisch sterbend.

Ich setzte mich an den Schreibtisch meines Vaters und starrte in die Dunkelheit, während ich den Kleber vom Zeigefinger pulte.

»Was ist der Tod?« hatte ich meinen Vater eines Abends gefragt, als er vor der Schultafel an der Wand hinter seinem Schreibtisch stand.

Er drehte sich um, die Kreide in der rechten Hand, verwischte weiße Spuren auf dem dunkelblauen Jackett.

»Warum fragst du?«

»Winnetou ist tot«, sagte ich.

Er zog die Augenbrauen hoch und senkte den Kopf ein wenig. »Winnetou.«

»Er kann doch nicht einfach tot sein?« sagte ich.

Mein Vater legte die Kreide auf den Schreibtisch und winkte. Er packte mich unter den Achseln und hob mich auf den Schreibtischrand.

»Jeder stirbt einmal«, sagte mein Vater. »Der Mensch lebt nicht ewig. Das weißt du doch?«

Ich nickte.

»Ist Winnetou etwas anderes?«

Ich nickte wieder.

»Am schwersten«, sagte er, »ist es, wenn Menschen sterben, die man liebt. Das kann man sich nicht vorstellen. Man weiß zwar, daß alle sterben, aber man denkt, dieser eine wird immer am Leben bleiben.«

Mein Vater setzte sich auf seinen Bürostuhl und griff nach dem Zigarettenetui. Er nahm ein Zigarette heraus und zündete sie an.

»Du solltest nicht an den Tod denken, sondern an die Menschen, die tot sind. Wenn jemand gestorben ist, hat es den Anschein, er wäre verschwunden und alles wäre vorbei, aber solange es jemanden gibt, der sich daran erinnert, wie dieser Mann war und was er getan hat, ist er nicht wirklich tot. Dann lebt er in den Gedanken anderer Menschen weiter. Das ist wichtig, daß er in der Erinnerung anderer weiterlebt. Erst wenn es niemanden mehr gibt, der sich an einen erinnert, ist man wirklich tot.«

Ich sah ins Dunkel des Arbeitszimmers meines Vaters und dachte an Winnetou und an die Großeltern, von denen wir nichts mehr wußten, und ich überlegte mir, wie sie gewesen waren und wie sie ausgesehen hatten, aber als ich mir Gesichter über den grauen Gestalten vorzustellen versuchte, die sie in meinen Gedanken waren, kehrte das Bild von Winnetou wieder, der auf dem Grunde des Kraters lag, im düsteren Orangeschwarz des Schicksals badend.

Ich schwebte wieder im All meiner Träume, in meinem Bett, als die Stille zerriß. Von ferne kam das anhaltende Läuten der Türglocke. Ich lag auf dem Rücken, mit weit offenen Augen. Die Tür bewegte sich. Lisa flüsterte unsere Namen. Ich richtete mich auf. Raph murmelte etwas und schrak dann hoch. Er sah uns an, ohne uns zu erkennen. Das Schnarren der Klingel begann erneut. Da setzten wir alle drei uns in Bewegung, langsam, auf der Hut. Niemand sagte etwas. Wir gingen aus dem Zimmer, auf den Flur. An der Treppe blieben wir stehen. Es läutete und läutete. Ab und an setzte das Geräusch kurz aus, so daß wir die Stille hören konnten, dann begann das barsche Geläute auf einmal wieder. Lisa stieß Raph an. Er tat einen Schritt vor und blieb stehen, die nackten Füße am Rand der obersten Treppenstufe. Er drehte sich um, zu Lisa und mir. Lisa schubste ihn vorsichtig am Rücken. Raph preßte die Lippen zusammen und machte sich auf den Weg, hinunter ins dunkle Treppenhaus, zur Haustür. Wir reckten uns und schauten hinunter, wo Raph die Tür öffnete. Der farbige Schein der Straßenlaterne fiel auf seinen Schlafanzug.

»Raph?« sagte eine Männerstimme.

Raph nickte.

Eine Dame trat in den Lichtschleier der Türöffnung. »Dürfen wir kurz reinkommen?« sagte sie.

Raph sagte nichts.

»Es ist wichtig«, sagte sie. »Es betrifft eure Eltern.«

Ich saß auf dem Rattansessel und starrte in die hereinbrechende Dämmerung. Ich stand auf und schaute auf das Aquarellpapier auf dem Tisch, auf dem ein nebelhaftes Gebäude, ein klobiger Turm hinter wackligen Gerüsten mit Holzbuden, Gestalt anzunehmen begann. Um den Turm zog sich eine verwitterte sandige Landschaft, eine verlassene Ebene. Erst als ich mich umdrehte, um nach unten zu gehen, sprang mir etwas ins Auge. Ich blickte wieder auf die Leere vor diesem Turm, und in diesem Moment sah ich eine kleine wäßrig gemalte Gestalt, die aufrecht im Sand stand und auf das Bauwerk schaute. Die Gestalt war in undeutliche Stofflappen gehüllt, der Kopf mit einem Tuch umwickelt. Ich hatte das unangenehme Gefühl, daß Lisa mich malte.

In dieser Nacht rief ich Fleming an. Ich suchte die Karte, die er mir in der Bar gegeben hatte, zwei Monate waren es schon wieder her, und wählte die Nummer, die er mit der Hand dazugeschrieben hatte. Es dauerte eine Minute, bis er abnahm.

»Weißt du, wie spät es ist?« sagte er, als ich meinen Namen nannte.

»Spät«, sagte ich. »Früh.«

»Was gibt's?«

»Kopakker. Steht dein Angebot noch?«

Eine Zeitlang war es still.

»Ja«, sagte er dann. »Wenn du willst, kannst du übermorgen anfangen. Sagtest du nicht, das sei nichts für dich?«

»Ich sag manchmal viel, wenn der Tag lang ist.«

Er nannte mir den Treffpunkt, eine Kneipe in einer Stadt bei Kopakker, und zählte auf, was ich unbedingt (viel warme Kleidung, Bücher, Gummistiefel) und keinesfalls (Radio, Alkohol, Begleitung) mitnehmen solle.

»Gibt es einen besonderen Grund, weshalb du plötzlich nach Kopakker willst?« fragte Fleming.

»Ihr bezahlt doch?«

»Siebenhundertfünfzig im Monat.«

»Ich brauche Geld.«

Als ich auflegte, fiel mein Blick auf die an die Wand gepinnten Blätter über meinem Schreibtisch. Ich sah auf die Kopie, die ich bei der Ölgesellschaft gemacht hatte und auf der ein umkippender Bohrturm zu sehen war. Im Archiv hatte ich ein Buch gefunden mit Fotos von einem Springer irgendwo in Amerika, dem einzigen spontanen Ausbruch, der je fotografiert worden war. Drei gräuliche Bilder. Auf dem ersten war ein kleiner Bohrturm zu sehen, Menschen arbeiteten auf der Plattform. Das zweite Foto war verschwommen, der Turm wackelte gerade. Das dritte zeigte eine Schlamm- und Ölfontäne, die aus der Spitze des inzwischen schiefhängenden Turms quoll, und einen Bohrtrupp, der nach allen Seiten wegrannte.

Weiß der Himmel, warum ich diese Seite an die Wand gepinnt hatte. Meist begeisterten mich die Berichte nicht so, die ich abzufassen hatte.

Kopakker, hatte ich in den Unterlagen gelesen, war eines der wenigen Unglücke, bei denen ein Turm versank, vollständig verschwand, zusammen mit zwei VW-Bussen, einem als Büro eingerichteten Container und einem zufällig dastehenden Truck mit Meßgeräten.

Anfangs deutete nichts auf Probleme hin. Seismische Untersuchungen hatten ergeben, daß das Östliche Feld von der Bohrstelle Kopakker aus in siebzehnhundert Meter Tiefe angebohrt werden könne. Zwischen der Plattform und der Gasblase befanden sich keine nennenswerten Hindernisse. Die Bodenstruktur stimmte mit der anderer Bohrstellen überein. Kopakker war eine Routinesache.

Ich hatte die Bohrberichte durchgesehen und die täglichen Aufzeichnungen des Bohrmeisters gelesen, Notizen über die Untersuchung des Bohrkleins, wieviel Rohr gebraucht wurde, mit welchen Flüssigkeiten gespült wurde. Es war eine Bohrung wie jede andere. Die Tage folgten einander im selben öden Gleichmaß wie die Rohrstücke, die nacheinander im Boden verschwanden. Bis man eines schönen Sommermorgens Gas roch. Der Meister, der etwa dreißig Meter vom

Turm entfernt stand, neben seinem Container, sah, wie sich die Spitze des Bocks neigte. Es hatten sich noch einige Leute neben ihn gestellt, und während sie hochschauten, spürten sie, wie die Erde leicht bebte. Eine Minute später war die Plattform geräumt, und der riesige Stahlturm begann zu versinken. »Es war, als ob der Boden zu Pudding würde«, sollte einer der Arbeiter später zu einem Journalisten sagen.

Nach dem Unglück begannen die Untersuchungen. Berichte wurden geschrieben, Fotos wurden gemacht. Schließlich sperrte man das Gebiet ab, und die Natur eroberte sich zurück, was man ihr genommen hatte. Auf den Fotos, die während der zehn Jahre nach dem Unglück aufgenommen wurden, verwandelte sich die von Sand und Gras umgebene Asphaltdecke allmählich in eine wogende Steppe mit hie und da einer jungen Birke, und später, im weiteren Verlauf, in eine üppige Flora. Kopakker wurde eine Wildnis, in der Pflanzen und Tiere ungestört lebten.

Am nächsten Tag packte ich meinen Rucksack, legte einen Zettel auf den Tisch *(Bin drei –!– Monate weg, Sam)* für den Fall, daß Lisa oder Raph vorbeikämen, und ging zum Bahnhof.

Es war eine staubige, schäbige Provinzhauptstadt, in der ich mich mit Fleming treffen sollte, eine abgetakelte Kirmes bei Nacht, wo abgerissene Gestalten herumlungerten und auf Gott weiß was warteten. Vor dem Bahnhof eine lange Schlange klappriger Taxis und schlafende Penner auf ihren Mänteln. Eine breite Hauptstraße vor dem Bahnhof. An ihrem Ende hing ein riesiger orangefarbener Mond.

Die Kneipe, in der wir uns verabredet hatten, lag hinter einer rot erleuchteten Fassade, auf der ein gelber Neonname flackernd an- und ausging. Die Fenster waren mit schwarzgestrichenen Holzplatten zugenagelt, vor der halboffenen Tür stand ein breitschultriger Rausschmeißer. Es war gegen acht, verabredet waren wir um neun.

In einem Café, das ich unterwegs gesehen hatte, trank ich Tee aus einem verkalkten Glas. Auf der lauen Flüssigkeit schwamm ein blauer Film. Ich saß mit dem Rücken zur Mauer des Gebäudes, unter dem verschossenen Vordach, und schloß die Augen. Ich hatte das Gefühl, meine Gedanken kreisten über meinem Kopf, so wie in Comics Geier über einem verirrten Wanderer in der Wüste kreisen. Ich wußte nicht, was ich dachte, warum mir das Herz in der Brust flatterte. Alles in mir war in Bewegung.

Und dann ging ich wieder den staubigen Gehweg entlang. Ein Trupp Männer in verbeulten schwarzen Anzügen überholte mich, darunter ein paar hypnotische Trompeter. Taa. Tataa. Taa. Tataa. Schlurfende Füße. Sandiger Asphalt.

Über dem Ende der Straße ging der Mond auf, träge und rund wie ein Ballon. Sam, dachte ich, wohin gehst du?

Autos glitten langsam vorbei und zogen den Geruch von warmem Eisen und Auspuffgasen mit sich. Aus einem offenen Fenster wehten gedämpfte Baßtöne herüber. Ein Mädchen in Minirock und Bikinioberteil lehnte an einem beschmierten Laternenpfahl und lächelte, als ich näherkam.

Dann war ich wieder an der Kneipe, in der Fleming und ich uns verabredet hatten, aber es war noch immer zu früh, also ging ich weiter bis zum Ende der Straße, wo die Stadt in zwei Teile zerrissen schien, so jäh und deplaziert wirkte der Streifen Nachthimmel zwischen den Häusern. Auf dem Gehweg wurde es immer ruhiger. Zwischen den letzten Häusern, wo die Straße aufhörte und in Sand und gelbes Gras überging, standen Absperrungen, rot-weiße Balken auf Böcken. Dahinter lag Brachland, ein endloses höckeriges Feld unter einem Geflecht grünbrauner Pflanzen, die toten Oktopussen glichen. Ich blickte auf das leere Land, den Mond und die vagen, vom Stadtlicht verschleierten Sterne. Den Kopf in den Nakken gelegt, Rucksack zwischen den Schultern, Hände in den Taschen, wartete ich auf die Stille.

Nach einer Viertelstunde beschloß ich, ich hätte lange genug gewartet, es sei Zeit für ein Bier. Ich drehte mich um und ging zurück zur Kneipe, wo ich Eintritt bezahlte und von dem Rausschmeißer in einen dermaßen spärlich beleuchteten und verräucherten Raum eingelassen wurde, daß es eine

Weile dauerte, bis ich etwas erkannte. Ich stand an der Tür und sah mich um. Die Umrisses eines Saals tauchten auf, Tische, Stühle, ein Lichtfleck. Ich drehte den Kopf in Richtung Licht und fühlte, wie mein Herz langsamer schlug.

Auf einem schmucklosen Podium, in einem Kreis brennender Kerzen, kniete eine nackte Frau. Sie knetete ihre schweren Brüste, während sie auf einen unbestimmten Punkt hinten im Saal starrte. Eine Band spielte viel zu laute, viel zu schnelle Musik, eine Art Bauerntanz. Fast alle Tische waren besetzt, mit Männern und Frauen, aber niemand schaute aufs Podium.

Ich wollte gerade wieder gehen, als ich eine Hand auf meinem Arm fühlte.

»Da bist du ja endlich«, sagte Fleming. »Wie war die Zugfahrt?«

Während ich ihm das zu erzählen versuchte, zog er mich zu einem Tisch am anderen Ende des Saals, zu einem rechteckigen Tisch, wo ein junger Mann und zwei Mädchen uns ungerührt ansahen. »Das ist Belinda«, sagte Fleming, »das ist Tina und das ist Tim, ein Kollege von dir.« Ich nickte und streckte die Hand aus, die nicht ergriffen wurde. Fleming nahm einen Stuhl und schob ihn an den Tisch. Ich stellte meinen Rucksack auf den Boden und setzte mich. Fleming legte den Arm um die »Tina« Genannte, ein etwa siebzehnjähriges Mädchen. Aus der Art seines Grinsens schloß ich, daß er schon ordentlich gebechert hatte. Mein »Kollege« drehte sich um und flüsterte der anderen Frau etwas ins Haar. Ich sah auf den Tisch. Unter einer Feuchtigkeitslinse schimmerten schartige Kratzer. *Scheißboys* stand da, und *Slasher, Zapp!, Prinz Vailliant* und *Buddha Priest* und verschiedene Namen, die zu ganz alten und ganz neuen Musikgruppen gehörten: *Anthrax, Dead Kennedy's, The Joy Division, Killing Joke, This Mortal Coil.* Unter diesen Wörtern zogen sich die Linien einer ins Holz geritzten Vagina, ein großes Auge, mit senkrechtem Schlitz. Die Band intonierte ein neues Stück. Einige Männer ließen sich von gelangweilten Frauen zur Tanzfläche führen. Die Mädchen an unserem Tisch sahen sich an, zuckten mit den Achseln und tranken einen Schluck bernsteinfarbener Flüssigkeit.

Es war ein seltsames Paar. Ich fragte mich, wo Fleming und mein Kollege sie wohl aufgegabelt hatten. Tina hatte so kurze schwarze Haare, daß ihre Kopfhaut durch den Borstenflaum schimmerte. Sie trug einen schwarzen hemdartigen Pulli, in dem ihre schmalen Schultern einen unwahrscheinlichen Kontrast zu ihren riesigen Brüsten bildeten. Belinda, die sich an meinen Kollegen schmiegte, hatte ein hartes Gesicht, viel goldblondes Haar und lange, schmale Hände. Sie sah aus wie jemand, der aus drei, vier verschiedenen Menschen zusammengesetzt ist.

»Was willst du trinken?« fragte Fleming. »Du bist mein Gast.« Er sah müde aus. Seine Augen lagen tief in den Höhlen.

»Bier«, sagte ich.

Fleming rief eine halbnackte Serviererin und bestellte Tuborg. Das Mädchen drehte sich um und verschwand in der Mischung aus Rauch und Licht. Fleming lächelte mir zu. Zwei Travestiten betraten den Lichtkreis auf dem Podium. Die gestreßte Band stimmte ein neues Stück an.

Wohin gehst du? hatte ich mich auf der Straße gefragt. Hier, in dieser Kreuzung aus Dorftanzsaal und zweitklassigem Nachtclub, dachte ich: Die Frage ist nicht länger, wo gehst du hin, sondern: wo bist du.

Die Bedienung kam wieder und stellte unsere Flaschen auf den Tisch. Als sie sich vorbeugte, streifte ihre Brust meine Schulter.

Ich saß mit krummem Rücken auf meinem Stuhl, nahm kleine Schlucke aus der kalten Flasche und sah zu, wie Fleming und sein Bekannter an ihren Mädchen herumfummelten. Der Norweger fing meinen Blick auf und beugte sich grinsend vor. »Du bist mein Gast«, flüsterte er. »Such dir was aus und amüsier dich. Die nächsten drei Monate hast du nur deine Hand.« Sein Mund wurde eine Kerbe, die Linien von Ohr zu Ohr zog. Er wandte sich den anderen zu, sagte etwas, was ich nicht verstand, und dann standen alle mehr oder weniger gleichzeitig auf. Sie schoben sich über die halbdunkle Tanzfläche und verschwanden im Rauch. Auf dem Podium waren die Travestiten kaum vorangekommen mit ihrer Show. Sie trugen winzige rote Slips und machten umständlich Anstalten, diese auszuziehen. Ich trank meine Flasche aus und stand auf.

Als ich am Ausgang war und noch einmal zurückschaute, sah ich einen der Männer auf dem Podium vor dem anderen knien und dessen Slip zwischen die Zähne nehmen. Ich drehte mich um, schob den schweren Vorhang vor der Tür beiseite und verließ den Saal.

Draußen ging ich in Richtung Mond. Ich war noch nicht weit, als der blaue Qualm von Holzkohle und gegrilltem Fleisch über den Gehweg wehte. Ein kleiner Junge mit riesigen weißen Turnschuhen saß, an eine Mauer gelehnt, hinter einem Rost auf ein paar Steinen. Seine rechte Hand flatterte wie ein Vogel im Rauch. Seine linke wendete Spieße mit Fleisch.

»Was für ein Fleisch ist das?« fragte ich.

»Kuh«, sagte er. Seine Hand wedelte hin und her.

»Frisch?«

Er drehte die Spieße um. »Ve-von he-heute.«

Er hob den Kopf. Ungefähr zwölf. Ein schmutzigbraunes Gesicht über einem Hemd, das so häufig gekocht worden war, daß sich die Farbe nicht mehr beschreiben ließ.

»Wieviel?«

»Drei fe-für zwei.«

»Einmal drei«, sagte ich.

Wieder wendete er die Spieße.

Ich steckte die Hand in die Tasche, holte etwas Geld heraus, zählte den Betrag ab und legte ihn auf den Gehweg. Dann ließ ich noch eine Münze in die kleine Geldpfütze fallen.

Der Junge sah auf.

»Wie heißt du?« sagte ich, während ich die drei Spieße entgegennahm, die er mir hinhielt.

Er zuckte mit den Schultern. Es war, als würden zwei Stöcke in seinem Hemd hochgeschoben.

Ich kaute auf dem zähen, halb verkohlten Fleisch herum und starrte auf die Mauer hinter dem kleinen Verkäufer. *White power,* stand da, und: *Rassisten raus!* Ein Auto brauste die Straße entlang, in einer Wolke aus Musik. Ich beugte mich zu dem Jungen. Ein Tourist in einem fernen Land, auf der Suche nach jungen Mädchen. »You want fucky-fucky, I have nice young sister. You want boys. I have little brother.«

»Ich suche ein Hotel«, sagte ich. »Ruhig. Wo ich etwas trinken kann. Vielleicht schlafen.«

Der Junge nickte. Er stand auf, trat sein Feuer aus, nahm die letzten Spieße vom Rost und tat sie in eine Dose. Er hakte ein Stück Draht an den Rost, griff nach einem grauen Bündel und ging dann vor mir her, zwischen zwei Häusern hindurch, in eine Gasse, in der es nach Sand und Pisse roch.

Hinter der Hauptstraße waren ockergelbe Häuser, auf deren Wände Bilder und Wörter mit Kreide und Farbe gemalt waren. Vor den Fenstern hingen Wäscheleinen, an den Fassaden standen große Pappkartons voll Müll. Die Straße war so schlecht, daß wir mehr durch Sand gingen als über Steine. Wir bogen in eine Nebenstraße ein und in noch eine, gingen über einen Innenhof, wo Leute in den Türen ihrer Häuser saßen und tranken, und dann kamen wir zu einer großen plattgetrampelten Grasfläche, und dahinter lag ein breites Hotel mit einer weißgestrichenen Holzveranda. Wir gingen über das Gras, stiegen zur Veranda hoch und setzten uns auf die verwitterten Korbstühle vor einem offenen Fenster. Der Junge legte seine Dose, den Grill und das Bündel undefinierbarer Sachen unter den Tisch neben meinen Rucksack und sah angestrengt nach drinnen. Er hob die Hand und rief einen Namen. Kurz darauf kam ein Mann mit einem Tablett heraus. Er zwinkerte dem Jungen zu und fuhr in einer routinierten Bewegung mit einem schmutzigen Tuch über die Glasplatte auf dem Korbtisch.

Als wir unsere zweite Flasche getrunken hatten, wurde es etwas voller auf der Straße. Die anderen Tische auf der Veranda füllten sich. Der Junge schaukelte mit den Beinen und sagte ab und zu etwas. Ich hing auf meinem Stuhl, starrte ins Leere und trank Bier. Im Hotel wurde das Radio eingeschaltet, leise Musik trieb heraus.

Der Mond war eine riesige gefleckte Glühbirne.

Ich schaute auf den Jungen, der neben mir saß und Cola trank und in den Sternenhimmel sah.

»Kennst du die Sterne?« sagte ich.

Er schüttelte den Kopf.

Ich deutete auf einen Fleck dicht über den Baumwipfeln. »Dieses Quadrat, mit den zwei Haken dahinter, das ist Pegasus. Das ist der Name eines Pferdes.« Ich erzählte ihm die Geschichte von dem geflügelten Pferd, das aus dem Blut der enthaupteten Medusa geboren wurde und dessen Hufe so hart waren, daß sie Quellen schlugen, wo sie auftrafen. Währenddessen überlegte ich, weshalb es keine friedlichen Geschichten vom All gibt. Wir saßen nebeneinander, Kopf im Nacken, und schauten zu diesem blauschwarzen Baldachin aus Sternen und Planeten und interstellarem Raum hinauf, in diese gewaltige Leere zwischen all den Pünktchen. Da fiel mir ein, was unsere Ururahnen über diese Lichter gedacht hatten.

»Früher«, sagte ich zu meinem kleinen Gefährten, »ganz früher wußten die Menschen noch nicht, daß das Sterne sind, da oben am Himmel. Das war, als die Menschen noch Rentiere jagten und über Land zogen, von Höhle zu Höhle, und manchmal auf freiem Feld übernachteten. Wenn sie dann am Lagerfeuer saßen und nach oben schauten, glaubten sie, sie sähen die Lagerfeuer anderer Jäger, ganz weit weg, und daß diese anderen Jäger ihr Lagerfeuer ebenfalls sehen könnten. Dann waren sie nicht ganz allein.«

Der Junge sah mich an und lächelte. Ich legte den Kopf an die Rückenlehne meines Stuhls. Ich fühlte mein Herz aufgehen. Das kommt Pico nahe, dachte ich, der Jäger, der nirgendwo einen Platz findet, an dem seine Seele zur Ruhe gelangt, weiß, daß er nicht allein ist, wenn er die Sterne sieht. Ich sah mich selbst durch eine Steppe streifen mit nichts als wogendem Gras, kein Baum, kein Strauch weit und breit.

Jahrelang allein. Nachts, am Feuer, ein unbeholfener Versuch, mit einem imaginären Gefährten zu reden, und zum Schluß ein Lied für die Sterne, für die anderen Jäger.

Ich war froh, daß mir noch eine friedliche Geschichte über die Sterne eingefallen war, aber sie machte mich nicht ruhig. Meine Gedanken kreisten weiter über meinem Kopf. Im einen Augenblick fühlte ich, wie mein Herz sich beruhigte, ein paar Sekunden später flatterte es wieder nervös.

Ich dachte an Kopakker und an meine Nacht mit Raph, an das Mädchen mit den Polkatupfen, das auftauchte und verschwand, als wäre sie Circe persönlich, an das Dachzimmer, in dem Lisas Sachen noch immer lagen. Darüber schob sich ein Zimmer im Haus meiner letzten Pflegefamilie, Leute, die durch irgendeine Krankheit eine Tochter verloren und ihr Zimmer nie leergeräumt hatten. Mein Pflegevater hatte die Tür geöffnet und mich hineinschauen lassen. Alles war noch genauso wie vor fünf Jahren, als sie starb: Bären auf dem Bett, Puppen auf einem Regal an der Wand, eine Mulde in der gehäkelten Überdecke. Ich war nicht erstaunt. Damals glaubte ich selbst noch, meine Eltern würden zurückkommen.

Ich kam mir wie ein Fernseher vor. Auf der Innenseite meiner Lider tanzte der versinkende Bohrturm, das Mädchen im Garten reckte die Arme und schaute zum Mond. Eine öl- und gummiverschmierte Straße. Echos Gesicht. Ich saß mit Julius Fleming an der Bar und trank Champagner. Lisa öffnete die Augen und sah mich an, als würde sie mich nicht erkennen. Fleming und die Frau in den bunten Kleidern hinter den gewölbten Scheiben der Bar. Ellens seidiges Haar, die rote Schreibmaschine in ihrem Büro, der Umriß ihres Körpers unter dem dünnen weißen Kittelstoff, die sanfte Wölbung ihrer Brüste. Die Glut an meines Vaters Zigarette im Dunkel des Wintergartens.

Der Junge rutschte auf dem Stuhl herum. Er trank seine Colaflasche aus und schob sie mit einer kurzen Bewegung weg. »Was ist los?« sagte ich. Er zuckte mit den Achseln. Ich dachte an die Frage, die ich mir gestellt hatte (wohin gehst du?) und die Antwort, die ich mir gegeben hatte: keine Antwort. Der Junge sprang auf. Sein verwaschenes Hemd hing ihm wie ein Kleid über die Hose. Er warf einen kurzen Blick in die Runde, nickte, bückte sich, um seine Sachen an sich zu raffen, und rannte über die Grasfläche. Das Weiß seiner Schuhe leuchtete im Dunkel und verschwamm langsam. Ich trank den letzten Rest Bier, packte meine Sachen und verließ die Veranda.

Auf der Hauptstraße kam ich an Stellen vorbei, die ich allmählich zu kennen glaubte. Ich ging auf den Mond zu, zum Brachland am Ende der Straße, passierte die Absperrung dort und betrat das Feld. Ich tappte durch die dürren Stengel, bis die Bebauung hinter mir ein Strich mit flackernden Lichtern war. Irgendwo im Nichts, auf einem rostigen Faß, zwischen dürren Tentakeln, ließ ich mich nieder, um dem Funkeln der Sterne zuzuschauen. Wohin gehst du, dachte ich wieder. Nach Kopakker, antwortete ich diesmal. Was wirst du da tun? In meinem Kopf lief noch einmal ab, was Fleming gesagt hatte, als ich ihn anrief: »Es gibt Leute, denen Kopakker angst macht, denn dieser Turm ist verschwunden, in einem Rutsch verschwunden, und niemand geht mehr dorthin, zehn, fünfzehn Jahre lang war kein Mensch dort, es hat also etwas Unwirkliches, wie ein Ort, der etwas gegen Menschen hat. Aber du wirst es schon aushalten. Wenn du dir nur sagst, du bist da, um logische Prozesse zu registrieren.« Ich hatte gelacht: »Logische Prozesse in einer chaotischen Umgebung.« Ich starrte in die Dunkelheit und erinnerte mich, wie ich eines Abends vor langer Zeit über das Industriegelände spaziert war, auf dem Weg zu Raph, und ein vom Wind halb zerfleddertes Pornoheft fand. Ich hatte es aufgehoben und im Mondschein betrachtet. Die fahlen Fleischfarben, die körnigen Fotos mit phantasielosen Formationen sich paarender Menschen hatten mich wie ein Schlag getroffen. Ich stand da, auf dem Brachland, vorgebeugt, das Heft ins spärliche Mondlicht haltend, und spürte, wie eine unsägliche Traurigkeit in mir aufstieg.

Da gab es das Foto einer Frau, die breitbeinig auf einem Mann lag und gleichzeitig von einem anderen Mann von hinten gefickt wurde. Die drei Gesichter waren alle der Kamera zugewandt, die Augen aufgerissen, die Münder verzerrt. Man hatte großen Wert darauf gelegt, daß die Penetration sichtbar war. Warum? hatte ich gedacht, wozu? Auf einmal glaubte ich, dort auf dem Industriegelände, die Schreie des Nachbarn von unten hören zu können, sein schweres Stöhnen und das Gewimmer der unter ihm liegenden Frau, und ich dachte an Raph, der gesagt hatte, es ginge manchmal nur darum, um einen guten Fick, und was ich, als er das sagte, hatte antworten wollen, nämlich, daß es doch noch mehr geben müsse, aber gleichzeitig daran gedacht hatte, daß ich selbst niemanden liebte, nicht einmal mehr wußte, was es hieß, verliebt zu sein. Das spärliche Mondlicht war über dieses Foto geglitten, und ich hatte mich gefragt, warum ich das eine ablehnte und das andere nicht kannte. Vielleicht, überlegte ich jetzt auf diesem anderen Brachland in der Nähe von Kopakker, vielleicht muß man viel Vertrauen haben, um mit jemandem zu schlafen, und vielleicht braucht man genausoviel Vertrauen, um sich zu verlieben, und vielleicht habe ich dieses Vertrauen nicht mehr, nur noch Mitgefühl.

Ich ging zurück zu dem Lokal, in dem ich mich mit Fleming getroffen hatte. Eine Schlafgelegenheit hatte ich immer noch nicht. Das Hotel, zu dem der Junge mich gebracht hatte, schien mir zu teuer, und etwas Billigeres hatte ich noch nicht gefunden. Ich hoffte, Fleming würde mir helfen können.

Es war ruhig im Lokal. Zwei tanzende Paare schoben sich zwischen den leeren Tischen hindurch. Das Podium war leer. Die Bedienung, die vorhin mit entblößtem Oberkörper herumgelaufen war, saß an der Theke in einer Ecke des Saals und trug eine hochgeschlossene Bluse und eine lange Hose. Von Fleming keine Spur. Ich setzte mich an einen Tisch, bestellte ein Bier und lehnte mich mit dem Stuhl gegen die Wand. Auf der Tanzfläche lagen die Frauen mit hängenden Schultern in den Armen ihrer Partner. Die Band, die vorher diese sich überschlagende Musik gespielt hatte, war zur Ruhe gekommen und gab undefinierbares Saitengeklimper von sich.

Neben dem grellen Licht eines Spots ragte eine dunkle Gestalt auf.

»Ganz allein in der Großstadt?«

Ich kniff die Augen zusammen und sah hoch.

»Unterwegs?«

Es war eine Frauenstimme, die leicht belegt klang.

Ich nickte.

»Wohin?«

»Hör zu«, sagte ich, »ich bestell dir gern was zu trinken, aber ...«

Sie trat beiseite, der Lichtstern schob sich hinter sie, der Rauch zog ab. Ihre Haare wurden blond. Das Gesicht nahm bekannte Züge an.

Ich öffnete den Mund. Sie beugte sich etwas vor.

»Ellen?«

Sie richtete sich auf.

»Bist du das, Ellen?«

Sie schüttelte den Kopf. Sie drehte sich halb um und rieb sich die Hände. Ich stand auf.

»Darf ich dir etwas zu trinken anbieten?«

Sie sah in den Saal. Ein Mann in zu knappem Smoking kam auf uns zu.

»Ich geh nach Kopakker«, sagte ich.

Warum sagte ich das, was hatte das damit zu tun?

Der Mann stellte sich neben sie. Er sah mich aus den Augenwinkeln an. »Alles okay?« fragte er.

Sie nickte. Er machte Anstalten zu gehen. Sie ebenfalls.

Ich griff nach ihrem Arm und ging einen Schritt vor. »Ellen«, sagte ich. »Du bist Ellen. Ich habe dich nach Hause gebracht. Auf dem Industriegelände.«

Sie wandte den Kopf mit einem Ruck ab. Während ich ihren Arm losließ und mich neben sie stellte, tauchte aus dem Dämmerlicht etwas auf, das größer und größer wurde. Die Decke kippte, das Licht erlosch. In meinem Kopf begann ein Dieselmotor zu dröhnen.

In deinen Gedanken ist das wirkliche Leben immer irgendwo anders

Sand stob neben den Schienen auf, hier und da standen magere Kühe auf kahlen Feldern. In der Ferne, hinter dem leeren Land, dämmerten die bläulichen Umrisse einer Bergkette. Das Signalhorn der Lokomotive gellte. Schmutziggrauer Rauch zog am offenen Fenster vorbei. Der Geruch von halbverbranntem Holz und Steinkohle schlug herein. Ich versuchte mich anders hinzusetzen, konnte die Beine aber nicht ausstrecken. Im Abteil saßen sieben, acht Mann, die Füße auf zerrissenen Pappkoffern, zusammengerollten Dekken und Kleiderbündeln. Ich spürte einen Ellbogen in meiner Seite. Ich drehte mich um und sah in Raphs verschwitztes Gesicht. Er wischte sich mit dem Handrücken über die Brauen. »Hätte ich nur meine Enzyklopädie mitgenommen«, sagte er.

Ich schüttelte den Kopf. »Zweiunddreißig Bände? Die hättest du mitnehmen wollen?«

Er nickte.

»Sei froh, daß du dich selbst mitnehmen konntest«, sagte ich. »Sei froh, daß du hier bist.«

Ich ließ den Kopf zurücksinken und schloß die Augen. Das Dröhnen des Zugs drang durch meinen Körper. In der Ferne hörte ich den Wind heulen und, noch weiter entfernt, Stimmen rufen.

»Mein Gott«, sagte Lisa, »hier gehen wir unter den Bäumen, und wie alles riecht, sie brennen die Gräben ab. Hier gehen wir, und alles ist wunderbar und grün, und es ist warm und es scheint geradezu, als lägen funkelnagelneue Kupfermünzen auf unseren Kleidern hier unter den Bäumen, und wir werden wieder alles vergessen. In drei Jahren sage ich zu euch: Wißt ihr noch, daß wir unter den Bäumen gingen, auf dieser Allee, und alles dafür sprach, daß wir für den Rest unseres Lebens immer nur weitergehen würden, bis wir einfach verdämmern, uns im Nichts auflösen? In drei Jahren sage ich das, und dann sagt ihr: Bäume ... ich weiß von nichts.«

»Wie kommst du darauf?« sagte ich. Ich schaute auf die beiden Eichenreihen, das Sonnenlicht, das auf dem jungen Weizen funkelte, die grasgrünen Halme, die wie Haare im Wind wogten. »Ich sehe das doch auch! Und außerdem, dies ist doch schon die Erinnerung!«

»Die Erinnerung?« sagte sie. »Dies ist das Ereignis. Die Erinnerung kommt erst noch. Du willst an etwas denken, das sich noch gar nicht ereignet hat.«

Sie lachte und rannte vor uns her. Raph sah mich an und zog die Augenbrauen hoch. Wir schauten auf Lisa, die den Weg entlangrannte und plötzlich wie ein kleines Mädchen wirkte. Ich drehte mich um und sagte: »Aber es stimmt. Dies ist die Erinnerung. Sie weiß es nur noch nicht und sie weiß auch noch nicht, daß es letztlich alles andere als eine schöne Erinnerung ist.«

In der Ferne erklang gedämpfte Musik. Ich versuchte mich aufzurichten, aber mein Kopf war schwer und träge. Ich sank in die Kissen der Rückbank zurück und schaute zur Seite. Ein riesiger orangefarbener Mond lag auf dem leeren Feld, und ein seltsam bleiches Licht schien herein. Ich drehte den Kopf nach links und sah durch den Spalt zwischen den Vordersitzen das grüne Lämpchen des Autoradios. Daneben lag mein Vater über dem Lenkrad. Er sah zur Seite und lächelte. Seine Stirn war überzogen von einem Netz dunkler Kringel.

»Papa«, sagte ich.

Er bewegte sich nicht. Aus dem Radio drang eine heisere Frauenstimme.

Ich beugte mich etwas vor. An der Beifahrertür, halb auf dem Sitz, mit der Wange auf dem Armaturenbrett, lag meine Mutter. In der Ferne waren Stimmen zu hören. Jemand schlug gegen die Autotür und rief etwas, was ich nicht verstand.

Ich öffnete die Augen und sah in Ellens Gesicht. Sie lächelte.

»Es ist elf Uhr«, sagte sie. »Ich bin in einer Viertelstunde zurück.«

Sie stand auf und ging. Ich richtete mich auf. Ich fand mich in einem Doppelbett. An der weißverputzten Wand neben dem Bett stand ein niedriger furnierter Tisch, auf ihm ein grünes Buch und meine Brille. Am anderen Ende des Zimmers lagen meine Kleider auf einem wackligen Küchenstuhl, daneben, auf einer Art Diwan, mein Rucksack. Ich stieg aus dem Bett und setzte die Brille auf. In einer Ecke war eine Tür einen Spaltbreit geöffnet. Ich drückte sie weiter auf und sah ein Badezimmer mit einem WC, einem Waschbecken und einer Dusche.

Unter der Brause, während sich der braungraue Betonfußboden langsam dunkel färbte, mußte ich mich anstrengen, um wach zu bleiben. Von Zeit zu Zeit glitten schemenhafte Bilder durch den Wasserschleier in meinen Augen. Jedesmal, wenn ich etwas zu erkennen glaubte, wurde es wieder neblig in meinem Kopf.

Ich rasierte mich mit einem Einmalrasierer und Rasiercreme aus einer Tube, auf der stand: At your service, Hotel Atlanta. Die Klinge zog Spuren in die Schaumlandschaft meines Gesichts. Die Erinnerung an ein Sinatra-Lied wurde wach.

By the time I get to Phoenix
she'll be rising,
she'll find the note
I left hanging
on her door...

Time and time I tried to tell her so
she just didn't know,
I really would go...

Lisa und Raph würden jetzt auch irgendwo aufstehen und nicht wissen, wo ich war. Ich wußte es selber nicht.

Als ich ins Zimmer kam, saß Ellen auf dem Bettrand. Sie trug eine dunkelblaue Nehru-Jacke, eine weite weiße Hose mit blauen Blumen und dunkelblaue Wildlederpumps. Die langen blonden Haare flossen über ihre Schultern.

»Das hat aber lang gedauert«, sagte sie.

Ich griff nach dem Handtuch um meine Taille.

»Eine Minute«, sagte ich. Ich raffte meine Kleider vom Stuhl und ging wieder ins Bad.

Eine halbe Stunde später schwamm ich durch ein Meer von Lauten und Bildern und Gerüchen, durch eine Welt, die neu war. Ich roch Obst und Asphalt und verbranntes Dieselöl und den Geruch von Körpern, die seit dem frühen Morgen unterwegs waren. Wir gingen zwischen Buden mit T-Shirts, Musikkassetten, Obst und Gewürzen hindurch. Hupen klagten, Mopeds gellten, Stimmen priesen Waren an oder riefen Namen, dröhnende Bässe wummerten gegen die Lautsprecher von Ghettoblastern, eine Mundharmonika streute ziellos Noten aus. Der Rucksack baumelte an meiner Schulter und stieß an Passanten. Ich mußte hin und her springen und Leuten ausweichen, um Ellen nicht aus den Augen zu verlieren. Ich tastete in meiner Hosentasche und holte ein Päckchen Zigaretten heraus. Mich durchschlängelnd, bremsend und beschleunigend zündete ich ein Streichholz an, während ich gleichzeitig dem aufrechten Rücken in der dunkelblauen Jacke mit dem Stehkragen zu folgen versuchte.

In einer leeren Nebenstraße, auf die Buchen Schatten warfen und die Welt still und klar war, die Luft noch immer staubig, aber nicht mehr eine solch verwirrende Mischung von Gerüchen, gelangten wir zu einem hohen Backsteinhaus mit einer kleinen Eingangstreppe. Ellen ging die drei Stufen hinauf und winkte.

Hinter der Haustür lag eine hohe, kühle Diele mit schwarzweißen Fliesen. In der Mitte stand ein rundes Stoffsofa um einen gewaltigen Porzellantopf mit einer Agave. Ellen öffnete eine Tür auf der rechten Seite der Diele. Wir kamen in ein langes Zimmer mit Matten vor den Fenstern, die das Sonnenlicht in Tigerstreifen auf den Fußboden warfen. Ich stellte meinen Rucksack ab und setzte mich in den Sessel, auf den sie zeigte.

»Kaffee?«

Ich nickte.

Sie ging aus dem Zimmer.

Ich legte die Arme auf die Sessellehnen. Es war ein geräumiges Zimmer. Wo ich saß, standen sich zwei kleine Sessel gegenüber. Weiter hinten war eine Ecke durch ein schwarzes kleines Sofa und ein paar niedrige Bücherschränke abgetrennt. Im Haus ertönten Schritte. Ich hörte, wie jemand etwas sagte, und eine andere Stimme, Ellens, glaubte ich, lachte. Ich lehnte mich zurück und sah zur Stuckdecke. Fetzen von Bildern schossen mir durch den Kopf, ein Fußboden, der hochkam, ein schwarzer Fleck, der auftauchte und mir ins Gesicht fuhr, Ellen, die sich von mir abwandte und danach, aber es schien, als geschähe alles gleichzeitig, über mich beugte. Ich schüttelte den Kopf. Sie hatte neben meinem Tisch gestanden, in diesem Lokal, daran erinnerte ich mich. Sie hatte dagestanden in der gelangweilten Haltung einer Frau, die sich als Begleiterin verkauft und für ein paar zu teure Drinks die Hände hungriger Tänzer auf sich duldet. Sie hatte getan, als würde sie mich nicht kennen. Ich schloß die Augen und sah diesen Fleck wieder auf mich zukommen. Aus dem Schwarz tauchte eine Faust auf. Unwillkürlich riß ich den Kopf zurück. Ich war mir auf einmal sicher, daß ich einen Schlag abbekommen hatte und daß sie dabei war. Was war passiert? Wer hatte mich geschlagen?

Es klopfte. Ich ging zur Tür und drückte die Klinke herunter. Ellen hielt weiße Kaffeebecher in beiden Händen. Auf einem der Becher balancierte ein Teller mit dicken Butterbroten.

»Frühstück«, sagte sie.

Ich nahm den Teller und einen Kaffee und ging zu meinem Sessel. Ich stellte den Teller auf die Armlehne und setzte mich.

»Ich muß dir was erklären«, sagte Ellen. Sie sank in den Sessel mir gegenüber und begann in ihrem Kaffee zu rühren. »Ich war gestern nicht besonders entgegenkommend. Der Grund dafür ist, ich mag keine Bekannten treffen, wenn ich arbeite.«

Bekannte. Erst wurde ich nicht erkannt und jetzt war ich ein Bekannter.

»Was arbeitest du?«

Eine kurze Bewegung. »Ich tanze, im ›Fata Morgana‹.«

Fata Morgana. Ich erinnerte mich, daß Fleming bei meinem nächtlichen Anruf diesen Namen genannt und dann eine kurze Pause gemacht hatte, als erwarte er, daß ich sagen würde: Das klingt ja heiß, Julius.

»Tänzerin«, sagte ich. »Du bist Tänzerin ...«

Sie sah mich an und trank von ihrem Kaffee.

»Ich tanze mit Männern«, sagte sie. »Als Gesellschafterin.«

»Ich wußte nicht, daß es so was gibt.«

»Das gibt es. Es heißt Taxitanzen.«

»Zu dieser Hochzeitsmusik?«

Sie lächelte dünn.

Ich sah sie an. Ich konnte das Bild der gepflegten Blondine, die bei meinem Hausarzt gearbeitet hatte, nicht mit der Frau in Einklang bringen, die mir gegenübersaß und sagte, sie tanze für Geld mit Männern. Ich wollte sie fragen, was sie zu diesen Männern sage und was diese Männer zu ihr sagten, welche Art Musik sie liebe und woran sie denke, wenn sie tanze, aber die Fragen kamen nicht in meinem Mund an, sie wurden von ganz anderen Fragen verdrängt. Warum tat sie, als würde sie mich nicht wiedererkennen? Warum hat mich jemand geschlagen? Warum sagt sie nichts? Ich aß mein Brot und trank Kaffee und spürte die Spannung in meine Muskeln zurückkehren. Ich war stark und voll da. Dieses Gefühl kannte ich. Manchmal, nach einer durchsoffenen Nacht, wachte ich am nächsten Morgen mit einem Riesenhunger auf, mit großem Appetit auf Spiegeleier und schwarzen Kaffee, in der unerschütterlichen Gewißheit, ich könne die Welt in den Händen halten und wie einen Gummiball hochwerfen. Ich stellte den Teller auf den Boden und zündete mir eine Zigarette an. »Gibt es noch Kaffee?«

Ellen erhob sich und nahm meinen Becher.

Als sie zurück war und ich den heißen Kaffee trank, fragte ich, wie sie hierhergeraten sei.

»Ich habe dieses Haus zusammen mit ein paar anderen Mädchen gemietet.«

»Ich meine in dieses Lokal, in dieser Stadt. Ich dachte, du arbeitest in dieser Bar, wie heißt die noch mal... Ich dachte, du wohnst auf dem Industriegelände.«

»Da bin ich weggegangen. Der Chef hat mich betatscht.«

»Dann hast du ja eine originelle Lösung für dieses Problem gefunden.«

Sie zuckte mit den Achseln.

»Hier betatscht dich jeder.«

Sie seufzte müde. »Es ist etwas anderes, wenn sie wissen, daß du... daß du dich für Geld zum Tanzen zur Verfügung stellst, als wenn so ein Kerl glaubt, er habe das Recht, dich in den Hintern zu kneifen, weil er dir einmal im Monat deinen Lohn zahlt.« Sie sah mich mit gerunzelter Stirn an. »Ich sage nicht, daß dies der beste Job ist, den ich je hatte, aber hier bestimme ich, was ich will und was ich nicht will. Und es geht nur ums Tanzen, nichts anderes.«

»Was ist gestern passiert?«

Der Rausschmeißer, sagte sie, habe geglaubt, ich würde sie belästigen. Politik des Hauses: ein Kinnhaken und raus mit dem Typ, bevor es zu einem Handgemenge komme, in das sich die Hälfte der Gäste einmische. Sie habe noch verhindern können, daß man mich auf die Straße warf, und habe mich gemeinsam mit dem Rausschmeißer in ein Hotel gebracht.

Wir saßen uns gegenüber und tranken unseren Kaffee. Ich sah sie an und schwieg und sah sie auch noch an, als sie meinen Blick beantwortete. Ich sah ihre Augen glänzen. Ich sah die weichen Linien ihres gepuderten Gesichts, ihren Mund, die Ader, die an ihrem Hals pochte.

»Warum hast du so getan, als würdest du mich nicht kennen?«

»Wie...«

»Du kamst zu mir und fragtest, wo ich herkäme oder wo ich hinginge, und als du mich erkanntest, hast du dich umgedreht.«

»Ich hab dich einfach nicht erkannt«, sagte sie nach einer Weile.

»Das Licht«, sagte ich, ich sah den Spot wieder hinter ihr,

ein scharfer weißer Stern hinter dem Nebel aus Zigarettenrauch. »Das Licht schien mir genau ins Gesicht.«

Sie hatte die Kiefer zusammengepreßt. Nicht aus Nervosität, sondern eher verbissen, entschlossen. Ihre Brust hob und senkte sich, ich hörte sie atmen. Sie gab keine Antwort. Ich sah sie immer noch an. Das Blau ihrer Augen wurde heller, ihre Pupillen weiteten sich. Dann sah sie beiseite. Sie nahm ihren Becher und trank von ihrem Kaffee.

»Scham? Willst du nicht gesehen werden mit einem Typ, der in einem billigen Tanzschuppen sitzt und Bier trinkt und einen Rucksack bei sich hat? Hast du gedacht: Der Kerl ist unter die Gammler gegangen?«

Sie wandte mir ihr Gesicht zu. »Kannst du dir vorstellen, daß ich lieber nicht im ›Fata Morgana‹ gesehen werde?«

»Wie kommst du darauf, daß ich das verurteilen würde?« sagte ich.

Ihre Augen wichen mir jetzt nicht mehr aus. Ihre Lippen öffneten sich etwas, als würde sie gleich loslachen. »Ich weiß, wie Männer sind. Gib ihnen eine Frau in Schwierigkeiten, und sie besteigen ihr weißes Roß, um den edlen Ritter zu spielen.« Sie saß kerzengerade in ihrem Sessel, blitzende Augen, granitenes Gesicht. »Ich bin ich. Ich brauche niemand, und auch niemandes Mitleid. Ich tu, was ich will, was ich für nötig halte. Ich brauche keine Kerle, die auf nuttige Madonnen oder madonnenartige Nutten abfahren. Ich brauche nicht gerettet zu werden!«

Mein angehaltener Atem strömte langsam aus. Mein Gott, sagte ich zu mir selbst, und du glaubst, daß du Probleme hast.

»Auf die Idee, dich retten zu wollen, bin ich bisher noch nicht gekommen. Ich hatte nicht den Eindruck, daß das nötig ist. Und selbst wenn, dann frage ich mich, wie.«

Sie seufzte. Eine Weile war es still. »Wie fühlst du dich?« fragte sie schließlich.

»Gut«, sagte ich. »Besser als je zuvor. Der Ritter ist gestürzt und wieder aufgestanden.«

Sie zog eine Augenbraue hoch.

»Wie gefällt dir deine Arbeit?«

Sie wandte den Kopf ab. »Es sind einsame Männer«, sagte sie. »Sie träumen alle von einer Frau, und alles, was passiert, ist, sie dürfen gegen Bezahlung mit einem Mädchen tanzen. Du weckst die Illusion in ihnen, daß du sie toll findest, falls du das über dich bringen kannst, und am Ende des Abends gehst du nach Hause und duschst, und dann ist alles vergessen. Manchmal versuchen sie, dich zu betatschen, aber wenn du dich wehrst, dann kommt ein Rausschmeißer, das ist also kein Problem. Eigentlich ist es traurig. Sie kaufen nicht einmal Liebe. Sie kaufen die Illusion von Gesellschaft. Das ist überall so. Ich hab mal ein Mädchen getroffen, das in einem Club arbeitete und mit den Männern auch schlief, aber deswegen kämen die meisten gar nicht, sagte sie. Sie kaufen Zugang. Sie denken, daß etwas Tolles passiert, wenn sie erst mal Kontakt zu dir haben. Die meisten wollen echte Liebe.«

»Echte Liebe ...« Ich sagte das in einem Ton, als bräuchte mir darüber keiner was zu erzählen.

Sie lächelte bitter.

Ich stand auf.

»Wo gehst du hin?«

Ich zuckte mit den Achseln. »Mich 'n bißchen umschauen. Ich fahre heute abend.«

»Flemings Bus fährt erst morgen. Ich habe ihn gestern noch gesehen. Er suchte dich. Es ging um eine Reparatur.«

Ich nickte.

»Sollen wir was abmachen?« sagte sie.

Während ich sie ansah und nickte, überlegte ich mir, warum sie das fragte. Schuldgefühl? Freundschaft? Höflichkeit? Ich hatte keine Ahnung. Stärker noch: Ich war mir ziemlich sicher, daß ich nicht einmal dann dahinterkäme, wenn ich sie länger kannte, und diesmal würde es nicht an mir liegen, wenn ich etwas oder jemand nicht verstand. Die Frau, die mir gegenübersaß, konnte keiner verstehen.

»So um fünf, hier? Dann trinken wir was, und danach können wir in die Stadt essen gehen.«

»Wo ist der Orion?« sagte Ellen, als wir an diesem Abend durch einen Park mit alten Bäumen gingen. Wir blieben auf einer freien Fläche stehen, bei einer kleinen Wiese mit Hirschen und Schafen, und schauten zum Himmel. Ich hatte ihr erzählt, daß das All eine Art Schädelstätte für griechische Helden sei, und hatte von all den Malen gesprochen, als Lisa und Raph und ich mit unserem Vater im Wintergarten saßen und zum Himmel hinaufschauten, aber als sie etwas sehen wollte, konnte ich das erstbeste Sternbild, das sie nannte, nicht finden. Ich wußte nicht mehr, wo der Orion stand und ob er jetzt schon zu sehen war.

Sie war mit mir in das Hotel gegangen, auf dessen Veranda ich am Abend zuvor gesessen hatte. Sie hatte eine Flasche Wein ausgewählt und zwei Menüs zusammengestellt und mich wie eine perfekte Gastgeberin mit Geschichten aus der Bar unterhalten, in der sie arbeitete. Ich meinerseits hatte von Raph erzählt, von seinen Fotos, von Lisa, ihren Bildern, meinem mangelhaften Gedächtnis, Winnetous Tod. Die ganze Zeit murmelte im Hintergrund eine Stimme mit, die mich daran erinnerte, was ich in der letzten Nacht in meinem Hotelbett geträumt hatte.

»Wie kannst du sagen, daß du nichts von deiner Jugend weißt«, sagte Ellen, »wenn du das alles erzählst?«

»Weil ich es von Lisa gehört habe.«

»Aber wer sagt dir, daß das stimmt? Bist du nie auf die Idee gekommen, daß all das, woran du dich angeblich falsch oder gar nicht erinnerst, genausogut ein Beweis für dein gutes Gedächtnis sein kann? Es ist doch alles ziemlich subjektiv, oder?«

Vielleicht, dachte ich, aber wenn Lisas Geschichten nicht stimmen und mein Gedächtnis leer ist, was bleibt dann?

Wir hatten das Hotel verlassen, und während wir auf dem Bürgersteig überlegten, wie wir den Abend beschließen sollten, schlug Ellen einen Spaziergang durch den Park neben dem Hotel vor.

Es war ein schöner Abend. Der Himmel war samtig schwarz, und es war so dunkel im Park, daß ich für einen

Moment glaubte, ich könnte, wenn ich die Hand höbe und über das Firmament striche, die Sterne berühren.

»Früher«, sagte ich, »lag ich nachts wach, weil mir nicht in den Kopf wollte, daß der Raum endlos ist. Ich sah immer eine Art Kugel vor mir, wahrscheinlich weil ich mir nicht vorstellen konnte, daß das All keine Form hat. Manchmal dachte ich, daß wir in einem Aquarium leben, daß der Mensch das Haustier eines unvorstellbar viel größeren Wesens ist. Ich dachte: Fische wissen doch auch nicht, daß es noch anderes Leben gibt, für einen Schleierschwanz ist die Welt außerhalb des Aquariums auf dieselbe Weise das All wie für uns alles außerhalb der Erdatmosphäre. Wir leben in einem Aquarium und schauen hinaus, aber weil wir nicht von außen nach innen schauen können, ist es für uns unmöglich, unsere Position zu kennen, und deshalb werden wir immer der Meinung sein, wir sähen die Dinge so, wie sie wirklich sind.«

»Hör zu«, sagte sie, »wegen heute mittag, oder gestern abend. Es tut mir leid.«

Ich zuckte mit den Achseln. »Das hatten wir doch schon.«

»Weiß ich, aber ich wollte doch noch sagen, daß es mir leid tut.« Sie schwieg. »Ich hatte dich schon vorher gesehen, mit diesen Nutten«, sagte sie.

»Nutten?«

»Die Fleming dabeihatte. Und dann sah ich dich gehen. Ich wollte dich rufen, aber ich war besetzt.«

Ich sah sie da im Dunkel, in Schleiern von Rauch und farbigem Licht, in den Armen irgendeines nach Schweiß und Alkohol stinkenden Bauernlümmels: Isolde und König Marke.

Sie setzte sich auf eine Bank vor dem Gatter eines Hirschgeheges. Ihr blondes Haar leuchtete im Mondschein. Ich wollte es streicheln. Wenn ich die Sterne schon nicht berühren kann, dachte ich, dann wenigstens dieses Haar. Aus irgendeinem Grund schienen beide auf dieselbe Weise nah und zugleich weit entfernt. Ich schaute hinauf, auf das Chaos der Sternbilder. »In der Astronomie rechnet man immer zurück bis zum Urknall«, sagte ich. »Nie ist die Rede davon, was davor passierte. Eine Welt, in der sich alles um Ursache und Wirkung dreht, und keiner stellt sich die Frage, was vorher war.«

»Am Anfang«, sagte sie.

Am Anfang, dachte ich, wir sprechen vom Anfang aller Dinge, während ich noch nicht einmal meine eigene Geschichte kenne.

»Ich will dein Sternbild sein«, sagte ich.

Ihr Kopf drehte sich mir zu. Sie starrte mich verblüfft an. Ich preßte die Lippen zusammen und schloß die Augen. Warum berühre ich sie nicht? An der Wange. Sie hat meine Wange gestreichelt, damals, in dieser Wellblechhalle.

Sie stand auf. Ich folgte ihr. Wir fröstelten, es war eine feuchtkalte Nacht. Sie hatte die Hände in den Ärmeln ihres Pullovers vergraben, ich hielt mir den Kragen meiner Jacke am Hals zu.

»Wollen wir bei mir noch was trinken?« sagte sie.

Ich nickte.

Wir gingen weiter, eingehüllt in unseren dampfenden Atem.

Bei ihr saßen wir uns wieder gegenüber. Wir tranken Jack Daniels aus Weingläsern.

»Wie komme ich von hier zum Hotel?« sagte ich.

»Wieso?«

»Ich muß irgendwo übernachten und heute morgen habe ich nicht bezahlt.«

»Das hab ich getan«, sagte sie. »Du bist meinetwegen in Schwierigkeiten geraten. Heute nacht kannst du hier bleiben, wenn es dir nichts ausmacht, auf einer Matratze zu schlafen.«

Wir tranken unsere Gläser aus, und dann half ich ihr, mein Bett zu machen. Sie schob die Sessel etwas beiseite und holte eine zusammengerollte Matratze aus einem Schrank, die sie in eine Ecke des Zimmers legte. Sie gab mir ein Handtuch und eine noch verpackte Zahnbürste und brachte mich zum Bad auf der Rückseite des Hauses. Als ich zurückkam, war sie in ein langes geblümtes Nachthemd gehüllt.

»Gute Nacht«, sagte sie. Sie drehte sich um und zog einen

Vorhang beiseite, der einen kleinen Raum mit einem Bett freigab.

Ich hob die Hand.

In dieser Nacht träumte ich zum erstenmal seit meiner Kindheit, daß ich durch das All reiste.

Das Sandkorn, das die Wüste ausmacht

Am nächsten Morgen saß ich im gelben Schein von Bogenlampen vor dem Bahnhof und wartete. Wilde Regengardinen fegten über die Straße. Ich lehnte mit hochgezogenen Beinen auf einer Laderampe von Van Gend & Loos an einem Schwingtor, neben mir ein Betonpfeiler. Ein Stück von mir entfernt lag ein zusammengerollter Kleiderhaufen unter einem naßgeregneten Stück Karton. Ich zündete mir eine Zigarette an und starrte auf den Wasserbesen, der die Stadt sauberfegte. Ab und an kroch ein Auto vorbei, ein schwarzes Tier, das mit der Nase über den nassen Asphalt schnüffelte, auf der Suche nach Beute, tastende Scheinwerfer, leise knurrender Motor. In den Pfützen spiegelten sich verzerrte rote und gelbe Lichtflecke. Jedesmal wenn der Wind über die Straße fegte, schienen die Lichter in den dunklen Pfützen zu frösteln.

Eine halbe Stunde später kam ein kleiner Bus, der mich im Licht seiner Scheinwerfer einfing. Der Kartonhaufen auf der Rampe bewegte sich kurz, ein Gesicht schob sich heraus, sah ins Licht und verschwand wieder. Ich rannte durch den Regen zum Bus, riß die Tür auf und kletterte hinein. Drinnen hing eine dicke, feuchte Wärme. Meine Brille beschlug, meine feuchten Kleider klebten an der Haut. Ich grüßte den Kurier, rieb meine Brille trocken und lehnte mich dann zurück.

Der Kurier war ein schweigsamer Mann in einem Cordjakkett, der mürrisch vor sich schaute und kurze Antworten auf meine Fragen gab. Nein, Fleming komme nicht mit. Er bringe »den anderen« zu seinem Posten. Wie oft er nach Kopakker käme? Jede Woche. Ausdrucke und Listen abholen, Proviant bringen. Ja, ein paar seien durchgedreht, hätten wieder zurückgewollt. Ging nicht. Hatte einem eine reingehauen. Versucht, in den Wagen zu kriechen. Total gestört.

Wir fuhren über Straßen aus Wasser. Die Windschutzscheibe schien mit Gelee überzogen. Nach einer halben Stunde fragte der Mann, ob ich was zu trinken bräuchte. Ich zuckte mit den Achseln. »Hinter meinem Sitz«, sagte er. Ich beugte mich zur Seite. Unter einer grauen Pferdedecke stand eine Kiste. Ich zog eine Flasche Wodka raus und zeigte sie ihm. Sie kostete doppelt soviel wie im Laden. Ich fischte ein paar Scheine aus der Hosentasche und legte sie ins Handschuhfach. Der Diesel dröhnte, der Innenraum füllte sich immer mehr mit Kondenswasser.

Irgendwo im Nichts, ringsum Wasser und verregnete Äkker, bogen wir auf einen Weg ab, der mal ein geruhsamer Sandweg gewesen sein mußte, jetzt aber ein breiter Schlammfluß war. Der Wagen wühlte sich stöhnend voran. Nach ein paar hundert Metern mußte ich aussteigen, um ein Gatter zu öffnen. Als ich hinaussprang, war ich sofort naß. Ich schloß das Gatter hinter dem Bus und stieg wieder ein. Wir schwammen weiter, hinein in die Wildnis. Durch die herabstürzenden Wassergardinen sah ich junge Birken zu beiden Seiten des Wegs. Hier und da wichen sie freien Flächen mit hochgeschossenem Gras und plattgeregnetem Pfeifengras.

Der Bus stoppte, wo der Weg zu einem kleinen See abfiel. Auf der Wasserfläche waren die Reste toter Bäume zu erkennen. Sie sahen wie die versteinerten Finger ertrunkener Riesen aus, die sich noch verzweifelt festzukrallen versucht hatten, bevor sie untergingen. Auf der anderen Seite des Wassers waren undeutlich ein eiförmiger Wohnwagen und ein weißes Häuschen auf Stelzen zu erkennen.

Der Fahrer öffnete seine Tür und sprang hinaus. Er öffnete die hinteren Türen, stieg auf die Ladefläche und stieß einen Karton Proviant und einen Karton Papier mit dem Fuß hinaus. Ich kletterte aus dem Bus, schnappte mir das Stück Folie, das er mir zuwarf, und zog sie über die Kartons. Der Bote hielt einen Schlüssel hoch, brüllte »Wohnwagen!« und warf ihn mir zu. Er grüßte und zog die Ladetüren zu. Hinter den Scheiben sah ich ihn über den Fahrersitz klettern.

Der Wind fegte über das Wasser des kleinen Sees und zerrte am gelben Gras. Ich stellte den Kragen auf und stolperte in die Richtung meines Beobachtungspostens, die in Plastik gewikkelten Kartons an die Brust geklemmt, den Rucksack als nasses Gegengewicht zwischen den Schulterblättern. Jedesmal, wenn ich stoppte, um wieder zu Atem zu kommen (zweimal trat ich neben eines der riesigen Grasbüschel, die den See umstanden, so daß meine Schuhe tief im schwarzen Wasser einsanken), sah ich, wie der Wind schmutziggraue Wolken zusammentrieb und danach in Fetzen riß. Eine übermütige Möwe trudelte wie eine verwehte Zeitung durch die Regenfetzen. Der Wohnwagen schaukelte sacht in den Windstößen. Mitten im wild wogenden Gras sah er wie ein Wohnboot aus, das sich vom Anker losgerissen hat und hoffnungslos verloren auf dem Meer treibt.

Im Wohnwagen holte ich trockene Sachen aus meinem Rucksack. Ich zog die nassen Kleider aus, zog trockene an und setzte mich an den Bettrand. Ich war völlig erschöpft. Bevor ich mir überlegt hatte, was ich als erstes tun sollte, war ich eingeschlafen.

Einige Stunden später wurde ich mit schmerzender Kehle und hämmerndem Schädel wach. In dem kleinen Raum hing ein schwerer Gestank. Die Luft war dick und süß wie Sirup. Ich öffnete die Tür und streckte den Kopf in den fächerartig am Wohnwagen vorbeifegenden Nieselregen. Es war, als stünde ich auf einem Schiff, im Wasser, das sich am Bug brach und hochspritzte. Hinter dem See wurde es dunkel. Der graue Himmel war marmoriert mit schwarzblauen Schlieren.

Als ich die Tür schloß, war die Benommenheit sofort wieder da. Ich setzte mich auf den Fußboden neben die Kartons und inspizierte den Inhalt. Der erste enthielt einen dicken Packen Computerpapier. Im zweiten fand ich unter den Dosen mit Gemüse, Fleisch, Butter und Kaffee ein großes grünes Buch, auf das jemand mit Blockbuchstaben LOG geschrieben hatte. Ich stand auf, um Kaffee zu kochen. Während das Wasser im Kessel summte, sah ich mir das Logbuch an. Aus den Handschriften schloß ich auf vier Vorgänger. Sie hatten alle akkurat notiert, wann sie die Sonden kontrolliert und wo und wann sie Proben entnommen hatten. Drei Männer und eine Frau, wenn ich davon ausging, daß Männer keine Kringel über dem i malten.

Als der Kaffee fertig war, setzte ich mich mit dem Becher auf die Schaumgummimatratze.

»Was willst du da machen?« hatte Ellen gefragt, als wir in ihrem Zimmer saßen, eine Stunde vor meinem Aufbruch, einen Teller mit Broten auf dem Schoß, große Becher mit Kaffee auf den Sessellehnen. »Was glaubst du, findest du in diesem Kopakker?«

Ich brauchte nicht lange nachzudenken: »Ruhe. Zeit für mich selbst, Leere. Erkenntnis, Einsichten. Die Dinge, die andere in Sekten finden.«

»Wozu brauchst du Leere?«

»Wozu brauchst du das ›Fata Morgana‹?«

»Du meinst, daß das ›Fata Morgana‹ für mich das gleiche ist wie Kopakker für dich?«

»Vielleicht.«

»Und was ist das?«

Eine Fata Morgana, hatte ich sagen wollen, aber ich schwieg.

In meinem Kopf hämmerte es. Ich lehnte mich an die kalte Wand des Wohnwagens.

»Was ist das?«

»Ein Matrosenanzug«, sagt meine Mutter. »Wieso?«

Auf einem hohen Anprobetisch. Füße versunken in Stoffresten, Heftfäden und Knöpfen. Ich trage einen Matrosenanzug mit einer blau paspelierten Hose, die mir bis zu den Knien geht. Das Hemd hat weite, gerade Ärmel und eine Art losen Lappen, der die Schultern bedeckt. Um meinen Hals hat der Schneider eine geflochtene Kordel mit einer silberfarbenen Pfeife gehängt.

Ich nehme die Pfeife und halte sie hoch. »Darf ich mal blasen?«

Meine Mutter nickt.

Uhu. Der Ruf einer Eule.

Ich trank einen Schluck Kaffee und rieb mir die Augen. Dies ist eine von Lisas Erinnerungen, dachte ich. Ich habe mich so mit ihren Erinnerungen identifiziert, daß ich sie selbst gar nicht mehr sehe. Ich betrachte die Bilder aus ihrer Perspektive.

»Sam«, sagte Lisa zu Simon, als sie eines Abends bei mir waren, »Sam weiß nichts von der Vergangenheit. Wenn ich von unserer alten Gegend erzähle, zieht er die Augenbrauen hoch. Ich erinnere mich an lange Expeditionen über die Dächer der Schuppen, bis zu dem Grundstück des Steinmetzen, aber er weiß nichts. Und was ist mit dem Kerl, der uns mit einem Beil hinterherrannte? sage ich dann zu ihm: Wir liefen über die Dächer, zu der Edelkastanie, und wir warfen Stöcke in den Baum, und da sprang dieser Kerl aufs Dach und rannte uns hinterher, das Beil in der Hand, und wir schrien wie am Spieß und rannten über die Dächer, ganz herum, bis zum Ende, und dann schriest du: Spring! und du ranntest einfach weiter, du flogst in einem gewaltigen Bogen in die Büsche und ich hinterher. Wir waren völlig verschrammt. Er weiß nichts. Ich kann ihm alles erzählen.«

Sie hatte mich bei den letzten Sätzen unverwandt angesehen, als warte sie auf ein Zeichen, ein Flackern in meinem Auge, ein vages Lächeln des Wiedererkennens, so als wäre ich ein Komapatient, der vielleicht plötzlich einen Finger bewegt. Aber ich reagierte nicht. Ich hatte ihren Blick durch mich hindurchgehen lassen, ohne auch nur einmal zu blinzeln. Ich war zu sehr mit Registrieren beschäftigt. Ich dachte: Wenn dies mein Leben ist, dann muß ich mir diese Geschichte unbedingt merken.

Sie hatte den Kopf abgewandt an jenem Abend und durch den Strahlenkranz der Kerze ins Nichts gestarrt und gesagt: »Aber es macht nichts, daß du dich an nichts erinnerst. Wissen ist eine Last.«

Meine Schwester, Malerin und mnemotechnisches Wunder.

»Ich weiß nichts«, sagte ich zu Ellen in dem Restaurant am Park, »aber inzwischen ist mein ganzes Leben Erinnerung. Ich bin der größte Anhänger des Erinnerungskults, dem du je begegnen wirst. Ich habe nie Angst vor dem Älterwerden.

Welche Chance, Erinnerungen zu sammeln! Ich weiß nichts von meiner Jugend, aber wenn ich alt bin, habe ich wenigstens Erinnerungen an das Leben nach meiner Jugend. Und sogar nach meinem Tod bleibt noch etwas. Ein Statist auf zerknitterten Fotos werde ich, ein Name auf vergilbtem Papier, eine Zahl in einem Archiv, das Sandkorn, das die Wüste ausmacht.«

»Wüste?«

»Nur als Beispiel.«

»Der Unterschied zwischen Wüste und fruchtbarem Land besteht nicht in einem Korn«, sagte Ellen.

Ich sagte: »Es sind diese Körner, exakt diese Menge Körner, in dieser Form, dieser Farbe, dieser Größe, die die Wüste machen. Es geht nicht darum, ob eines fehlt. Es geht darum, daß sie alle da sind und jetzt diese Wüste bilden.«

»Bei den Tropfen im Glas«, hatte ich noch hinzugefügt, »kann vielleicht der eine oder andere fehlen, aber es sind diese Tropfen, die dieses Glas ausmachen. Dieses Glas ist diese Menge an Tropfen, nicht mehr, nicht weniger. Darum spielt es eine Rolle, daß ich lebe. Ich bin das Korn. Ich bin der Tropfen.«

Ich hatte das Weinglas genommen, das ich in der Hand hielt, und es ausgetrunken.

»Für einen, der glaubt, daß Liebe nicht existiert, wahrst du den Schein von Romantik ganz gut«, hatte Ellen gesagt.

Ich trank den kalten Kaffeerest aus dem Becher. Ich bin der Tropfen. Der Prophet spricht. Echo. Auch ein Tropfen. Aber das Glas war nicht verschwunden. Welt geht einfach weiter. Romantik: Ich bin der Tropfen. Für einen, der nicht an die Liebe glaubt...

Ich hatte zu Ellen gesagt: »Ist es nicht merkwürdig, dieses Gefühl immenser Befreiung, das man erlebt, wenn man denjenigen verläßt, den man jahrelang geliebt hat?«

Ich hatte dabei an Lisa gedacht, obwohl Ellens Erzählung vorhin mich auf das Thema gebracht hatte – daß nämlich alle diese Männer im ›Fata Morgana‹ nur der »wahren Liebe« wegen kämen.

Ich hatte gesagt: »Ich habe ein paarmal Schluß gemacht, und jedesmal wunderte ich mich über die Klarheit, das Gefühl der Erleichterung. Offenbar neigt man dazu, sich in wichtigen Situationen für sich selbst zu entscheiden, und offenbar ist man letztlich in viel stärkerem Maße Individuum, als man glaubt. Der andere bleibt eine Abstraktion. Man kennt ihn seit Jahren, aber wenn es darauf ankommt, steht man sich gegenüber und denkt: Warum tut er das, warum so, wie merkwürdig. Plötzlich ist er nicht mehr derjenige, den wir so geliebt haben.«

Ellen hatte mich mit leerem Gesicht angesehen.

»Wir haben den Wirrwarr unseres Herzens hinter uns gelassen und sehen das Gewöhnliche in dem, was einmal das Besondere war«, hatte ich gesagt.

Sie zuckte mit den Achseln.

»Warum will jeder unbedingt die allesverzehrende große Liebe?« hatte ich gesagt. »Warum glauben alle an Tristan und Isolde und vergessen die Lehre aus der Geschichte, wonach es eher die Regel als die Ausnahme ist, daß zwei Menschen genug voneinander bekommen? Was ist Liebe? Ist es letztlich nicht mehr als ein ganz primitiver Trieb, um den wir zuviel Aufhebens machen, eine Art vergeistigter Paarungsdrang, sublimierte Brunst? Was ist der Unterschied zwischen der Liebe, die man für seine Familie empfindet, und der Art und Weise, wie Liebende zueinander stehen? Was ist der Unterschied zwischen Mitgefühl, Nächstenliebe und Sex?«

Ellen hatte den Kopf geschüttelt. »Hast du überhaupt schon mal jemanden geliebt?« hatte sie gefragt.

Ich runzelte die Stirn.

»Ich weiß nur soviel«, hatte Ellen gesagt. »Manchmal begegnet man jemandem und will nichts, als bei ihm sein, und gleichzeitig will man es nicht, weil sich dann das ganze Leben verändert, weil man ... weil man vielleicht Angst hat. Und trotzdem zieht es einen zum anderen hin. Was ist das? Mutter Teresa, die mit den Armen fühlt?«

»Es ist etwas sehr Erotisches an der Art und Weise, wie Nonnen sich Gott hingeben.«

»Manche Leute sind auch vernarrt in Pferde. Verliebtheit ist etwas anderes.«

Womit sie hatte sagen wollen, ich würde die Liebe auch dann nicht erkennen, wenn sie mir mit Gewalt aufgedrängt würde.

Und nicht nur die Liebe.

Das Butangaslicht lag wie Sand auf meiner Netzhaut. Meine Kehle war trocken. Ich ging zum Spülbecken, spülte den Kaffeebecher aus, ließ ihn vollaufen, trank, füllte ihn wieder, stürzte ihn runter und füllte ihn wieder. Mein Durst war kaum gelöscht. Ich stellte den Becher neben das Bett, machte die Lampe aus und kroch unter die Decken. Hinter dem Fenster war der Himmel blau wie Tinte. Im Wohnwagen hing das fahlgraue Dämmerlicht eines nassen Herbsttags.

Als ich mich vorbeugte, um noch einen Schluck zu trinken, war es dunkel. Ich tastete nach dem Becher, fand ihn und führte ihn zögernd zum Mund. Auf halbem Wege sah ich meine Hände. Sie waren weich und riesengroß. Ich schloß die Augen und fühlte eine trockene, fiebrige Hitze über mein Gesicht ziehen. Während ich den Becher leertrank, dämmerte mir allmählich, daß ich mich erkältet und offenbar bereits eine ganze Weile geschlafen hatte. In dem Moment kippte ich um. Mein Gesichtsfeld verengte sich zu einem langen schwarzen Schacht, in den ich, mich langsam drehend, rückwärts fiel.

Nachdem ich tiefer gefallen war, als ich mir vorstellen konnte, schaute ich nach unten. Dort, ganz am Ende des riesigen Schachts, sah ich die massige schwarze Gestalt der Bestie aus den Gärten. Sie öffnete das Maul. Während ich tiefer und tiefer fiel und in meinen Augenwinkeln verschwommene graue Flecken vorbeizogen und die Bestie immer näher kam, hörte ich den Schrei. Danach war nichts als Leere und Stille.

Die Bestie der Erinnerung

Hoch oben am blauschwarzen Himmel, über der dichtbelaubten Krone der Eiche, um die sich die Schnauze des Wagens geschlossen hat wie das Maul eines Tiers, das zubeißt und nicht mehr loslassen kann, hoch über dem Baum und dem grünen Lämpchen des Radios und dem leisen Krachen von Holz und Metall, dort, am endlosen Himmel: Gemini. Und etwas tiefer, halb hinter den Bäumen: Orion, und darunter ein kahles schwarzes Feld, ein Mond, so groß wie ein Haus.

You must remember this,
a kiss is just a kiss,
a sigh is just a sigh,
the fundamental things apply,
as time goes by.

»Womit begann die Raumfahrt?«

»Mit dem Sputnik, 1957.«

»Wer war der erste Mensch im All?«

»Juri Gagarin in der Wostok 1.«

»Und der erste Amerikaner?«

»John Glenn in der Mercury 7.«

»Und der erste Mensch auf dem Mond?«

»Armstrong, 20. Juli 1969. Dieses Jahr. Das war ja leicht.«

»Sam, du bist großartig.«

Wir fuhren über eine Landstraße mit großen Eichen auf beiden Seiten. Papas Lieblingsstrecke. »Als ob man durch einen Tunnel fährt«, sagte er, als wir einmal zu fünft da durchfuhren und die Scheinwerfer aus den Bäumen und der Straße und den Baumkronen eine Röhre machten.

Mama sitzt vorn und schaut auf das aufleuchtende Grün. Der Wagen legt sich in die Kurve und schießt in das grüne Loch vor uns.

»Hier ist Houston, Flugleitung«, sagt Papa. »Bereiten Sie sich vor auf eine Kurskorrektur von zwanzig Grad.«

Ich lege den Kopf an das Polster der Rückbank. Der Wagen zieht aus der Kurve heraus, wie Baron von Münchhausen sich einst selbst aus dem Sumpf zog. Rechts liegt der Mond auf dem Feld, der Mond, auf dem dieses Jahr ein Mann herumlief und Fußstapfen hinterließ, die für alle Zeiten dort bleiben, ein Mond, den man einfach betreten kann. Man geht über das Feld bis zu den Bäumen und dann klettert man zu diesem riesigen orangefarbenen Ball hoch.

»Paß auf!« sagt Mama.

Alles dunkel.

»China«, sagt Papa. Er sieht uns an, erst Lisa, dann mich. »China.« Er sieht Raph an, der auf dem Stuhl gegenüber sitzt. Lisa und ich haben bereits unsere Schlafanzüge an. Papa schlägt *Die Enzyklopädie für die Jugend* auf und fängt an zu lesen, und während er spricht, verwandelt sich das Dämmerlicht der Schirmlampen, und der Gelbe Fluß beginnt über die Wand zu fließen. Eine Dschunke schaukelt auf dem trägen Schlammstrom. Hinter dem Sekretär verkauft ein kleiner gelber Mann mit langem schwarzem Zopf kandierte Äpfel.

Eine typisch chinesische Delikatesse.

»Paß auf!«

Unsere schönsten Kleider haben wir an, und wir sitzen neben Mama im Bus, mit baumelnden Beinen auf der Bank, und Mama sieht uns an, erst mich, dann Lisa. Sie lächelt. Wir spazieren über den Markt (Fisch und Käse und Zwiebeln und Blumen und Stoffe), und danach gehen wir eine überdachte Straße entlang, eine Art Haus, das über die Straße gebaut wurde, und an der Rückseite dieses Hauses ist eine Tür, durch die wir eintreten, in einen ovalen Teesalon mit großen Glasvitrinen voll Gebäck, Drehplatten voll Törtchen. An einem Tisch beim Fenster bekommen wir Tee und Petits fours. Mama behält ihren Hut auf. Sie raucht eine lange Mentholzigarette. Dann gehen wir zum Fotografen. Wir warten in einem kleinen grau gestrichenen Raum. Nach einigen Minuten kommt der Fotograf. »Aiaiai, so hübsche Kinder«, sagt er. Er streichtelt unsere Köpfe. Ich weiche etwas zurück. Er nimmt uns mit in einen großen dunklen Raum, in dem Lampen auf Eisenfüßen stehen und lange schwarze Gardinen in eine Ecke geschoben sind. Während er uns an einen Tisch mit einer Art Bänkchen setzt, schwatzt er mit Mama und sagt, daß wir unsere Arme auf dieses Bänkchen legen sollen. Wir falten die Hände auf dem Plüsch und sehen Mama an. »Ihr seid bestimmt schon öfter fotografiert worden«, sagt der Fotograf. Raph hat eine Box, der tut nichts anderes. Der Fotograf kriecht unter ein Tuch hinter einem viereckigen Kasten und sagt, wir sollen lächeln, wie Mona Lisa.

Lisa, die immer lacht, sieht starr vor sich hin. Ich, immer ernst, lächle.

Ein riesiger oranger Mond. Durch den Spalt zwischen den Vordersitzen das grüne Lämpchen des Autoradios. Papa hängt wie ein alter Mantel über dem Lenkrad. Ich kann sein Gesicht von der Seite sehen. Ein Lächeln unter einem Netz blutroter Risse. Wie eine marmorierte Murmel.

Eine heisere Frauenstimme aus dem Radio.

An der Beifahrertür, halb auf dem Sitz, die Wange am Armaturenbrett: Mama.

Stimmen.

»Ist da jemand?«

Nein.

»Hallo!«

Ich bin unsichtbar.

»Nichts.«

Ein Tropfen.

»Und, ja, ja, ja«, sagte Mama, »die Sonne versank in der Erde, als ob sie in den Sand gesteckt würde, und die Sonne sagte: ja, ja, und die Erde erflammte, und der Himmel war rot und gelb und blau, und alles drehte sich, die Welt kippte und die Erde trudelte wie ein Kieselstein über den Abendhimmel, kein Oben und kein Unten, kein Osten, kein Westen, nichts, und die Dunkelheit schob sich wie eine Decke über die Welt, Mama ist hier, hier ist Ma-ma, schlaf, mein Kleiner, schlaf, mein Kleiner-Kleiner, du bist so warm, du bist so klein,

Kleiner-Kleiner, hier ist Mama, hier, immer, hier, ja, ja, jajaja ... ich erzähle dir eine Geschichte, still, brav, eines Tages, eines Nachts, wie Lilith, die nachts in deine Träume kommt, ja, ja, eines Nachts ... die Zeit ein Tier, die Zeit besteht heute nacht aus Tieren, Bienen für die Tage, Wachteln für die Monate, Pferde für die Nacht, dies ist die Nacht, halt meine Hand fest, nimm meine Hand, hier gehen wir, mein Kleiner-Kleiner, brav, brav ...«

Was ist das? Ein Matrosenanzug, sagt Mama, wieso? Die Füße versunken in Stoffresten, Heftfäden und Knöpfen. In einem Matrosenanzug mit blau paspelierter Hose und einem Hemd mit weiten, geraden Ärmeln. Um den Hals eine weiße geflochtene Kordel mit einer silberfarbenen Pfeife. Der Ruf einer Eule in der Pfeife. Muß ich das anziehen? Natürlich, sagt Mama, warum nicht?

In der Ferne fahren die grünen Wagen der Stadtreinigung, schweigende Käfer mit krummem Buckel, die sich über die holprigen Katzenköpfe schieben und aus dem Maul einen Wasserfächer sprühen, der in der zögernden Wärme des Augustmorgens verdunstet und sich wie eine glitzernde Fischgräte durch die Rinnsteine schlängelt. Wir gehen hinter Mama, hinter dem fließenden Wasser her. Eingangsstufen werden geschrubbt, Türen stehen auf. Der Gemüsemann stellt seine Kisten mit Äpfeln, Salat und Gurken an die Hauswand, der Inhaber des Cafés wienert die Tür, eine Serviererin putzt die Fenster, man hört Rufe und Lachen. Vor dem Schneiderladen steht Frits, der Sohn, unter beiden Armen eine Stoffrolle. Mama fragt, ob sein Vater da ist. Frits zeigt nach hinten. Wir gehen am Ladentisch vorbei, an den hochgetürmten Leinenrollen vorbei, die den Zugang zum Lager fast versperren. Hinter den Rollen hängt eine feuchte Wärme. Im Lager legen, zwischen Stapeln und Stapeln Textilien, zwei etwa sechzehnjährige Mädchen mit Frits' Vater Schnittmuster aus. Frits' Vater schaut auf. Er nickt Mama zu und legt den Bleistift hin. Guten Tag, gnädige Frau, was kann ich für Sie tun? Einen Matrosenanzug für diesen Herrn. Frits' Vater geht zu der Kochplatte mit einer Blechkaffeekanne, daneben ein gewaltiger Trumm von Bügeleisen. Er gießt Kaffee ein. Mama bekommt einen Stuhl. Lisa und ich setzen uns auf den Ballen in Jute verpackter Baumwolle an der Wand. Frits' Vater spricht mit Mama, sie trinken Kaffee. Wir baumeln mit den Beinen. Dann muß ich aufstehen. Frits' Vater hilft mir in meine neuen Kleider. Durch die Stoffballen gedämpft, ertönt das Rattern der Nähmaschine und das Klacken der großen Stoffscheren.

Was ist das?

Ein Matrosenanzug, wieso?

»Du dachtest, alles ist zu zweit«, sagt Lisa. »Papa hatte gesagt: Der Staub im All klumpt zusammen, alles will beisammen sein, aber wenn es beisammen ist, dann beginnt der Verfall und alles ist hilflos, dann ist es nur noch eine Frage der Zeit, bis es auseinanderfällt. Abends spielte der Nachbar *Il Silencio*, und du liefst hinaus, durch die Gärten, bis du hinter seinem Haus warst, und da lauschtest du der Trompete, bis Papa dich fand, und als ihr nach Hause kamt, sagtest du zu mir, es hörte sich an, als sei die Trompete ganz allein im All und klage. *Il Silencio,* das war dein All. Du sagtest: Alles will zu zweit sein. Du liefst durch die Gärten, und die Trompete löste sich in der Nacht auf, und du rochst den Duft des Geißblatts, und unter den offenen Fenstern hörtest du Leute reden, Gläsergeklirr, leise Musik aus einem Radio. Das sagtest du. Wirklich.«

Die Noten von *Il Silencio* trieben hinauf in die Stratosphäre, durch die Erdatmosphäre, am Mond vorbei, am Mars vorbei, vorbei an den Planetoiden, Jupiter, Saturn, Uranus, Neptun, Pluto. Bis sie im tiefen All schwebten.

»Du warst immer voller Verlangen. Chronisch unterernährtes Herz.«

Wie ein Messer durch Wasser. Orion und Gemini. Die Glut an meines Vaters Zigarette.

»Mehr kann ich nicht tun«, sagt er. »Das ist alles. Das kann ich aufbringen.«

»Ich ... dich ... nie ...«

»Kit, ich bin kein Gott, ich bin ein sterbliches Wesen.

Meine Liebe zu dir hat nie nachgelassen. Wenn du das glaubst, dann glaubst du es, weil du es glaubst, aber nicht, weil es so ist.«

Mama schaut hinaus, zu den Sternen.

»Es ist verschwunden«, sagt sie. »Es ist weg.«

Sie dreht sich um und geht aus dem Wintergarten.

Papas Gesicht im Dunkel.

»Geh schlafen, Sam«, sagt er.

Wir liegen auf einem dicken Stapel Perserteppiche. »Hoffentlich kaufen sie einen ganzen Stapel Teppiche. Das sind Wüstenteppiche«, sagt Lisa. »In der Sahara leben die Menschen in Zelten, und da haben sie solche Teppiche.« Ich drehe mich auf den Bauch und drücke das Gesicht in die borstige Wolle. Ich sehe keinen Sand mehr im Teppich, nicht einmal tief unten, wo die Wollfäden verknüpft sind, aber ich rieche Kamele und Pferde. Ein Verkäufer hebt Lisa hoch und sagt, wir sollen auf die Seite gehen. Er will sich ein paar Teppiche ansehen mit einem Herrn und einer Dame. Er setzt sie ab. Wir gehen zu der Ecke, wo die Stühle stehen. Ich schaukle in einem Schaukelstuhl, als Papa und Mama mit einem anderen Verkäufer zu uns kommen. »Der junge Kennedy«, sagt der Verkäufer.

»Ich sehe auf eure Gesichter. In der Ferne werden Gräben abgebrannt. Rauch zieht über den Weg zwischen den Bäumen, und für einen Moment gehen wir in diesem Rauch, und ich sehe zur Seite, und dein Gesicht verschwindet und kehrt wieder, und du öffnest den Mund.«

Das Haus ist dunkel. Wir gehen in Schlafanzügen durchs Zimmer. Wir wollen Frühstück machen. Lisa holt die Zeitung, ich klettere auf die Spüle und fülle den Kessel. Wir schmieren Brote, kochen Eier und machen Tee, und dann, als alles fertig ist, stapeln wir es auf ein Tablett. Ich nehme die Zeitung und lege sie auf die Eier und die Tassen. Sie öffnet sich zu einem schwarzen Buchstabenbalken: KENNEDY IN DALLAS ERMORDET. Ein verschwommenes Foto eines glänzenden offenen Autos darunter. Eine Frau mit Hut beugt sich über etwas Gräuliches, das sich an sie lehnt. Über die hintere Stoßstange klettert ein Mann in dunklem Anzug ins Auto.

Hoch oben am blauschwarzen Himmel, über der dichtbelaubten Krone der Eiche, um die die Schnauze des Wagens sich geschlossen hat wie das Maul eines Tiers, das zubeißt und nicht mehr loslassen kann, hoch über dem Baum und dem grünen Lämpchen des Radios und dem leisen Krachen von Holz und Metall, dort, am endlosen Himmel: Gemini. Und etwas tiefer, halb hinter den Bäumen: Orion, ein kahles schwarzes Feld, ein haushoher oranger Mond.

Ein Gefühl von lang, lang ist's her

»Das weiß ich«, sagte ich, als ich nach drei Tagen Fieber auf dem Bettrand saß und dünnen Tee trank. Draußen schien eine bleiche Sonne aufs Wasser. Es war ruhiges Herbstwetter. Das gelbe Gras rings um den spiegelglatten See war eine flauschige Decke. »Das weiß ich. Sie waren nicht glücklich. Sie fuhren an einem Abend weg, als sie Streit hatten. Das Auto war die Straße hinunter, bevor wir winken konnten.«

Wir schauten auf das schwarze glänzende Auto, und fast im selben Moment verschwanden die roten Rücklichter in der Dunkelheit.

Warum hatten sie Streit?

Mein Vater hatte geklungen wie jemand, der die Hoffnung aufgegeben hat. »Mehr kann ich nicht tun. Das ist alles. Das kann ich aufbringen.«

Und meine Mutter: »Ich ... dich ... nie ...«

(Ich habe dich nie geliebt? Ich verstehe dich nie? Ich höre nie: Ich liebe dich?)

Er hatte gesagt, seine Liebe zu ihr habe nicht nachgelassen. Offenbar hatte sie das geglaubt. Er arbeitete hart. War wenig zu Hause, und wenn er zu Hause war: sehr geistesabwesend.

Ein großer, schlanker Mann in blauem Doppelreiher mit weichen weißen Hemden und schmalem Seidenschlips, runder Brille, zurückgekämmtem Haar. Ich fand, er sah aus wie ein Detektiv. Er ging etwas gebeugt, so daß er in Magenhöhe eine Höhlung hatte. Lange, sehr gepflegte Hände, auf dem Rücken verschränkt, oder vor dem Gesicht, auf dem Weg zur Brille oder zur Nase. Ein Intellektueller, einer, der im Wohnzimmer in seinem Sessel saß und las, das eine lange Bein über das andere lange Bein geschlagen, ein Buch in der Linken, vors Gesicht gehalten, in der rechten Hand eine Zigarette. Er führte lange Telefongespräche, leicht über den Apparat gebeugt, aufmerksam zuhörend, verständnisvoll nickend.

Sein Gesicht ...

Keine Ahnung.

Wenn wir morgens am Frühstückstisch erschienen, war er immer gerade beim Weggehen. Das Radio sang. Lisa schmierte Zwiebacke. Ich trank den Rest aus seiner Tasse, jeden Morgen. Ich glaubte, ich zöge eine besondere Kraft aus diesem Rest bernsteinfarbenem kaltem Tee, in dem noch ein paar schwarze Blätter schwammen. Mama und Lisa hielten das für eine schlechte Angewohnheit.

»Es ist nicht gut«, sagte Mama, »man kann sich anstekken.«

Als ob ich mich bei meinem Vater anstecken könnte.

Lisa und ich tranken auch eine ganze Weile Tee mit Butter. Ich hatte ein Buch von einem tibetischen Jungen gelesen, und darin stand, daß sein Volk Tee mit Yakbutter trank. Ich stellte mir die entbehrungsreichen Märsche über die hohen Gebirgspässe vor, den schneidenden Schneewind im Gesicht, in dicke Mäntel aus Yakhaut gewickelt, abends an einem kleinen Feuer der starke Tee mit ranziger Butter. Dann las Lisa das Buch ebenfalls, und wir beschlossen, so zu leben, also fuhren wir morgens mit unserem Löffel in die Butterdose und verdarben unseren Tee mit einem Brei schmelzender Butter. Es schmeckte nicht gut.

»Es ist verschwunden«, hatte meine Mutter gesagt. »Es ist weg.«

»Du weißt, was verschwand«, sagte Lisa, »Papa und Mama und Gott und das Geheimnis der Liebe.«

Aber Lisa konnte nicht gehört haben, was sie an jenem Abend im Wintergarten, dem Abend des Unfalls, zueinander sagten.

War mein Vater zu schnell gefahren? Es war nicht im Winter, es fror nicht. Nie gehört, daß er getrunken hätte. Aber wer verunglückt in dieser leichten Kurve, wenn er nicht zu schnell fährt? Wer ist Opfer, wenn er nicht beschließt, eines zu sein?

Wittgenstein, mein Leitstern, mein Vorbild, schrieb: »Angenommen, ich hätte ein so gutes Gedächtnis, daß ich mich meiner sämtlichen Sinneseindrücke erinnern könnte. Dann spricht nichts dagegen, daß ich sie beschriebe. Es wäre das eine Lebensbeschreibung. Und warum sollte ich nicht alles Hypothetische aus dieser Beschreibung fortlassen können?«

Weil Erinnerung wenig zu tun hat mit Sinneseindrücken?

An einer anderen Stelle überlegt er, wie es wäre, wenn jemand sich zum erstenmal in seinem Leben an etwas erinnert: »Weiß er, daß es Erinnern ist, weil es durch Vergangenes hervorgerufen wurde? Und wie weiß er, was Vergangenes ist? Den Begriff des Vergangenen lernt ja der Mensch, indem er sich erinnert.«

Vielleicht, sagt er zum Schluß, in Klammern, als wüßte er es auch nicht, vielleicht könne man von einem Gefühl von »lang, lang ist's her« sprechen: »... denn es gibt einen Ton, eine Gebärde, die gewissen Erzählungen aus vergangenen Tagen angehören.«

Im ersten Beispiel stimmt das Wort »erinnern« nicht. Wer keinen seiner Sinneseindrücke vergißt, erinnert sich nicht. Er registriert. Eine solche Person ist ein Tonbandgerät, eine Kamera. Das Merkmal des Sicherinnerns, der Begriff, mit dem Wittgenstein im zweiten Gedankenexperiment spielt, ist eher ein Gefühlt (von »lang, lang ist's her«).

Ein Mann erinnert sich an etwas. Das heißt: nur an triviale Dinge, einen Laut, einen auffliegenden Vogel, einen halben Zeitungsbericht, einen Namen, von dem er nicht weiß, ob er stimmt. Die Vergangenheit, das, was die Menschen, die sich an etwas erinnern können, als Vergangenheit bezeichnen, ist für ihn ein Gebiet im Nebel. Was tut so jemand?

Dieser Mann bin ich, ein Mann mit einem deutlichen Gefühl von lang, lang ist's her, einem Gefühl, das so vage und unzuverlässig ist, daß ich wie ein Reisender in einem unbekannten Land bin: Ich sehe Bäume, Berge, Flüsse, aber ich kenne die Verhältnisse nicht, weiß nicht, wie groß der Wald ist, ob der Fluß ihn begrenzt oder vielmehr durchquert.

Ich riß Papier aus dem Drucker in der weißen Kabine neben dem Wohnwagen. Ich kontrollierte die Sonden, trieb den Handbohrer in den schwarzen Moorboden, machte Eintragungen ins Logbuch und starrte aus dem Plastikfenster. Ich stand spät auf, ging spät ins Bett, saß ganze Tage auf der Bettcouch am heruntergeklappten Resopaltisch. Abgesehen vom Bohren und Kontrollieren war wenig zu tun. Die Arbeiten, die Fleming mir aufgetragen hatte, im Logbuch lag ein Plan, nahmen so wenig Zeit in Anspruch, daß ich nach etwa vier Tagen fertig war. Das war meine eigene Schuld. Ich hatte den Handbohrer zusammengeschraubt und war wie ein Besessener den angegebenen Stellen zu Leibe gerückt. Weil ich kein Buch mitgenommen hatte, war ich auf die Etiketten der Lebensmitteldosen angewiesen. Als ich die gelesen hatte, blieb nur noch die Landschaft.

Nach einer Woche begann ich einen Brief an Lisa. Ich öffnete den Karton mit dem Computerpapier und fing oben auf dem endlosen weißen Bogen an.

»Willkommen in einem anderen Land. Bei Raph habe ich mal einen Fernsehfilm über die Geschichte der Raumfahrt gesehen, und darin ging es auch um den Tod von Juri Gagarin. Er kam bei einem Flugzeugunglück ums Leben, irgendwo in den weiten Wäldern Rußlands. Es dauerte eine ganze Weile, bis man das Wrack geortet hatte, und danach wurde jemand gesucht, der ihn sehr gut gekannt hatte, denn die Identifizierung der sterblichen Überreste war äußerst schwierig. Gagarin hatte einen guten Freund gehabt, Astronaut wie er. Wenige Tage vor dem Unglück saßen sie beide beim Friseur. Als Gagarin an der Reihe war und der Friseur seinen Nacken ausrasieren wollte, sagte sein Freund: ›Sei vorsichtig, Figaro, er hat da ein Muttermal, und wir wollen den Helden der Sowjetunion doch nicht verletzen?‹ Darüber hatten sie gelacht. Dann kam die Fahrt zum Unglücksort. Gagarins Freund ging zum Wrack, beugte sich über die Leiche und sah das Muttermal.

›Verstehen Sie‹, sagte er zu dem Interviewer, ›ich hatte den Friseur vor diesem Muttermal gewarnt, und jetzt mußte ich meinen Freund Gagarin an eben diesem Mal identifizieren.‹

Er war ein großer Mann in Armeeuniform, Mütze mit riesigem Schirm, Kragen mit rotgoldenen Ehrenzeichen. Er saß steif und unbehaglich da, in einem Armeemantel wie aus Beton. Er erzählte diese Geschichte, und man konnte seiner eingefrorenen Miene ansehen, daß er Gagarin geliebt hatte. Und er war nicht der einzige. Jeder hatte ihn geliebt. Der erste Mann im All war vor allem ein netter Mensch. (Wie John Glenn. Jeder findet ihn nett. Als Glenn verunglückte, in der Badewanne ausrutschte und halbseitig gelähmt zu bleiben drohte, war dies eine Nachricht, die um die Welt ging.)

So ein Militär mit Stiernacken und dickem sibirischem Schädel, der mechanisch lächelt, während er diese Geschichte erzählt. Irgendwie tut man sich schwer, sich bei ihm tiefe Gefühle der Liebe vorzustellen. Offenbar denkt etwas in uns, das sei jungen Werthern, Emma Bovarys, Tristans und Isoldes vorbehalten.

Papa und Mama waren für mich Versatzstücke. Du bist Kind, also hast du zwangsläufig einen Vater und eine Mutter. Gut, sie sind tot, aber nicht wirklich weg. Nur: Wie kann man etwas lieben, das nicht da ist? Ich kann mich nicht an sie erinnern. Hier, in meinem Wohnwagen, habe ich von ihnen geträumt, und als ich wach war, konnte ich Papa sogar sehen, seinen Anzug, seinen Gang, die langen, mageren Hände, das zerzauste Haar. Aber kein Gesicht.

Liebt man dann einen dunkelblauen Anzug, die Art und Weise, wie jemand in seinem Sessel sitzt, mit übereinandergeschlagenen Beinen, tief versunken? Kann man eine Erinnerung ohne Gesicht lieben?

Wir (Du, Raph und ich) haben uns nach dem Unfall jahrelang nicht gesehen. In dieser Zeit wußte ich nicht mehr, wer Ihr wart. Wenn ich an diese Zeit zurückdenke, sehe ich mich taubstumme, mechanische Dinge tun. Ich gehe, schaue, sitze, stehe auf, schlafe und wache auf wie eine Maschine mit einem Mechanismus, den jemand aufgezogen hat. Wenn man morgen den Schlüssel aus meinem Rücken zieht und die Feder abläuft, werde ich mich nicht mehr bewegen. Keine Erfahrungen. Kein Gefühl. Aufwachen! Ich stehe auf. Frühstück! Ich esse. In die Schule! Ich nehme meine Tasche und gehe zur Tür hinaus. Komm nicht zu spät! Ich renne.

Dann, nach dieser langen Zeit in, sagen wir mal, der Schattenwelt, war ich wieder frei, und ich ging zu Raph und sah ihn in seinem kahlen Zimmer, er kochte Tee, wie er es auch heute noch tut – Beutel in eine Tasse und rauf und runter –, und ich dachte: Dies ist mein Bruder. Ich beschloß, ihn zu lieben.

Wenn man einander so lange nicht gesehen hat, ist Lieben ein Entschluß, dachte ich. Später kam ich zu der Überzeugung, daß Lieben immer ein Entschluß ist.

Aber wer hat beschlossen, Juri Gagarin zu lieben? Ich liebte Gagarin. Ich habe ihn nie gekannt, ein paar verschwommene Fotos hier und da, ansonsten Geschichten, aber ich liebte ihn.

Weil er, der Held der Sowjetunion, ganz allein durchs All flog?

Man kann natürlich sagen, man soll nicht so viel über Liebe nachdenken, sondern es einfach tun, aber warum spricht man nie so über Haß? Niemand sagt: Haß, darüber braucht man nicht nachzugrübeln, man muß es einfach tun. Das ist ein ernsthaftes Gefühl, über das man nachdenken muß, um zu verstehen, warum man jemanden eigentlich so haßt. Meiner Meinung nach gilt dasselbe auch für die Liebe.

Ich sitze in einem Wohnwagen, inmitten eines Grasmeers, ein kleiner See in der Nähe (war früher nicht da, ist erst entstanden, als sie mit der künstlichen Bewässerung aufhörten), hinter mir Wald. Zweimal am Tag gehe ich zu dem weißen Häuschen auf Stelzen neben dem Wohnwagen und inspiziere die Instrumente. Ich lege neues Papier in den Drukker ein, bohre ein Loch, leere den Niederschlagsmesser. Lese die Angabe der Inhaltsstoffe auf einer Dose Erbsen. Ich bin nicht hergekommen, um etwas zu entdecken. Ich mußte einfach was tun. Weg aus der Stadt. Nicht nachdenken. Ablenkung.

Wenn Du mir antworten willst, dann gib den Brief im Institut für Physische Geographie ab, in der Universität, zu Händen von J. Fleming. Der sorgt dann dafür, daß alles zu mir kommt.

Paß auf Dich auf. Grüß Raph.«

Ich faltete den Brief zweimal, klebte ihn mit Klebeband zu

und schrieb Lisas Namen und Adresse darauf. Als der Kurier kam, gab ich ihm einen Zehner, damit er den Brief frankierte und einwarf.

Die restliche Zeit in Kopakker plätscherte so dahin. Es wurde kälter. Abends mußte ich den Petroleumofen anzünden, obwohl ich wußte, daß ich am nächsten Morgen mit hämmerndem Schädel aufwachen würde. In der Woche, bevor ich ging, fiel der erste Schnee. Die großen Grasbüschel rund um den See wurden weiß. Ich saß hinter dem ovalen Fenster meines Wohnwagens, machte Eintragungen im Logbuch, ordnete die Stapel Computerpapier und hauchte mir in die Hände.

An meinem letzten Tag kam Fleming persönlich. Ich sah ihn aus dem Bus steigen und den mühsamen Weg rund um den See einschlagen. Als er den Wohnwagen erreicht hatte, gab er mir einen schlaffen Händedruck und kam mit hinein, wo er sich aufs Bett fallen ließ. Ich goß ihm Kaffee ein und sah zu, wie er da saß, breitbeinig, im Mantel fröstelnd, den Becher mit beiden Händen umklammernd.

Ich nahm meinen eigenen Becher und setzte mich ihm gegenüber, auf den Karton Computerpapier.

»Wenn du zurück bist«, sagte er, »würdest du dann mal vorbeikommen in der Uni? Wir dürfen die Akte einsehen.«

Ich sah ihn starr an.

»Als wir uns kennenlernten, dachte ich plötzlich: Ich muß diesen Bericht sehen, von dem du sprachst. Ich hab den ... wie heißt er noch gleich ... angerufen.«

»Huizinga.«

»... Huizinga. Ich nannte deinen Namen, und dann hat er es ermöglicht. Wir bezahlen. Stundentarif. Ich glaube, Dingens wäre es lieb, wenn du uns helfen würdest.« Fleming stand auf. Er stellte seinen Becher auf die Spüle und knöpfte sich den Mantel zu.

»Armer Kerl«, sagte er, nach draußen, in Richtung Wasser nickend. »Er weiß noch nicht, wie kalt er es hier haben wird.«

Ich folgte seinem Blick.

»Dein Nachfolger. Er wartet im Bus.«

»Wer war vor mir hier?« sagte ich. »Als ich ankam, war niemand da.«

»Deinem Vorgänger wurde die Stille zuviel. Er ist abgehauen. Das war der Grund, weshalb du sofort anfangen konntest. Scheißstudenten.«

Ich nahm meinen Rucksack und den Stapel Ausdrucke der vergangenen Woche und öffnete die Tür. Draußen atmete ich die knisternde Frostluft ein. Der Tau lag wie zersplittertes Glas auf den großen Grasbüscheln. Zwei Möwen saßen reglos auf dem eisbedeckten See.

In der Stadt setzte der Fahrer uns am Bahnhof ab. Fleming stampfte auf den Boden und hauchte sich in die Hände. Er steckte die Hand in die Manteltasche und holte einen Umschlag heraus. »Geld für die Rückfahrt und Spesen. Alles wie abgesprochen. Quittier mir das doch mal.«

Ich nahm den Umschlag und unterschrieb den Zettel, den er mir gab.

»Was hast du jetzt vor?«

»Ich denke, ich schau erst mal bei einer Bekannten vorbei, und dann setz ich mich in den Zug.«

Fleming nickte. »Ich hab dich damals an dem Abend im ›Fata Morgana‹ nicht mehr gesehen.«

»So.«

»Da war eine große Blonde, die sagte, du seist in ein Hotel gegangen, die Puppe, die wir damals in der Bar gesehen haben, als wir Champagner tranken.«

»Ja.«

Sein Gesicht verschwand von Zeit zu Zeit hinter den dünnen Kondenswolken, die er ausatmete. »Ist das deine Bekannte?«

Ich nickte.

Er sah mich eine Weile ausdruckslos an. »Ich muß los«, sagte er. »Alles klar?«

»Ich ruf an.«

Er hob die Hand und ging mit hochgezogenen Schultern steifbeinig in das Bahnhofsgebäude.

Als ich an Ellens Haus klingelte, öffnete ein Mädchen mit kurzen schwarzen Haaren. Sie trug Jeans und ein weites Männerhemd mit Farbflecken. Ihr Gesicht war oval, fast rund, die Augen kräftig schwarz geschminkt.

»Ich wollte zu Ellen.«

»Die wohnt nicht mehr hier.«

»Oh.«

»Bist du Sam?« fragte sie. »Den sie noch von früher kennt?«

»Mehr oder weniger.«

Sie hieß Veronica, wohnte in der obersten Etage. »Warst du nicht in der Wildnis?« sagte sie, die Arme um sich geschlungen, im Wind schaudernd.

»So was Ähnliches.«

»Willst du nicht auf einen Sprung reinkommen?«

Ich trat in die Diele. Veronica öffnete die Küchentür und ging zur Spüle. Sie füllte einen Kessel mit Wasser und zündete das Gas an.

»Weißt du, wo Ellen hin ist?«

Sie schüttelte den Kopf. »Einfach weg. Sie hat einen Zettel dagelassen und eine Monatsmiete und ansonsten...« Sie machte eine wegwerfende Bewegung mit der rechten Hand. »Bist du eigens wegen ihr gekommen?«

Ich zuckte mit den Achseln. »Ich bin auf dem Weg nach Hause. Ich wollte nur mal schauen, wie es ihr geht.«

»Jedenfalls ist sie von diesem Schuppen erlöst. Ich bin entlassen worden wegen den Mädchen. Na ja, nicht entlassen. Ihnen war's lieber, daß ich ging. Ich kam immer zu spät. Es war einfach nicht zu machen. Ich bin hier die einzige, die einen Bürojob hat. Hatte. Die anderen führen einen dermaßen unregelmäßigen Lebenswandel... Abends kommen sie spät nach Hause, morgens stehen sie spät auf. Ich hatte allmählich das Gefühl, daß ich in einer anderen Welt lebe. Ich wurde praktisch jede Nacht wach, wenn sie nach Hause kamen, und am nächsten Tag war ich wie tot.«

Langsam schwoll das Pfeifen des Kessels an. Sie nahm ihn

vom Feuer und goß das Wasser in die Teekanne, während sie ein Tee-Ei in den Strahl hielt.

»Und jetzt?« sagte ich. »Was machst du jetzt?«

Sie zuckte mit den Achseln. »Im Moment streiche ich mein Zimmer.« Sie griff die Teekanne und nickte in Richtung Schrank. »Nimm mal die Gläser und den Zucker, und da steht eine blaue Dose, nimm die auch mit.«

In ihrem Zimmer hing ein schwacher Ammoniakgeruch. Die Möbel waren mit großen Stücken durchsichtiger Folie abgedeckt, auf dem Fußboden lagen Zeitungen. Sie machte einen kleinen Tisch frei und stellte die Teekanne ab. Ich ging über die raschelnden Zeitungen und stellte die Gläser und den Zucker und die Keksdose hin.

»Wir müssen auf dem Sofa sitzen«, sagte sie. »Hilfst du mal?«

Wir nahmen die Folie über dem Sofa und zogen sie runter. Dann ließ sie sich in die Polster sinken und legte den Kopf an die Rückenlehne.

»Gott«, sagte sie, »ist das anstrengend, Streichen. Es nimmt kein Ende. Die Wände waren so dunkel, daß bestimmt noch drei Schichten draufmüssen, bevor es deckt. Das dauert Jahre.«

Ich nahm die Teekanne und goß ein. Ich gab ihr ein Glas, nahm meines und setzte mich neben sie.

Veronica stellte das Teeglas auf ihren Oberschenkel und lehnte den Kopf wieder zurück. Ich sah auf ihre Halsbeuge, die beiden straffen Sehnen, die Schlüsselbeine, die gerade noch erkennbar waren.

»Und ...«, sagte sie, »was machst du jetzt, wo du mit der Arbeit in der Wildnis fertig bist?« Sie nahm das Glas in die Hand, richtete sich auf und drehte sich mir zu. Sie schlug das rechte Bein unter, zwischen uns.

»Keine Ahnung«, sagte ich. »Erst mal mit dem Zug zurück, ein paar Tage nichts tun. Jemand hat mir einen Job angeboten. Das seh ich mir nächste Woche mal an.«

Sie lächelte. Ihre schwarzen Augenbrauenbögen gingen in die Höhe. Sie führte das Glas an den Mund und trank. Der

Dampf umwölkte ihr Gesicht, eine lange Locke fiel ihr vor die Augen.

»Wann geht dein Zug?«

»Am späten Nachmittag, dann bin ich heute abend noch zu einer vernünftigen Zeit zu Hause.«

Veronica stellte ihr Glas auf den Tisch und zog die Keksdose heran. Sie drückte den Deckel mühsam hoch und hielt mir die Dose hin. Ich nahm einen sandigen gelben Keks mit einem Marmeladeherz.

»Soll ich dir beim Streichen helfen?« sagte ich.

»Nein«, sagte sie. »Du hast frei. Ich möchte nicht, daß du dich hier den ganzen Nachmittag abrackerst.«

»Ich streiche gern. Davon wird der Kopf leer.«

Sie schob die Lippen vor.

»Wirklich«, sagte ich.

Sie nickte langsam. Wir sahen uns lange an. Ich wollte die Augen niederschlagen, starrte und starrte aber in ihre Pupillen, so lange, bis ich fühlte, wie sich etwas in meiner Brust regte. Ich beugte mich vor, trank meinen Tee und stellte mein Glas ab.

»Gut«, sagte ich, »dann fangen wir an.«

Veronica deckte das Sofa wieder zu. Ich inspizierte die Farbtöpfe. Als sie fertig war, stellte sie sich neben mich und erklärte, was sie getan hatte und was wir ihrer Meinung nach noch streichen mußten. Sie ging zu einem Schrank und holte ein blaues Bündel heraus.

»Das ist ein Overall, den eins der Mädchen mir gegeben hat, aber er ist mir viel zu groß. Willst du ihn mal anprobieren?«

Ich nahm den Overall und probierte ihn in einer Zimmerecke an. Er paßte nur, wenn ich meine Hose und meinen Pullover auszog. Als ich fertig war, nahm ich einen Pinsel und machte mich an die Fläche, die Veronica mir zeigte.

Wir arbeiteten den ganzen Vormittag, begleitet von einem Popsender, der Musik brachte, ohne daß Diskjockeys dazwischenquasselten. Ab und an sangen wir laut mit, wenn ein Stück kam, das wir kannten. Um eins machten wir eine Pause, um zu essen. Danach kletterte ich auf die wacklige Trittleiter, die wir von unten holten, und strich die Deckentäfelung, während Veronica die Fußleisten schwarz malte. Gegen vier waren wir fertig. Wir zogen die Folie von den Stühlen, knüllten die Zeitungen zusammen, und danach sah Veronica sich breit lächelnd um.

»Mann, ist das schnell gegangen«, sagte sie.

Ich sah mich um, die weißen Wände, die weiße Decke. Ich dachte: Ich müßte meine Wohnung auch streichen. Aber in dem Moment sah ich die brüchigen Steinwände, die Enden der Leitungen und Rohre, die hier und da aus der Wand ragten. Es ist nicht mal eine Wohnung, dachte ich, nur eine bewohnbar gemachte Höhle, ein Schuhkarton aus Stein und Holz.

»Duschen«, sagte Veronica. »Ich will mich duschen. Du auch?«

Ich nickte.

»Geh du erst.«

Im Bad, während der Raum sich langsam mit Dampf füllte, sah ich das Hotel wieder, in das Ellen mich gebracht hatte, nachdem man mich bewußtlos geschlagen hatte. Ich hörte die Stimme, die in meinen Schlaf drang, sah das Wasser über den graubraunen Beton strömen und zu dunklen Flecken werden, das Atemloch im beschlagenen Spiegel, mein Gesicht, grau und weiß, die Rasierklinge, die rosa Spuren in den Schaum zog. Da hat es angefangen, dachte ich, da habe ich vergessen, daß alles zerbröckelt und untergeht, da habe ich angefangen zu leben, unter dieser Dusche, das war der Moment, in dem mir bewußt wurde, daß ich nicht mehr glaubte, wir befänden uns alle in einer Art Strudel, so als hätte jemand sich die schmutzigen Hände über einem gesprungenen Waschbecken gewaschen und zieht dann den Stöpsel heraus und – schhhhhh –, das schmuddelige Wasser mit Sand und Schlamm und Seifenresten dreht nach links und strudelt in den Abfluß. Das Wasser strömte durch mein Haar, über meinen Körper. Ich hob das Gesicht in die Flut und fühlte mich ruhig und leer. Ich dachte: Ich habe lange dafür gebraucht, zu lernen, was jeder lernt, ich bin spät jung gewesen, aber jetzt bin ich aus meiner ersten Haut herausgewachsen, ich bin erwachsen und ich weiß, daß es manchen Menschen schlechtgeht, daß die Welt nicht gerecht ist und daß es einfach reine Glückssache ist, ob das Messer nach links fällt oder nach rechts, und ich akzeptiere das, ich will das akzeptieren.

Ich fuhr mir mit den Händen durchs Haar und strich es nach hinten. Ich bin nicht glücklich, dachte ich, aber das ist auch nicht nötig. Glück ist etwas, an das man sich erinnert.

Als ich aus der Dusche kam, fiel mir ein, daß meine Kleider noch im Zimmer lagen. Hier hatte ich nur den Overall und meine Shorts. Ich öffnete die Tür und schaute ins Zimmer.

»Hallo«, sagte ich. »Veronica? Bist du da?«

Es kam keine Antwort.

»Ve?«

Ich drückte die Tür ein Stück weiter auf. Sie war nicht da. Ich zog meine Shorts an und lief ins Zimmer zu dem Kleiderstapel hinter dem Sofa. Als ich meine Hose aufgehoben hatte und mit dem rechten Bein im Hosenbein stand, tauchte Veronicas Kopf über der Rückenlehne auf. Sie sah mich schläfrig an. Ich machte unwillkürlich einen Schritt zurück. Dabei trat ich auf das leere Hosenbein und knallte hin.

Ich wollte mich gerade wieder aufrappeln, da stand Veronica schon neben mir.

»O Gott«, sagte sie lachend, »du hast dir doch nicht weh getan?«

Sie reichte mir die Hand, und während ich sie ergriff und gleichzeitig, beim Hochkommen, mit dem anderen Bein in die Hose zu schlüpfen versuchte, segelte ich wieder hin. Veronica fiel über mich und lachte Tränen. Sie stemmte sich hoch, fiel aber, nach Luft schnappend, auf die Knie. Ich lag mit der Hose an den Knöcheln auf dem Boden und konnte nichts tun. Tränen liefen mir über die Wangen.

Als wir uns langsam wieder beruhigten und Veronica sich aufrichtete und mich mit glänzenden Augen ansah, sagte ich:

»Ich dachte, du bist weg. Meine Kleider lagen hier. Das war kein Vergewaltigungsversuch, wenigstens nicht an dir.«

Sie lachte. »Du könntest überhaupt niemand vergewaltigen. Du würdest dir ein Bein dabei brechen.«

Sie kam hoch und hielt mir eine Hand hin. Ich rappelte mich auf, und als ich stand und meine Jeans hochzog und zuknöpfte und wieder aufsah, war ihr Gesicht ganz nah. Sie sah mich unter dunklen Augenbrauen her an.

»Ich war eingeschlafen«, sagte sie.

Ihr weites Oberhemd war verrutscht. Die rechte Schulter war nackt. Ich hob die Hand und berührte die Beuge ihres Schlüsselbeins. Sie sah mir in die Augen. Meine Hand lag auf ihrer Haut, und ich sah auf ihr Schlüsselbein. Ich streichelte ihren Hals. Ihr Kopf sank etwas zurück. Ich machte einen Schritt und beugte mich zu ihr. Als ich die Wärme ihres Gesichts an meiner Haut spürte, schloß ich die Augen und küßte sie. Ich konnte mich nicht erinnern, daß Lippen so weich sind. Veronica schlang die Arme um mich. Ich spürte eine Hand im Nacken, die Finger in meinem nassen Haar, die andere Hand in der Mulde an meinem Rücken, wo dieser in den Hintern übergeht. Es ist genauso, wie Lisa sagt, dachte ich. In meinem Kopf sprang etwas. Ich drückte sie an mich. Ihre Hände glitten über meinen Rücken. Es war, als begänne es in meinem Kopf zu regnen. Dann beugte sie sich zurück, ihr Mund verließ meinen. Sie fing an, meine Jeans aufzuknöpfen.

»Ve...«, sagte ich.

»Scht.«

Ich stieg aus dem Stoffkreis um meine Knöchel. Sie sah mich an und zog das verschmierte Hemd über den Kopf. Ich machte ihren Gürtel auf, zog den Reißverschluß herunter und ließ sie aus den Jeans steigen. Sie nahm meine Hand und zog mich zum Sofa. Sie streifte meine Shorts ab. Meine Hand fuhr über ihre Brust, weiter hinunter, über die leichten Wellen ihrer Rippen, zu ihrer Taille. Ich ließ die Finger über ihre Hüften gleiten, in ihren Slip, und während sie sich etwas aufrichtete, schob ich ihn hinunter. Sie streifte ihn mit der linken Hand von den Beinen. Dann schlang sie einen Arm um meinen Nacken und zog mich neben sich auf das Sofa. Ich küßte ihren Hals, das Brustbein. Sie bog sich wie eine Katze beim Strecken. Meine Zunge wanderte über ihre Brustwarze, weiter hinunter, über den Bauch, die Leiste, die Innenseite ihres Schenkels. Veronica seufzte fast unhörbar. Ich legte die rechte Hand unter ihren Po und die linke an ihre Taille, und während meine Zunge über ihren Schenkel hochkroch und eine Schneckenspur über die Haut zog, hörte ich sie leise »nein« sagen. Als meine Lippen auf ihrer Vagina lagen und meine Zunge sanfte Kreise zog, erschlaffte sie. Ich streichelte ihre Taille und den Bauch und schloß die Augen, und in meinem Kopf wiederholte sich die ganze Zeit dasselbe: Ich will, daß du alles vergißt, daß du alles, alles, daß du vergißt, vergißt, ich will, daß du, alles, ganz, vertreibst. In ihrem Bauch begann es langsam zu zucken, die Beine öffneten sich weiter. Veronica flüsterte etwas, was ich nicht verstand. Dann begann das träge Bersten der Supernova.

Ich legte mich neben sie und drückte sie an mich. Sie hatte die Augen geschlossen.

»Komm«, sagte sie nach einer Weile. Sie schob sich unter mich und zog mich hoch. Meine Lippen wanderten über ihren Hals, ihre Hände streichelten meinen Rücken und Hintern. Ich fühlte, wie ich langsam wegglitt. Da packte sie mich an den Oberarmen und schob mich etwas von sich.

»Steh auf.«

»Was ist?«

Sie kniete sich auf das Sofa und beugte sich über die Rükkenlehne. Ich legte die Hände auf ihren Rücken, und während sie mich in sich führte, nahm ich ihre Brüste und streichelte sie. Sie richtete sich etwas auf. Sie legte den Kopf auf die Arme, die verschränkt auf der Rückenlehne lagen, und krümmte den Rücken. Ich legte meine linke Hand auf ihren Hinterkopf, und während ich ihr Haar streichelte, wurde meine Hand zur Klaue, und ich schloß die Augen und alles wurde weiß. Dann hörte ich Veronicas Stimme. Sie sagte: »Ich bin nicht verliebt.«

»Was jetzt?« sagte ich, als sie aus der Dusche kam, die triefenden Haare in ein Handtuch gewickelt. Sie sah mich an, als wüßte sie nicht, was ich meinte.

»Wieso?«

Sie kam zu mir und setzte sich neben mich aufs Sofa.

»Du riechst nach Regen«, sagte ich.

Sie lachte. »Was meinst du mit: was jetzt? Ich wollte es, du wolltest es. Ist das nicht genug?«

Ich zuckte mit den Achseln. »Ich weiß nicht«, sagte ich.

Sie lachte wieder. Während sie sich langsam in Kleidern verbarg und ich mich schon wieder nach ihr zu sehnen begann, sagte sie: »Außerdem, du bist doch hinter Ellen her?«

»Ellen? Großer Gott, ich habe sie zwei-, dreimal gesehen. Ich weiß nicht einmal, wo sie wohnt, ich weiß nicht, wie sie mit Nachnamen heißt. Wie kannst du nur glauben, daß zwischen uns etwas ist? Ich kam nur, um mich zu verabschieden.«

»Und das hast du getan«, sagte sie.

Ich nahm meine Sachen und fing an, mich anzuziehen. Veronica ging ins Bad und schminkte sich, während sie durch die offene Tür ab und an etwas sagte, in leicht neckendem Ton. Als ich fertig war, stellte ich mich hinter sie und sah ihr über die Schulter zu, wie sie schwarze Striche um ihre Augen zog. Ich legte ihr eine Hand auf die Schulter und sagte: »Aber woher willst du wissen, daß ich nicht in dich verliebt bin?« Der Stift schwebte einen Moment lang vor ihrem Gesicht. Sie sperrte das rechte Auge etwas weiter auf und zog einen Strich nach. Sie legte den Stift in das Schränkchen neben dem Spiegel und betrachtete sich kurz. Dann trafen sich die Augen unserer Spiegelbilder.

»Du hast nicht gesagt, daß du in mich verliebt bist. Das ist Punkt eins. Punkt zwei: Selbst wenn es so wäre, dann ist das dein Problem, denn ich bin nicht verliebt in dich.«

Vor fünf Minuten wußte ich ganz genau, daß ich sie hier und jetzt wollte, auf dem Sofa, ohne an etwas anderes als Sex zu denken, aber jetzt spürte ich plötzlich einen Stich in der

Brust, als ob ich wollte, daß sie mich liebte, selbst wenn ich sie nicht liebte.

Sie drehte sich um und schob mich sanft beiseite. Sie ging ins Zimmer und nahm ihre Tasche. Ich stand noch immer im Bad. Ich sah auf mein Spiegelbild. Über das zurückstarrende Gesicht liefen träge Kondenstropfen.

»Komm«, sagte Veronica. »Wir müssen zum Bahnhof.«

Der Mann Der Alles Vergaß

»So kann es gehen. Jemand sucht nach dem Wichtigsten im Leben und findet es erst, als er es schon wieder verloren hat.«

Ein Lächeln glitt über Raphs Gesicht.

»So fing sie immer an«, sagte Lisa, »und dann schloß sie die Augen und hob den Kopf. Als ob sie nachdächte, aber das tat sie nicht, denn sie kannte die Geschichte aus dem Kopf. Sie hatte sie hundertmal erzählt und tausendmal selber gehört, von ihrer Mutter und die wieder von ihrer Mutter. Sagte sie.«

Unsere Schatten tanzten auf den Wänden, Rauch hing in Schwaden um uns. Wir saßen am Tisch, Lisa, Raph und ich, und wir hörten zu. Das heißt: Raph und ich hörten zu. Lisa erzählte.

Ich war nach Hause gekommen nach einer Zugreise, die noch keine Minute gedauert hatte, so schien es wenigstens, und danach war ich quer durch die Innenstadt gegangen und in meine Straße gebogen. Der Sand knirschte unter den Füßen, Licht strahlte durch die Gußeisenfenster im Erdgeschoß des Lagerhauses, in dem ich wohne. Über mir, hinter dem Lichtschleier, der sich über der Stadt ausbreitete, sah ich Castor und Pollux und, ganz verschwommen, Gemini und darunter Beteigeuze und den Gürtel des Orion. Ich dachte: In Kopakker wäre das eine gute Nacht, um die Milchstraße zu sehen. Ich ging die Treppen hinauf. Hinter den Türen, an denen ich vorbeikam, hörte ich Musikfetzen, streitende Stimmen, das Quäken einer Zeichentrickfilmfigur, die »Surprise, surprise, surprise!« rief. Ich warf den Rucksack ab und steckte die Hand in das vordere Fach, um die Schlüssel herauszuholen. Bevor ich sie gefunden hatte, flog die Tür auf und eine Lichtbahn legte sich breit auf die Treppe. Raph stand in der Öffnung.

»Der verlorene Bruder«, sagte er. »Pünktlich da zum traditionellen Familienabend.«

Er nahm mir den Rucksack ab und ging hinein, wo Lisa

beim unruhigen Geflacker einiger Kerzen wartete. Raph holte Bier, und als alles soweit war, setzten wir uns und Lisa begann zu erzählen. Sie wählte die Geschichte von dem Mann Der Alles Vergaß.

»Als König Salomos Tage gezählt waren und er sich zu seinen Vätern begeben sollte, wie Mama das nannte, erschien eines Abends ein Diener am Lager des Königs. Er kühlte die Stirn seines Herrn und stellte ihm eine Karaffe mit frischem Wasser hin. Der alte König folgte dem jungen Mann mit den Augen und hieß ihn näher treten.

Warum weinst du, David? fragte der König.

Der Diener beugte das Haupt. Ach, Herr, sagte er, was soll aus mir werden, wenn Ihr nicht mehr da seid?

Der König lächelte und streichelte seinem Diener über das Haar.

Du wirst durch das Land ziehen, sagte er, und du wirst den Menschen von mir erzählen, und man wird dich reichlich dafür entlohnen. Fürchte dich nicht, hab Vertrauen.

Der Diener küßte die Hand seines Herrn und dankte ihm.

Als der König gestorben war und die Tage der Trauer vorbei waren, packte David einen Ranzen. Er grüßte die Zurückbleibenden und machte sich auf den Weg.

Wohin er auch kam, erzählte er Geschichten von seinem ehemaligen Gebieter. Arm und reich lud ihn an ihre Tafel ein, aber nie wurde er so reichlich belohnt, wie der alte Fürst ihm auf seinem Sterbebett prophezeit hatte. David war indes ein geduldiger Mann und zog weiter und erzählte, auch wenn sein Besitz nicht zunahm. Im Gegenteil, je länger seine Wanderung dauerte, je entlegener die Gebiete waren, die er besuchte, desto weniger freigebig waren seine Zuhörer. Bis er nach sieben Jahren, an einem kalten Wintertag, kurz bevor es Abend wurde, in eine kleine Stadt im Norden kam und entdeckte, daß er weder Geld noch Brot hatte. Der Wind zerrte an seinem zerrissenen Mantel, die Stiefel sogen mehr Wasser auf, als sie abhielten, und der Magen kullerte unruhig in seinem Bauch.«

Sie war in Fahrt. Meist erzählte sie im Telegrammstil. Jetzt bekamen wir die volle Version zu hören, so blumig, wie es nur ging. Sie saß uns gegenüber und starrte ins tanzende Kerzenlicht, die mit Farbe und Tusche beschmierten Hände vor sich auf dem Tisch, die Augen groß und nichtssehend.

»Es wurde Abend«, sagte Lisa, »als er auf dem Marktplatz der kleinen Stadt ankam. Die Kaufleute leerten ihre Verkaufsstände, die letzten Kunden feilschten um noch unverkaufte Zwiebeln und Paprikas. David ging über den Markt und merkte, daß es zu spät war, um noch jemanden zu finden, der ihn einladen würde. Während das Wasser in seinen Stiefeln stand und die Hand der Kälte ihn im Genick packte, sah er in den halb ausgeräumten Buden keine Zwiebeln und Paprikas, sondern dampfende Teller mit den köstlichsten Gerichten. Die Buden verwandelten sich in reichgedeckte Tische. Hier stand eine silberne Schale mit einem großen gefüllten Truthahn, der vor Fett nur so troff, dort dampften Kartoffeln, und wieder an anderer Stelle prangte ein mit Gemüse zubereiteter Karpfen mit seinen fleischigen Flanken. Den hungrigen Geschichtenerzähler schwindelte es. Da fühlte er eine Hand auf der Schulter.

Fremd hier, was? brüllte der Kaufmann, der ihm gegenüberstand.

Er nickte.

Und hungrig, wie ich sehe.

David biß sich auf die Lippen.

Was kannst du? fragte der Mann.

Er erzählte, wie er seinen Lebensunterhalt bestritt und daß es ihm in letzter Zeit nicht gut ergangen sei und daß es hier so kalt sei und ...

Ich weiß eine Adresse für dich, sagte der Kaufmann. Ein alter Bewunderer des Königs, ein reicher Mann. Sag ihm, der Sauregurkenmann hat dich geschickt, dann wird er dich empfangen.

David dankte dem Sauregurkenmann und machte sich auf den Weg zu der angegebenen Adresse.

Dort geschah es genauso, wie ihm gesagt worden war. Er erzählte, wer ihn geschickt habe und was er wollte, und wurde sofort in die Privatgemächer seines reichen Gastgebers vorgelassen. Es war eine feine Gesellschaft, die er dort antraf. Auf einer langen Tafel standen die herrlichsten Gerichte, Wein funkelte in Kristallgläsern. Männer in reichgeschmückten Gewändern und Frauen in Seiden- und Damastkleidern aßen und unterhielten sich und lachten. Der Gastgeber, der am Kopf der Tafel saß, erhob sich und bat den Geschichtenerzähler, auf dem Sessel neben ihm Platz zu nehmen. Er ermunterte ihn, tüchtig zu essen und zu trinken, damit er danach, gelabt und gestärkt, seine Geschichte erzählen könne. David wusch sich die Hände und setzte sich.

Gut, sagte der Gastgeber, als die Mahlzeit zu Ende war und sich alle zufrieden in ihrem Sessel zurücklehnten, dann erzähl uns jetzt etwas vom großen Salomo.

David erhob sich und tat den Mund auf. Sein Geist war leer.

Sieben lange Jahre hatte er Geschichten von seinem Herrn erzählt, und jetzt, da es wichtiger war denn je zuvor, konnte er sich an keine einzige erinnern. Er suchte in den dunkelsten Winkeln seines Geistes, aber sein Kopf war wie ein Getreidespeicher nach einer Hungersnot. Er sah nur ein paar Schemen, schattenverhangene Winkel und leere Räume. Der Gastgeber, der die Nöte des Geschichtenerzählers sah, schüttelte den Kopf und sagte, er solle sich keine Gedanken machen. Er habe einen mühseligen Weg hinter sich, der Wein sei feurig gewesen (dabei wandte er sich an die Tischgenossen: War der Wein nicht feurig? Lautes Gelächter erhob sich. Und wie! Feurig wie des Königs Roß), also sei es vielleicht besser, sich morgen die Geschichten von König Salomo anzuhören. So ging die Gesellschaft zufrieden zu Bett, auch David, der zum erstenmal seit Monaten ein echtes Daunenkissen bekam und zwischen Laken lag, so weich, daß er an die Zeit denken mußte, da er noch ein Kind war und zwischen den Brüsten seiner Mutter schlief.«

Ich kannte die Geschichte, Lisa hatte sie schon früher erzählt, aber irgendwie schien sie bedeutungsvoller als sonst. Es war, als würde ich die Winterkälte und den leeren Magen und die Visionen von Essen kennen. Und nicht nur das. Das verzweifelte Suchen in den Katakomben des Geistes, die unmögliche Erinnerung an »die Zeit, da er noch ein Kind war und zwischen den Brüsten seiner Mutter schlief« ... das war meine Suche, die Erinnerung, die ich unbedingt haben wollte. Hatte sie diese Geschichte früher genauso erzählt? Ich sah meine Schwester an. Sie war weiter weg als je zuvor. Das ist keine Konzentration mehr, dachte ich, das ist Trance. Sie blinzelte nicht ein einziges Mal. Ihre Pupillen waren groß und schwarz. Ich sah Raph an. Er sah Lisa verblüfft an.

»Am nächsten Morgen stand David in Kleidern, die er von seinem Gastgeber erhalten hatte, neben dem Frühstückstisch. Er öffnete den Mund, um vom großen weisen Salomo zu erzählen, aber wieder kam nichts. Er stotterte, er rang nach Atem, er suchte in den entferntesten Winkeln seiner Erinnerung, doch sein Kopf war leer wie ein Faß Wein nach einer Hochzeit. Sein Gastgeber klopfte ihm indes auf die Schulter. Komm, komm, sagte er, heute abend ist eine viel bessere Gelegenheit. Es ist zu früh. Heute abend kannst du erzählen.«

Lisa drehte den Kopf in meine Richtung und sah auf einen Punkt hinter mir. Ihre Augen waren Löcher, die das wenige Licht im Raum aufsogen.

»David fürchtete allmählich, er werde nie mehr erzählen können«, sagte sie. »Den ganzen Vormittag und den ganzen Nachmittag lief er unruhig in dem von Mauern umschlossenen Garten seines Gastgebers umher, aber ihm wollte nichts einfallen. Schließlich sank er ins Gras, und während die Sonne auf seinem Gesicht spielte und der sanfte Geruch der Erde ihn umgab, schloß er die Augen und dachte: So kann es also gehen, daß man in der Umgebung eines weisen Königs lebt und sich seines Glückes nicht bewußt ist, und wenn man dann loszieht und Geschichten von ihm erzählt, verliert man ihn und sehnt sich mehr nach ihm denn je zuvor, als man noch bei ihm war.

Er öffnete die Augen und sah auf die vorbeiziehenden Wolken.

O Herr, sagte er, warum habt Ihr mich verlassen?

Dann schlief er ein.

David träumte, er sei ein junger Schafhirte. Er ging auf dem Felde und hütete seine Tiere. Zuweilen stand er auf der Spitze eines Hügels und sah seinen Vater mit der alten Herde im Tal. Wenn sie sich bemerkten, winkten sie sich mit ihren Mützen zu. Eines Tages fragte er, wann er mitbeten dürfe. Wenn du die Gebete kennst, sagte sein Vater. Aber der junge Hirte konnte nicht lesen, und auf dem Feld war niemand, der ihn unterrichten konnte. Eine Woche darauf fragte er wieder. Er erhielt die Antwort, die er bereits kannte. Aber er fragte immer wieder, und nach einem halben Jahr willigte sein Vater ein, und er durfte mit, wenn er verspreche, daß er den Mund hielte und nur zuhörte, zumal dieser Tag ein Trauertag war.

So machten sie sich auf. Sie kamen schon bald ins Dorf. Dort betraten sie ein dunkles Gebäude, in dem Männer in zerrissenen Gewändern Gebete murmelten. Der junge Hirte folgte seinem Vater und hörte dem Singsang der Worte zu, nach einer Stunde aber sagte er: Vater, ich will auf meiner Flöte blasen. Die Augen seines Vaters blitzten. Er beugte sich vor und zischte ihm ins Ohr: Du bist still, kein Ton! Das Beten ging weiter, holperte mühsam über ein Bett halb eingeschlafener Stimmen. Der Junge wandte sich wieder an seinen Vater und sagte: Ich will auf meiner Flöte blasen. Sein Vater drehte sich um und nahm die Flöte, die um den Hals seines Sohnes hing, und legte sie sich in den Schoß. Das Beten ging weiter. Der junge Hirte versank im Wiegen der Worte. Seine Lider fielen zu. Er fühlte die Sätze an sich vorbeigleiten. Da schrak er aus seinem Schlummer auf und öffnete die Augen. Eine unbezähmbare Lust überkam ihn, die Flöte zu ergreifen und darauf zu spielen. Er wandte sich ab und sah sich um. Er zählte die Männer, er schaute zu den Fenstern. Mit einemmal riß er die Flöte aus seines Vaters Schoß. Er sprang auf und im selben Augenblick blies er. Ein schriller, langgedehnter Ton hallte durch das kleine Gebetshaus. Das Gemurmel verstummte. Gesichter wandten sich dem jungen Hirten zu. Im Raum hing eine Stille, so hohl, daß ihm war, als habe er nie zuvor Stille gehört. Dann wurden die ersten bösen Stimmen laut. In diesem Moment trat der alte Mann vor, der vorgebetet hatte, und setzte das Gebet fort, nur ging es jetzt schnell, immer schneller, bis die Worte nur so aus ihm herauszusprudeln schienen.

Als das letzte Gebet gesprochen war und der junge Hirte und sein beschämter Vater von dem alten Mann angehalten wurden und sich eine Gruppe um sie scharte, da schüttelte der Mann den Kopf. Er legte die Hand auf den Kopf des Jungen und sprach: Die ganze Zeit war es, als würden unsere Gebete nicht aufsteigen, sondern herabfallen und sich auf dem Boden sammeln, doch nachdem die Flöte erklungen war, öffneten sich die Tore des Himmels und unsere Gebete wurden hinaufgesogen. Es war gut, was du tatest, denn du gingst den Weg, den dein Herz dir eingab.«

Dies war eine völlig neue Geschichte. Ich sah, wie Raph den Kopf schüttelte. Ich dachte: Sie fügt ja der Familiengeschichte etwas hinzu. Warum, was will sie sagen? Sie sah in die Kerzenflammen. Ich sah die Lichter im Schwarz ihrer Augen tanzen. Da kehrte sie zu der Geschichte zurück, die wir kannten.

»David erwachte, als die Sonne gerade unterging. Ihn fröstelte. Er dachte: Weil ich meine Geschichten vom alten König nur erzählte, ohne Verlangen, wie die betenden alten Männer, darum habe ich alles verloren. Ich habe das Verlangen verloren, und mit dem Verlangen schwand auch die Erinnerung. Ich muß auf der Flöte blasen. Er stand auf und ging zum Haus seines Gastgebers. Voller Vertrauen öffnete er die Tür und ging hinein.

An diesem Abend war die Tafel wieder reich gedeckt. Man aß und trank. Nach dem letzten Gericht erhob David sich und erzählte eine Geschichte von seinem alten Gebieter, die er noch nie erzählt hatte. Eigentlich fiel sie ihm erst in dem Moment ein, da er den Mund auftat.

Es war einmal ein armer Mann, sagte er, der träumte, unter einer Brücke in der Stadt liege ein Schatz verborgen. Er nahm seinen Ranzen und machte sich auf den Weg, und nach etlichen Tagen kam er in die Stadt. Dort stand er auf der Brücke, inmitten an ihm vorbeieilender Leute. Der Mann zögerte. Er konnte doch nicht am hellichten Tag anfangen, nach dem Schatz zu suchen? Da kam ein Soldat, der den Schatzsucher ansprach. Was stehst du hier herum? fragte der Soldat.

Der Schatzsucher dachte, es sei das beste, einfach zu erzählen, was er geträumt hatte. Vielleicht würde ihm der Soldat bei der Suche helfen und den Schatz teilen.

Du dummer Bauer, sagte der Soldat, als der arme Mann zu Ende gesprochen hatte, kommst den ganzen Weg in die Stadt, weil du von einem Schatz geträumt hast. Ich habe geträumt, daß in einem Haus in einem kleinen Dorf ein Schatz unter dem Ofen versteckt ist; glaubst du, ich wäre so dumm, dorthin zu gehen und nachzusehen?

Das Dorf, von dem der Soldat sprach, und das Haus, das er nannte, war das des Schatzsuchers. Der ging schnell zurück zu seinem Haus, brach den Boden unter dem Ofen auf und fand eine Kiste mit Gold. Ein Mann, sagte er, kann in seinem eigenen Haus einen Schatz haben, aber er muß ihn woanders suchen, sonst weiß er nicht, daß er da ist.

Diese Geschichte, sagte David zu seinen Zuhörern, erzählte mein König, als er einmal auf Reisen gewesen war und ich ihn bei seiner Rückkehr fragte, was er erlebt habe.

Diese Geschichte, sagte sein Gastgeber, der sich inzwischen erhoben hatte, handelt von mir.

Das Erstaunen am Tisch war groß. Man rief: wann denn? und: warum?

Es war kein Soldat, dem ich in der Stadt begegnete, sagte der Gastgeber, sondern ein alter Bettler, der mich auslachte und mir erzählte, was er geträumt hatte. Als ich zu Hause meinen Schatz ausgrub, erkannte ich, daß dieser alte Bettler König Salomo gewesen sein mußte, denn in derselben Nacht träumte ich, daß er mich an seinem Hof empfing und sagte, ich sei der Finder und dürfe meinen Schatz behalten, müsse jedoch bereit sein, abzugeben, was mir so mir nichts, dir nichts in den Schoß gefallen sei. Er wandte sich David zu.

Dieser Moment ist gekommen, sagte der reiche Mann. Mein Schatz gehört dir.

Und so geschah es. Der Gastgeber übertrug dem Geschichtenerzähler seine Besitztümer und zog sich in ein kleines Haus auf dem Land zurück, wo er seinen Lebensabend mit Studieren und Beten verbrachte.«

Lisa blinzelte. »Das war die Geschichte von dem Mann Der Alles Vergaß«, sagte sie.

Raph zog die Augenbrauen hoch und sah mich an.

»Und«, sagte er, »hast du gefunden, was du verloren hattest?« Er preßte die Lippen zusammen, beugte den Kopf etwas zurück und drehte ihn dann Lisa zu. »Darum ging's doch? Jemand sucht das Wichtigste im Leben und findet es erst, als er es verloren hat?«

Sie nickte.

»Vielleicht«, sagte ich.

Ich beugte mich, auf die Unterarme gestützt, über den Tisch und sah meine Schwester an, die kerzengerade dasaß, fast wie jemand, der sich für solch banales Geschwätz eigentlich zu gut vorkommt. Ich dachte: Diese Geschichte vom Mann Der Alles Vergaß, ist das etwa meine Geschichte? Ist das eine Art ritueller Abbitte?

»Du weißt alles, Lisa. Du bist das kollektive Gedächtnis«, sagte ich. »Du weißt sogar, wie es war, als wir noch nicht geboren waren. Erzähl mir, was an dem Abend passierte, als sie wegfuhren.«

Raphs Augen schossen hin und her, zwischen Lisa und mir und mir und Lisa.

»Ich hab dir das doch schon mal erzählt!«

»Die Geschichte von dem Mann Der Alles Vergaß hast du auch schon mal erzählt, aber anders als heute abend. Was kannst du sonst noch anders erzählen? Das würde mich interessieren.«

Unter uns war leises Stimmengemurmel und das Getrampel von Stiefeln auf einem Holzfußboden zu hören.

»Sie fuhren einfach weg«, sagte Lisa.

»Nein«, sagte ich.

»Wir waren zu Hause und lagen schon im Bett, wir schliefen.«

»Nein.«

»Doch.«

»Von Anfang an«, sagte ich, »ganz von Anfang an.«

Ich sagte: »Von dem Moment an, wo sie Krach bekamen.«

Lisa sprang auf. Ihr Stuhl fiel um und knallte auf den Boden. Raph saß mit gesenktem Kopf da. Seine Hände lagen auf dem Tisch, und er schaute auf diese Hände, als sähe er sie zum erstenmal.

»Sie bekamen keinen Krach. Sie hatten nie Krach. Es war die beste Ehe, die ich je gesehen habe.«

»Du kannst dir kein Urteil über gute Ehen erlauben«, sagte ich.

Raph hob den Kopf. Auf seinem Gesicht war keine Spur von Emotion. »Sam«, sagte er. »Das führt zu nichts. Was für einen Sinn hat es, etwas wieder auszugraben, das so weit hinter uns liegt, daß keiner von uns dreien sich richtig daran erinnern kann?«

Ich griff nach dem Päckchen Zigaretten neben Lisas Weinglas und zog eine Zigarette heraus. Während ich mich zu einer Kerze beugte und die Flamme ansog, sagte ich: »Es hat Sinn, weil ihr mich wie einen behinderten kleinen Bruder in Watte gepackt habt, weil ihr mir eine Idylle vorgaukelt, die keine Idylle war, weil ihr euch dermaßen anstrengt, um die Vorstellung aufrechtzuerhalten, der dumme Sam könnte sich an rein gar nichts erinnern, obwohl ich wußte«, ich schaute zu Raph und sah, daß er die Augen zukniff, »wußte, daß sie an jenem Abend Krach hatten. Ich habe es gesehen.«

Lisa schlug die Hände vors Gesicht und schüttelte heftig den Kopf.

»Es war Abend«, sagte ich, während ich den Blick wieder auf Raph richtete.

Auf einmal sah ich den Zusammenhang. Ich dachte: Wenn ich mir selbst vertraue, muß ich auf die Stimme in meinem Kopf hören. Ich muß ein Hirtensohn sein und auf der Flöte blasen.

»Es war Abend«, sagte ich noch einmal, »und ich sah Papa im Wintergarten, und ich ging wieder nach oben, und als ich an der Tür des großen Schlafzimmers vorbeikam, saß Mama auf dem Bettrand. Sie kämmte sich die Haare. Nein, sie hatte die Bürste im Haar, aber sie bewegte sie nicht. Irgendwo auf halbem Weg war sie steckengeblieben. Sie sah aus wie die Bronzefigur einer Seejungfrau, eine Sirene, die Schiffe anlockt und irgendwo auf einem Stein sitzt und sich die langen Haare kämmt. Ich stand vor der halboffenen Tür und schaute zu Mama, und ich wußte, daß irgend etwas nicht in Ordnung war, denn sie sah mich nicht, nicht einmal als ich die Tür weiter aufmachte und mich auf die Schwelle stellte. Und dann ging ich wieder hinunter durch das dunkle Haus. Alle Lichter waren aus. Die Treppe war dunkel und die Diele und das Wohnzimmer, und ich sah, daß der Wintergarten leer war, und dann kam ich in den Flur und ich ging ins Arbeitszimmer, und da saß Papa an seinem Schreibtisch, und ich wollte fragen, warum er da saß, denn sie wollten doch ausgehen, und warum Mama oben auf dem Bett saß und sich die Haare kämmte und die Bürste nicht bewegte, aber ich wußte nicht, wie ich das fragen sollte. Ich sagte, Winnetou sei tot.«

Ich sah, wie Lisa aufschaute. Ihre Wangen waren naß. Sie sah aus wie eine Puppe, der jemand die Augen ausgeschlagen hat.

»Sie stritten sich ... Sie stritten sich. Ich konnte mich nie daran erinnern, wie das Auto wegfuhr. Wir standen oben am Fenster, aber bevor wir überhaupt sahen, wie sie einstiegen, war der Wagen schon weg. Er fuhr wie ein Irrer.«

»Neeeiiiin ...«, sagte Lisa.

Raph legte ihr die Hand auf die Schulter. Er sagte: »Du irrst dich. Sie stritten sich nicht. Oder vielleicht doch, aber darum geht es nicht.«

»Warum«, sagte ich, »hast du mich angerufen?«

Seine Brauen senkten sich.

»Als wir beide woanders wohnten. Ich war ... so ungefähr fünfzehn. Warum?«

»Ich denke, weil ich wissen wollte, wie es dir ging. Ich weiß nicht.«

Ich schüttelte den Kopf. »Oder um zu verhindern, daß ich mich auf eigene Faust daran erinnerte, was passiert war? Warum habt ihr euch so viel Mühe gegeben, mich davon zu überzeugen, daß wir im Paradies lebten und durch einen saublöden Unfall daraus vertrieben wurden? Wo es doch einfach ein Streit war.«

Lisa schnappte ein paarmal nach Luft und dann senkte sie den Kopf. Raph stand langsam auf. Er stellte den umgefallenen Stuhl wieder hin und drückte Lisa darauf. Sie starrte auf den Tisch. Ihre Schultern zuckten leise. Raph sah sie lange an. Dann richtete er den Blick auf mich. Er zuckte mit den Achseln, als ob er sich entschuldige.

»Die Wahrheit ist«, sagte er, während Lisa den Kopf hob, Mund auf, Augen auf, kaum merklich den Kopf schüttelnd, »die Wahrheit ist nicht, daß sie Krach hatten. Du saßt im Auto.«

Wohin gehen wir?

Ein glutheißer Sommer war es. Der heißeste heiße Sommer des Jahrhunderts? Heiß. Heiß genug, um unsere Mutter in den Keller ihrer Mutter zu treiben, auf der Suche nach Kühle. Sie saß auf einem Hocker zwischen den Regalen voll Weckgläsern, sie las billige Romane *(Mitleid ist noch keine Liebe)* und trank Zitronenlimonade. Über ihr waren die Schritte ihrer Eltern und Raphs hohes Stimmchen zu hören, der unter dem Tisch mit dem langen Tischtuch hockte und mit jedem, der vorbeikam, Verstecken spielte. Sie hatten vier Jahre zuvor geheiratet und wohnten seitdem im obersten Stock ihres Elternhauses. Sie hatten wenig Geld. Er verdiente als wissenschaftlicher Assistent kaum etwas, und sie hatte ihre Stelle als Direktionssekretärin aufgeben müssen, als der Bauch zu dick geworden war. Abends saßen sie zu viert im großen Garten hinter dem Haus und schauten zu den Sternbildern hoch, die Papa ihnen zeigte: Aquarius, Pegasus, Andromeda, Cassiopeia im Osten, Corona Borealis, Bootes (der Stierhüter), Hercules im Westen und, ganz am Rand des nördlichen Himmels, der Große Bär auf der Flucht vor Canes Venatici, den Jagdhunden. Sie tranken Limonade. Manchmal, wenn es abends sehr warm war und die Stimmung festlich wurde, schenkte Großvater sich selbst und seinem Schwiegersohn Bier ein. Oben, am Fußende des gebraucht erstandenen Holzbetts, in dem Zimmer mit der schrägen Decke, schlief Raph in seinem Bettchen.

Der September kam und der Sommer hatte den Höhepunkt überschritten. Das Laub an den Bäumen glänzte nicht mehr, das Gras wurde dunkel, die Blumenbeete im Garten hinter dem Haus verloren allmählich an Farbe. Mama kam aus dem Keller und legte die Söckchen, die Hemdchen und die Höschen zum vierhundertsten Mal zu Stapeln zusammen. Sie bügelte die Windeln noch einmal, kochte die Flaschen wieder aus, weinte beim geringsten Anlaß. Nicht weil sie traurig oder glücklich war. Einfach so, sie wußte nicht, warum. Über einen späten Schmetterling, weil jemand sie erschreckte. Über die Sonne, die morgens auf den Garten schien und all die halb verblühten Blumen weich und wehrlos machte.

Mitte September waren die neun Monate um, aber keine Spur von Wehen. Ihre Füße wurden dick, morgens kribbelten die Finger, wenn sie sie krümmte. Es wurde immer schwieriger, aus einem Sessel hochzukommen oder sich zu bücken. Der Hausarzt schaute vorbei, klopfte auf den Bauch und rief: »Aufwachen, Zeit, geboren zu werden«, und obwohl sie darüber lachen mußte, machte sie sich auch Sorgen. Was war das für ein Kind, das sich weigerte, ihren Bauch zu verlassen?

Am neunundzwanzigsten September bekam sie eine Wehe. Eine. An diesem Abend tastete der Hausarzt den Bauch ab, er runzelte die Stirn und rief im Krankenhaus an. Fünf Tage später, als der Sputnik die Erdatmosphäre verließ, wurden Lisa und ich durch Kaiserschnitt geboren, und während der Sputnik seine Bahnen um die Erde zog und seine einsamen Pieptöne aussandte (im Radio zu hören, noch Jahre danach sprach Papa vom traurigen, einsamen Rufen der kleinen Metallkugel), schrien wir, die Gemini, aus vollen Lungen, in die Welt entsandt, die wir so lange gemieden hatten.

Unsere Großeltern starben kurz nacheinander, bevor wir die Gelegenheit hatten, sie so gut kennenzulernen, daß wir uns an sie erinnern konnten. Das Haus wurde umgebaut. Das Fernrohr unseres Vaters kam in den Wintergarten, Handwerker machten aus dem vorderen Zimmer einen Arbeitsraum für unseren Vater. Wir wuchsen heran, gingen zur Schule, lernten das Abc und das Dezimalsystem, die Sternbilder und die Zusammensetzung von Salz und Wasser und daß die Erdkruste aus Schollen besteht, die sich untereinanderschieben und sich in einem ewigen Prozeß des Schmelzens und Erstarrens erneuern. Raph und ich fingen an, Flugzeuge zu bauen, als Vorbereitung auf unseren ersten Raumflug. Lisa bemalte jedes Stück Papier, das ihr unter die Finger kam, malte auf Wänden und Türen und Pflastersteinen, einmal auf der blanken Holztreppe, die zum Dachboden führte, und alle standen daneben und sahen zu und fragten sich, wie ein Mädchen von sieben, acht Jahren sich bloß solche desolaten, zerfallenden Gebäude ausdenken konnte. Wenn man sie fragte, wo sie so etwas gesehen hätte, dann sagte sie, sie bräuchte nur die Augen zu schließen und sähe eine ganz andere Welt.

Und dann war es 1969, Herbst 1969, kurz nach unserem zwölften Geburtstag, wenige Monate, nachdem der erste Mensch auf dem Mond war und seine Fußabdrücke in einem Staub zurückließ, der nie aufwirbeln würde. Lisa und ich spielten Old Shatterhand und Winnetou, und ich glitt durch die Dunkelheit wie ein Messer durch Wasser. Auf den Scheiben des Wintergartens flimmerten Orion und Gemini. Darunter leuchtete die Glut der Zigarette, die mein Vater locker zwischen den Fingern hielt. Ich versteckte mich hinter einem Sessel, der ein Felsblock war, und sah auf das Füllertintenblau auf dem Glas. Die Stimme meines Vaters schleppte sich heiser durch die Stille.

»Mehr kann ich nicht tun«, sagte er. »Das ist alles. Das kann ich aufbringen.«

Meine Mutter sagte etwas Unverständliches.

»Kit, ich bin kein Gott, ich bin nur ein sterblicher Mensch. Meine Liebe zu dir hat nie nachgelassen. Wenn du das glaubst, dann ist das so, weil du das glaubst, nicht, weil es so ist.«

Meine Mutter hustete.

Es war lange still. Ich schob mich über den Fußboden, bis ich am Sessel vorbeischauen konnte. Ich sah meine Mutter, sie stand mit dem Rücken zu meinem Vater und schaute hinaus, zu den Sternen, dachte ich.

»Es ist verschwunden«, sagte sie. »Es ist weg.«

Der Sessel meines Vaters knarrte. Meine Mutter drehte sich um und ging aus dem Wintergarten. Ich hörte ihre leisen Schritte im Zimmer. Ich lag auf dem Boden und wartete, ohne zu wissen, worauf. Dann kroch ich vorsichtig hoch, auf den Felsblock. Als ich in den Wintergarten schaute, sah ich meinen Vater. Sein Gesicht war blau und schwarz von den

Nachtschatten. »Geh schlafen, Sam«, sagte er. Ich stand auf. »Und du auch«, sagte er. Neben der Wintergartentür löste sich Lisas kauernder Schatten.

Ich ging nach oben, und als ich an der Tür des großen Schlafzimmers vorbeikam, sah ich meine Mutter am Fußende des Betts sitzen, die Bürste im Haar, in einer Bewegung erstarrt. Als sie mich nicht sah, wußte ich, daß ich endlich unsichtbar war, daß ich jetzt überall hinkonnte, ohne bemerkt zu werden. Ich glitt durch die Finsternis, nicht mehr wie ein Messer, sondern wie ein Schatten, der Schatten eines Indianers. Ich huschte die Treppe hinunter, durchs Zimmer, in den leeren Wintergarten, wieder zurück, bis ich vor der Tür des Arbeitszimmers stand. Ein sanfter Lichtstreif schimmerte im Spalt. Ich legte die Hand ans Holz und drückte die Tür ein Stück weiter auf. Mein Vater saß zurückgelehnt auf seinem Sessel, Füße auf dem Tisch, Hände hinter dem Kopf. Feuchte Herbstluft wehte durch die offenen Fenster herein, aber er schien nicht zu merken, daß sich die Papiere auf seinem Schreibtisch ineinanderschoben und auf den Boden segelten.

Und dann ging ich wieder nach oben, und Raph kam ins Zimmer, und wir holten die Dakota heraus, und später kamen Lisa und Mama herein, und von unten war die Stimme unseres Vaters zu hören, und als auch er oben war, sagte er zu mir: »Bist du schon fertig?« Ich sah auf und sagte: »Fertig?« Und er sagte: »Ja, du darfst mit. Raph war bei der Eröffnung der Sternwarte dabei, diesmal darfst du mit.«

Und drei Tage später, als sie uns in einer Pflegefamilie untergebracht hatten, nachdem ich gerade zurück war aus dem Krankenhaus, da verschwand Lisa. Raph und ich suchten sie, die Leute, bei denen wir wohnten, suchten sie, schließlich rückte sogar die Polizei aus, aber niemand wußte, wo sie war, außer Raph und mir, und als das Haus leer war und alle wie blinde Hühner herumrannten, um sie zu finden, da gingen wir los. Wir fuhren mit der Straßenbahn bis zum Depot, und von dort gingen wir zum Stadtrand, bis wir zu dem kleinen Weg kamen, den wir immer mit dem Auto entlanggefahren waren, dem kleinen Weg, der aussah wie ein grüner

Tunnel, und auf halbem Wege, die Sonne schien, aber die Herbstschwaden lagen wie verschwommene Finger zwischen zwei Baumreihen, auf halbem Wege sahen wir einen kleinen blauen Punkt am Fuße einer großen Eiche, und als wir näher kamen, sahen wir, daß es Lisa war. Sie hatte ihre neue Jacke an. Wir setzten uns neben sie, an den Stamm, der bis aufs blanke Holz lädiert war, Rindenstücke hingen herab, eine Glaspfütze lag zwischen den Wurzeln, und rund um den Baum war das Gras zertreten und umgewühlt, und während wir dasaßen, Knie hochgezogen, Arme um die Knie geschlungen, Kinn auf den Knien, während wir dasaßen, sagte Lisa: Hier ist es passiert, und ich sah mich um und dachte: Was ist hier passiert?

Gegen Ende das Nachmittags, das Herbstlicht fiel schräg auf die Felder, standen wir auf, als hätten wir uns abgesprochen, alle drei im selben Moment, und wir nahmen uns an der Hand, Lisa in der Mitte, Raph und ich außen, und wir gingen zurück in die Stadt. Das Licht drang zwischen den Bäumen durch, hier und da legte sich der erste Abendnebel auf den Weg, und manchmal verschwanden wir in einer solchen Nebelbank und konnten unsere Gesichter kaum noch sehen, und dann kniffen wir uns gegenseitig in die Hand und wußten, daß wir noch da waren, und die ganze Zeit, dort zwischen den Bäumen, im tiefen goldenen Herbstlicht, im Nebel und außerhalb davon, die ganze Zeit dachte ich: Was ist passiert, wohin gehen wir?

Inhalt

Alles weiß ich noch
7
Du mußt vergessen
16
Wie hat alles begonnen?
47
Julius the Nightfly
82
Offenbar verstehen wir nichts
von der Liebe
100
Das war die Vergangenheit
113
Logische Prozesse in einer
chaotischen Umgebung
139
In deinen Gedanken ist das wirkliche Leben
immer irgendwo anders
160
Das Sandkorn, das die Wüste ausmacht
173
Die Bestie der Erinnerung
181
Ein Gefühl von lang, lang ist's her
188
Der Mann Der Alles Vergaß
205
Wohin gehen wir?
217